Scarlet

스칼렛

Scarlet

스칼렛

가슴앓이

서우 장편 소설

SCARLET ROMANCE STORY

Scarlet
스칼렛

목 차

프롤로그

강의가 끝나자 지민이 가방을 챙기는 재혁의 곁으로 빠르게 다가왔다.

"재혁아, 오늘 우리 서영이 좀 부탁할게."

"왜?"

"큰아버지 호출. 나 없는 동안 서영이 잘 봐. 어디 하나 다치게 하면 안 돼! 알았지?"

"알았어."

지민은 한 달에 한두 번씩 큰아버지의 회사에 불려 간다. 기계를 새로 들여온 날, 새로운 시스템을 구축해야 할 때면 어김없이 그를 대동했다. 자식이 없는 큰아버지의 뒤를 이어 그가 회사를 맡아야 하기 때문이나.

몇 개월에 한 번씩 출장을 갈 때도 함께였다. 기계를 수입해 오기 때문에 사용 시스템을 현지에서 공부하기 위해서였다. 그래서 잦은 출장에 맞추기 위해 일본어는 물론 중국어, 영어까지 마스터 했다. 일종의 후계자 수업이었다.

"나 혼자 가도 된다니까. 내가 무슨 어린애야. 재혁 선배도 어이없겠어. 그죠, 선배?"

서영이 입을 삐죽 내밀며 투덜거렸다.

"나야 언제든 환영이지. 내가 뭐 할 일 있어? 가는 길에 데려다 주면 되는 건데……. 힘들 거 없다."

"그럼 난 먼저 간다. 벌써 호출을 열 번도 더 하셨어. 서영아, 오빠가 전화할게. 잘 들어가."

"응."

지민이 그녀의 입술에 살짝 입맞춤을 하자 옆에 있던 재혁이 슬쩍 시선을 피해 다른 곳을 바라봤다. 두 사람의 스킨십을 한두 번 보는 것도 아니지만 접할 때마다 시선이 저절로 피해졌다. 그것은 해바라기처럼 그 여자를 마음에 두고 있기 때문이었다. 하지만 그는 고백하지 못한다. 친구의 여자였고, 친구를 배신하고 싶지 않아 몰래 짝사랑하고 있었다.

두 사람은 늘 함께였다. 그녀의 집으로 그가 픽업을 하러 간다. 학교와 집을 오갈 때도, 어느 곳을 가든 두 사람은 늘 함께였다. 그들 사이에 낀 재혁은 벌써 오래전부터 가슴앓이를 하고 있었다.

사실은 녀석보다 자신이 먼저 그녀를 알았다. 그리고 녀석보다 그녀를 먼저 가슴에 담았다. 용기가 없어 고백을 하지 못하고 있을 때, 그 녀석이 제대를 하고 나타났다. 그리고 번개보다 빠르게 그녀를 자신의 여자로 만들었다. 리더십 강하고, 성격이 화통한 친구는 뒤로 물러서는 법을 모르는 녀석이었다. 신입생이었던 서영을 항상 옆에 끼고 다니면서 든든한 보디가드처럼 그녀의 바람막이가 되어 주었다.

"선배."

"어? 그래, 가자. 곧바로 집으로 갈 거지?"

"아니요. 서점에 들렀다 가려구요."

"서점?"

"신간 나왔다고 해서요. 바쁘면 선배 먼저 가셔도 돼요. 방향은 같아도 거리가 너무 멀어요."

"아냐. 지민이한테 무슨 소리 들으라고…… 나 그 녀석 무서워. 가자."

"하지만……"

부담스러워하는 그녀의 시선을 피해 먼저 밖으로 나온 재혁의 뒤를 서영이 빠르게 쫓았다.

서영이 걸으면서 하늘을 올려다봤다.

"하늘이 잔뜩 흐린 게 눈이라도 올 거 같아요."

회색 하늘이 온통 뿌옇게 하늘을 뒤덮고 있었다. 서영은 겨울을 좋아하지 않았다. 을씨년스러운 날이 싫었고, 하늘이 회색인 것도 싫었다. 왠지 기분마저 쓸쓸해지는 것 같았다. 어서 빨리 겨울이 가고 따뜻한 봄이 왔으면 좋겠다.

"그러게. 눈 온다는 말은 없었는데……"

"쓸쓸해……"

서영의 말에 재혁이 겸연쩍어하며 물었다.

"지민이 있잖아. 그런데도 쓸쓸하면 난 어쩌라는 거야? 커플도 쓸쓸할 때가 있나?"

"괜히 기분이 그래요."

"날이 이래서 그런가 봐. 아……. 오늘 눈 오면 첫눈이겠다. 지민이 대신 내가 서영이랑 첫눈 맞아야지. 첫눈아, 얼른 내려라."

어린아이처럼 방방 뛰는 그의 행동에 서영이 '피식' 웃으며 그의 소매를 잡아끌었다.

"가요, 얼른."

그렇게 녀석이 없을 때만 재혁은 서영의 보디가드가 되어 주었다. 서영과 함께 걸을 때도 재혁은 늘 한 발자국 뒤에 물러서서 걸었다. 대화를 나눌 때는 그나마 괜찮은데 대화가 끊기고 정적이 흐르면 평소답지 않게 그녀와 시선을 마주치는 게 어색하고 부끄러웠기 때문이다.

"선배는 참 순수해요."

"뭐?"

그녀가 말을 붙이자 재혁이 성큼 곁으로 다가왔다.

"때가 하나도 묻지 않은 것 같아요. 시골에서 바로 상경했다고 해도 믿을 것 같아요."

"내가 그렇게 촌스럽게 생겼어? 나도 이 정도면 어디서 빠지지 않는 얼굴인데?"

"순수하다니까요."

"뭐 좋은 말이지?"

"네."

"그럼 됐어. 뭐가 되었든 서영이가 하는 말이니까 다 좋아."

"네?"

"어, 서점 다 왔다. 저기 서점 갈 거지?"

재혁이 먼저 앞장서서 걸었다. 그는 자신도 모르게 튀어나온 말에 심장이 두 근 반, 세 근 반 뛰고 있었다. 서영에게 들키고 싶지 않아 그녀보다 앞장섰는데 언제 왔는지 서영이 곁에 서 있다.

"선배?"

"응?"

"아, 아니에요."

그녀가 어색하게 웃고는 서점 안으로 들어갔다. 재혁은 쉽게 걸음을 떼지 못하고 그곳에 서 있었다. 가끔, 아주 가끔 그렇게 묘하게 감정이 섞일 때가 있다. 자신도 모르게 서영에게 자신의 마음을 들킬 때가 있었다. 그럴 때마다 서영도 애써 외면하는 듯했다. 굳이 알 필요도 없었고, 알고 싶지 않다는 뜻이 내포되어 있는 그녀의 어색한 웃음. 재혁은 절망했다.

'언제까지 해바라기를 해야 하는지, 그 끝이 있기는 한 걸까.'

미래가 무척이나 어두워지는 순간이었다.

책을 선택한 후 서점의 구석진 곳으로 간 서영이 그대로 바닥에 쭈그리고 앉았다. 그녀는 곧 책 속에 빠져 재혁이 곁에 있다는 사실도 잊어버린 듯 했다.

그녀의 눈망울이 초롱거리며 빛났다. 책을 한 장씩 넘길 때마다 다음 페이지는 어떤 얘기가 그려져 있을까 하는 호기심으로 잔뜩 기대에 찬 표정을 짓곤 했다. 재혁도 그녀가 선택한 책을 들고 읽는 척을 하고 있었지만, 사실 시선은 그녀에게 닿아 있었다.

신입생 시절부터 보아 온 얼굴이지만 질리지가 않는다. 보고 또 봐도, 매일 봐도 새롭다. 10년을 봐도 매일 새로울 것 같았다. 근데 곧 있으면 졸업반이다. '그렇게 되면 만나기가 쉽지 않겠지.'라는 생각에 흠씬 심장이 멎는 것 같았다.

그 시각, 큰아버지 회사에 간다던 지민은 한 여자를 만나고 있었다. 모친의 성화에 못 이겨 나온 선 자리. 서영을 만나는 것을 허락하는 대신 모친은 선 자리가 들어오면 본다는 조건을 내걸었다. 그래서 어쩔 수 없이 서영에게 거짓말을 한 것이었다.

여자는 의대생으로 지민과 동갑이었다. 두 사람은 서로 마음이 맞으면 졸업을 하고 같이 미국으로 유학을 가기로 집안에서 이미 정해 놓았다. 하지만 지민은 그럴 마음이 전혀 없었다. 그는 앉자마자 여자와 통성명도 하지 않은 채 사랑하는 여자가 있다고 밝혔다. 그리고 그 여자와 결혼을 할 거라는 말도 덧붙였다. 상대편 여자가 당황하든 말든 지민은 선 자리에 나가면 그렇게 하기로 마음을 먹었다. 물론 상대편 여자가 어떤가에 따라 집에 가면 모친에게 싫은 소리를 듣겠지만, 이 여자는 그의 얘기를 듣고 웃어 보였다. 그러고는 자신도 남자가 있다며 더 시간 끌지 말고 일어서자 했다. 자신보다 더 쿨한 여자의 성격에 지민이 돌아서 가는 그녀를 붙잡아 악수를 청했다.

"이 악수의 의미는 뭔가요? 집에 가서 잘 말해 달라는 의미인가요?"

"아닙니다."

여자가 그의 손을 잡았다.

"전 아무 말씀 안 드릴 거예요. 그쪽도 그렇게 해 주세요. 그럼."

여자가 손을 놓고 뒤돌아 가자 지민도 가벼운 마음으로 카페를 나섰다.

한 시간 가까이 지난 것 같았다. 진동으로 해 놓은 서영의 휴대폰이 울린다. 그제까지 미동도 없던 서영이 빠르게 주머니에서 휴대폰을 꺼내 들었다. 서영이 재혁을 보고 지민이라고 소곤거리곤 조용히 전화를 받았다.

"서점……. 끝났다고? 벌써? 응. 어디로 가면 돼? 응. 지금 갈게."

전화를 끊은 서영이 자리에서 일어나자 재혁도 따라서 일어났다.

"오빠 끝났다고 D호프집으로 오래요. 가요, 선배."

"으응."

두 사람이 밖으로 나오자 하얀 눈발이 날리기 시작했다.

"어? 눈이 오려나 봐. 이거 눈 맞지?"

"그러네요. 지금 막 내리기 시작했나 봐요. 와, 신난다."

서영이 어린아이처럼 좋아하자 재혁도 기분이 덩달아 좋아졌다. 아까 자신이 말한 대로 그녀와 첫눈을 맞을 수 있게 되었다.

"선배, 어쩜 이렇게 딱 맞춰요?"

"하늘이 잔뜩 흐렸었잖아. 그리고 사실은 일기예보에서 첫눈이 내릴지도 모른다고 했었어. 요즘 하도 빗나가서 못 맞출 거라 생각했는데 맞췄네? 아, 춥다. 버스 타고 가야지. 아니, 택시 타고 갈까?"

"아뇨. 우리 눈 맞으면서 걸어가요."

"걷기엔 너무 멀어. 날도 춥고……."

"난 괜찮은데……. 걷고 싶어요."

"그래, 그러자."

약하게 내리던 눈발은 곧 함박눈으로 바뀌었다. 아무래도 쌓일 정도로 많은 양이 내릴 모양이었다. 30분 정도 걸려서 호프집에 도착하니, 중앙 자리에 앉아 있던 지민이 손을 흔들어 보였다. 그러고는 곁으로 다가오는 서영의 머리에 눈이 소복이 쌓여 있자 서둘러 일어나 그 눈을 털어 주었다.

"눈 맞고 온 거야? 모자 좀 쓰지!"

"모자 없잖아."

"자식, 모자 좀 사 주지. 아니면 우산을 사 주든가. 우리 서영이 생쥐 꼴 되었잖아."

지민의 투덜거림에도 재혁은 마냥 좋기만 했다. 서영이 자리에 앉으며 지민이가 건넨 손수건을 받아 들었다.

"뭐 타고 왔어?"

"걸어왔어."

"뭐? 그러다 서영이 감기 걸리면 어쩌려고?"

"선배한테 그러지 마. 내가 걷자고 했어. 오빠 자꾸 짜증 부리면 나 갈 거야."

서영의 말에 지민이 입에 지퍼를 채우는 시늉을 하고는 입을 다물어 버렸다. 그리고 이어진 술자리. 일주일에 두세 번은 꼭 술잔을 기울이던 그들이었다. 하지만 오늘은 지민의 기분이 영 별로인 모양이었다.

"회사에서 안 좋은 일 있었어?"

재혁이 묻자 지민이 땅콩을 입에 넣으며 중얼거렸다.

"어? 아냐. 기계가 안 들어와서 나중에 다시 오라고 하시네. 정확히 날짜가 언제인지도 모르고 또 가야 하니까 그러지. 언제든 대기를 하고 있어야 하니까. 마지막 주에는 중국 출장도 가야 하고. 아, 힘들다, 힘들어."

"그래도 열심히 배워야지. 졸업하면 바로 회사 들어갈 거잖아."

"응. 열심히 일해서 우리 서영이 먹여 살려야지."

그가 두 주먹을 불끈 쥐어 보이며 서영을 바라봤다. 그러자 서영이 미소 지었다. 재혁은 말없이 술잔만 기울였다. 그렇게 분위기가 무르익어 갈수록 재혁과 지민 모두 술에 취했다. 어느 쪽이 더 취했냐고 따진다면 재혁 쪽이었지만 서영이 보기엔 둘 다 똑같은 거 같았다. 그녀만이 정신이 또렷했다. 늘 있는 일이었다. 두 사람이 술을 좀 과하게 마시는 날은 그녀가 자제를 하곤 했다.

"이제 그만 마시고 가. 피곤해."

서영은 탁자에 놓인 술병을 보고 미간을 찌푸렸다.

"내일 수업 안 들어갈 거야?"

"그래, 가자. 잠깐 나 화장실 좀……."

지민이 비틀거리며 자리에서 일어나 화장실로 향하자 재혁은 마저 술잔을 비우고 그대로 탁자에 머리를 묻었다.

"선배? 선배 자는 거예요?"

"서영아…… 미안해. 사실은 나…… 너 많이 좋……."

재혁은 거기까지 말을 하고는 깊은 잠에 빠져 버렸다. 서영은 그다음 말을 듣지 않아도 알 것 같았다. 그래서 마음이 몹시 불편했다. 그가 오래전부터 자신을 마음에 두고 있다는 사실, 그래서 오늘같이 지민이 자신을 재혁에게 부탁할 때마다 기분이 좋지 않았다. 그에게 못할 짓을 하는 것만 같아서 죄책감이 들 때도 있었다. 사랑과 우정 사이에서 힘들어하는 그를 볼 때마다 이런 자리를 피하고만 싶었는데, 그의 마음을 알지 못하는 지민 때문에 내색할 수가 없었다. 그녀도 해 줄 수 있는 게 없기에 어서 빨리 졸업을 하고 싶었다. 시야에서 멀어지면 그도 마음 정리가 훨씬 쉬울 거라 생각했다.

"어, 이 자식, 잠들었네? 재혁아, 일어나 봐. 나 너 못 업어. 야!"

화장실에 다녀왔던 지민이 재혁을 흔들어 깨웠다.

"오빠, 나하고 같이 부축해."

"너하고……."

"그럼 어떡해. 술에 취해서 잠든 사람을……. 깨운다고 일어나겠어? 얼른 그쪽 잡아."

"나도 취해서 힘이 없는데?"

"내가 더 힘쓸 테니까 오빠는 한쪽만 잘 부축해 줘."

그렇게 재혁을 부축하고 나오는 동안 세 사람은 몇 번이나 바닥으로 꼬꾸라질 뻔했다. 하지만 아직 남은 정신으로 지민이 버텨 준 덕분에 무사히 계단을 오를 수 있었다.

"이 녀석 때문에 술이 확 깬다. 나라도 정신 차려야지."

지민이 머리를 세차게 흔들고는 한 손으로 문을 열고 밖으로 나왔다. 그러자 언제 눈이 이렇게 많이 왔는지 온 세상이 온통 하얗게 물들었다.

"눈 엄청 쌓였네. 길 안 미끄러울까?"

"어, 저기 택시다. 얼른 잡아."

서영의 소리침에 지민이 빠르게 손을 흔들어 보였다. 택시가 바로 앞에 멈춰 서자 세 사람은 함께 택시에 올라탔다. 어떻게 타다 보니 지민이 앞자리에 앉게 되었고, 서영과 재혁은 뒷자리에 앉게 되었다. 그래서 자연스럽게 서영의 어깨에 재혁의 머리가 닿았다. 그 모습을 보고 지민이 미간을 찌푸렸다.

"내가 뒤에 탈걸……."

"이것도 질투하는 거야? 오빠 그렇게 자신 없어?"

서영의 질책에 지민이 '피식' 웃었다.

"녀석이 너 좋아하잖아."

하마터면 서영은 오빠도 알고 있었냐고 물을 뻔했다. 하지만 그녀보다 먼저 그가 다시 입을 열었다.

"우리 과에서 너 안 좋아하는 남자가 없다. 그래서 애들이 다 나를 부러워하잖아."

"그래?"

"그럼, 내가 얼마나 자랑스럽게 생각하고 있는데?"

서영은 말없이 미소만 지었다.

"어깨 무거울까 봐 그러지. 그 녀석의 머리 무게가 엄청 나잖아."

"오빠하고 별 차이 없는 거 같은데? 아니, 오히려 선배 머리가 더 작아 보여."

"그래?"

지민이 낮게 웃음을 터트렸다. 그리고 그녀는 재혁의 숨소리를 들으며 창밖에 시선을 두었다.

"아, 머리 아파. 술이 깨려는 모양이다. 도착할 때까지 좀 잘게."

"응."

두 사람의 대화가 끊기자 택시 안은 고요한 정적만이 흘렀다. 나이가 지긋한 기사 아저씨는 라디오도 듣지 않는 사람 같았다. 그녀의 시선이 계속 창밖에 머물러 있었다. 눈이 와서 심한 교통 체증에 시달리고 있는 중이었다. 하지만 그것보다 서영의 마음은 더 꽉 막혀 있었다. 어느 순간부터 재혁이 잠을 자면서 뭐라고 중얼거리기 시작했기 때문이다. 잘 알아듣지 못할 정도로 작은 잡음에 불과했지만, 그녀는 혹 그의 입에서 자신을 좋아한다는 말이 튀어나오면 어떡하나 싶어 걱정했다. 그리고 잘 자고 있던 지민도 뒤척이다 깨어났다.

"어디야? 어, 아직 여기까지밖에 못 온 거야?"

"길이 이래서 차가 못 달리나 봐."

"와. 택시비 장난 아니게 많이 나왔네."

지민이 놀라 목소리를 높이자 잘 자고 있던 재혁도 눈을 뜨고 파묻고 있던 고개를 들었다. 그의 얼굴은 온통 일그러진 채로, 몰 골이 말이 아니었다.

"택시 안이네……."

그가 목덜미를 긁적이며 밖을 바라봤다.

"차 엄청 많다. 난 걸어갈게."

"야, 여기가 어디라고 걸어? 그리고 너 아직 술 안 깼거든. 잘 못하단 길바닥에서 얼어 죽어. 그냥 가만히 있어."

지민의 질책에도 재혁은 기사 아저씨에게 차를 세워 달라고 했 다.

"야!"

"나 버스 타고 갈게. 바로 뒤에 버스 온다."

기사가 차를 세우자 재혁이 비틀거리며 차에서 내렸다. 서영은 말없이 그를 바라만 봤고 지민은 씩씩거리며 다시 타라고 소리쳤 다. 하지만 택시의 문은 이미 쿵 하고 굳게 닫혔다. 택시가 다시 출발을 하자 지민이 안 되겠는지 세워 달라고 했다.

"우리도 내리자. 저 녀석 아직 술 안 깼어."

그가 돈을 지불하자, 서영이 먼저 차에서 내려 재혁이 타려고 서 있는 버스 앞으로 달려갔다. 버스 앞에는 타려는 사람이 인산

인해를 이루고 있었다. 언제 왔는지 지민이 재혁의 팔을 붙잡고 어이없는 표정을 지었다.

"앉을 자리도 없겠다. 이 자식은 꼭 술만 먹으면 똥고집을 부린다니까."

"내가 언제?"

"다시 택시 타자. 응?"

"싫어."

"왜!"

"갑갑해."

"그럼, 네가 앞에 타면 되잖아."

재혁이 대답하지 않았다. 그는 사실 눈을 떴을 때 서영이 곁에 있자 소스라치게 놀랐다. 그 짧은 순간에도 자신이 실수를 한 것은 아닌지, 왜 그녀 옆에 지민이 아닌 자신이 있는 것인지 많은 생각들이 들었다. 그리고 자신도 모르게 그곳을 벗어나고 싶은 생각뿐이었다. 취해 버린 자신의 모습이 부끄러운 것도 한몫했다.

"가자."

지민이 다시 그의 팔을 붙잡아 저만치 오는 택시를 잡았다. 앞에 멈춰 서자 재혁이 먼저 올라탔다. 하지만 서영과 지민이 오르기도 전에 문이 닫히고 택시가 출발을 했다. 멀어져 가는 택시를 바라보며 지민은 어리둥절한 표정을 지어 보였다.

"갑자기 저 자식 왜 그래? 안 하던 짓을 하네?"

"우리도 가."

"눈이 와서 그런가."

"얼른 가."

서영이 지민의 팔을 잡아끌었다.

"외로워서 그런가. 우리가 부러운가 봐. 저 녀석 소개팅해 준다고 해도 싫다고만 하고……. 참 알다가도 모를 녀석이야."

"으……. 추워."

바람이 쌩하고 불자 서영이 옷을 더 여몄다. 그녀가 몹시 추워하자 지민이 다시 택시를 잡았다. 집으로 가는 동안 서영은 화제를 돌렸다. 그도 없는데 그의 얘기를 계속 나누고 싶지 않았다. 그 사람에 대한 예의가 아닌 것 같았다.

서영을 데려다 주고 집에 들어선 지민의 곁으로 모친이 다가왔다. 그녀는 그가 신발을 벗기도 전에 사진 한 장을 불쑥 앞으로 내밀었다.

"뭐예요?"

"뭐긴……. 윤 장관님 댁 둘째 딸 사진이지. 다음 주 토요일 1시로 잡았어. 장소는……."

"엄마……."

지민의 한숨 소리에도 모친은 계속 말을 이어 갔다.

"너 분명히 엄마랑 약속했어. 서영이 만나는 대신 선보기로……. 결혼하라는 거 아니잖아. 네 눈을 좀 높여 줘야겠다는 게 엄마 생각이니까 잔말 말고 나가. 아니면 그 애하고 헤어지든가."

"오늘 만나고 왔잖아요."

"그쪽 여자한테 남자가 있다더라."

"어떻게 아셨어요?"

"너도 알았어?"

"네."

"그럼 그 여자랑 같이 있던 거 아니네? 서영이하고 있었어?"

"네."

"그러면 그렇지. 토요일 잊지 마."

"알겠습니다. 나갈게요, 나가요."

모친은 서영과 사귀든 말든 신경을 끄기로 했다. 그녀는 서영을 어차피 스쳐 지나가는 인연쯤으로 여기고 있었다. 아들이 여자 보는 눈이 너무도 낮아 그런 실수를 저지른 것이라고 생각하고는 선을 봐야 한다는 조건을 걸어 서영을 만나도 괜찮다고 허락을 해 준 것이었다. 모친은 지민이 계속 선을 보면 자연스럽게 여자를 보는 기준이 달라질 거라고 생각했기 때문에 서영과의 관계도 머지않아 끝날 거라고 호언장담하고 있었다.

"그래야 1년이야……."

"우리 벌써 3년째예요."

"그러니까 이제 1년 남았다는 얘기야. 내 장담하건대 몇 달 안에 곧 끝나."

"아닐걸요……. 서영이만 한 여자 이 세상에 없습니다."

"아닐걸? 넌 우물 안의 개구리일 뿐이야. 엄마는 참으로 안타까워."

두 사람은 장난 섞인 대화를 주고받으며 서로의 생각을 조금도 좁히지 않았다.

"괜히 큰아버지가 너한테 회사를 물려주시려는 줄 아니? 다른 애들이 관심 없다고 하니까 너한테 기회가 온 거야. 큰아버지는 집안을 중요하게 생각하는 분이야. 사업을 하려면 필요하거든."

"이참에 사촌 형들이나 만나서 마음 좀 바꾸라고 해야겠어요."

"어림도 없지. 수현이는 철도청에 말뚝을 박을 거라더라. 민현이는 미국 나가서 소식도 없어."

"어쨌든요."

"아무튼 너도 욕심나는 건 사실이잖아."

"욕심이 아니라 우리 어머니가 원하니까 하는 겁니다."

"그럼 계속 그렇게 따라 주든가."

"네, 분부대로 하겠습니다. 어머니, 저 이만 올라가서 잡니다. 눈이 많이 와서 내일은 좀 더 일찍 서영이 픽업하러 갈 겁니다."

"그러시든지요."

그렇게 모자의 대화는 거기서 끝이 났지만 방으로 들어선 지민은 마음이 편치 않았다. 큰아버지의 기대, 그리고 모친의 기대. 그 모든 건 다 감수할 수 있었다. 자신 또한 욕심이 있기 때문에 그곳에 뛰어들은 것이었다. 하지만 서영의 문제에 직면할 때마다 머리가 지끈거렸다. 어떻게 모친을 설득해야 할지, 더 이상 서영에게 상처를 주고 싶지 않은데 방법이 떠오르지 않았다. 그가 지금 할 수 있는 일은 모친의 비위를 맞춰 주는 것뿐이었다. 결국 지민은 서영에게 또 거짓말을 해야 했다. 다음 주 토요일 이미 콘서트에 가기로 약속하고 표까지 예매를 해 둔 상태였다. 아무래도 재혁에게 부탁을 해야 할 듯했다. 아니면 그냥 취소를 하든가. 이래저래 머리가 아파 오자 그는 그대로 침대로 뛰어들었다. 생각하고 싶지 않았다. 하면 할수록 머릿속이 더 꼬이는 것 같았기 때문이다.

※

겨울 방학을 하고 서영과 지민, 그리고 재혁과 친구들은 며칠동안 동해로 여행을 다녀왔다. 그 여파로 오늘 아침은 몹시 눈을 뜨기가 힘이 들었다. 서영은 겨우 자리를 털고 일어나다 그만 자리에 주저앉아 버렸다. 심한 현기증이 밀려와 그녀는 일어서는 것조차 힘겨웠다.

"내 몸이 왜 이러지? 어제 많이 마시지도 않았는데……."

혼잣말을 내뱉고 난 후 서영은 다시 자리에서 일어나 머리를 부여잡고 방문을 열었다. 그 순간 가스레인지 위에서 끓고 있는 김치찌개 냄새가 '훅' 하고 밀려왔다. 그녀는 그 냄새를 맡고 난 후 그만 바로 헛구역질을 해 버렸다. 이어 그녀는 빠르게 방문을 닫고 가슴을 쓸어내리며 식도를 타고 올라온 신물을 잠재우면서 미간을 찌푸렸다. 술을 많이 마신 날은 늘 속이 울렁거리고 두통이 있기 마련이었으나, 어제는 정말 맥주 한 잔이 전부였다. 그래서 그녀 스스로도 의아한 참이었다.

"체했나?"

다시금 배를 쓸어 주며 그녀는 무심코 달력을 들여다봤다. 그러고는 그녀 스스로 소스라치게 놀라 달력에서 눈을 떼지 못했다.

"아니야, 아닐 거야. 문서영, 이건 아니잖아……."

미친 듯이 심장이 뛰기 시작했다. 달력은 두 달 전부터 표시가 전혀 되어 있지 않았다. 울먹이는 목소리가 절망적으로 바뀌었을 때 그녀의 볼에 눈물 한 방울이 '쪼르륵' 떨어졌다.

한참이나 말없이, 아무런 미동도 없이 서 있던 그녀는 겉옷을 걸치고 그대로 집을 빠져나왔다. 그러고는 집 앞에 있는 약국을 지나 한참을 걸어 다른 약국을 찾았다. 혹시라도 아는 사람을 만날 것 같은 두려움에서였다.

약국 안으로 들어선 서영의 심장이 어느 때보다도 심하게 쿵쾅거렸다. 아직 학생 신분이었다. 어떻게 말을 꺼내야 할지, 뭘 달라고 해야 할지, 그것의 정확한 명칭이 무엇인지 생각이 나지 않아 한참을 문 앞에 서 있었다. 그러자 약사가 먼저 그녀에게 말을 붙였다.

"손님, 뭘 드릴까요?"

"네?"

그의 질문에 서영이 깜짝 놀라 대답했다.

"찾으시는 약이 있으신가요?"

"네……. 그게……. 저기……."

서영이 말끝을 흐리며 주춤주춤 약사 곁으로 다가갔다. 다행히 약국에는 그녀 외에 다른 손님은 없어 다른 사람 눈치는 보지 않아도 되었다. 아니, 누군가가 있었다면 그녀는 약국에 들어서지도 못했을 것이다. 다시 약사가 물었다.

"어디가 불편하십니까?"

약사의 질문에 서영이 고개를 푹 숙이고 기어들어 가는 목소리로 겨우 뱉어 냈다.

"임…… 임신 테스트기……."

그녀가 말끝을 흐리자 약사도 조금 당황한 듯했다. 약사가 그녀의 얼굴을 빠르게 훑고는 대답했다.

"아…… 알겠습니다. 잠시만요."

잠시 후 약사가 그녀에게 임신테스트기를 봉지에 담아 건넸다.

"5천 원입니다."

"여……기요. 아니, 하나 더 주세요."

그렇게 약값을 지불하고 약국을 나서는 그녀의 심장이 다시 뛰기 시작했다. 마치 엄청난 일을 저지른 사람처럼 쉽게 진정이 되지 않았다. 죄를 짓고도 몇 십 번은 더 진 사람처럼, 거리를 활보하는 죄인처럼, 사람들이 자신만 보는 것처럼 느껴지기까지 했다.

그렇게 겨우 집에 도착한 서영은 또다시 난관에 부딪혔다. 집에 모친이 있었다. 그녀가 집을 나설 때 모친은 베란다에서 빨래를 널고 있었다. 서영은 문고리를 잡고 있던 손을 놓고 무작정 뒤돌아서려 했다. 그 순간 현관문이 열리며 모친이 쓰레기봉투를 들고 모습을 보였다.

"서영아? 어디 갔다 온 거야?"

모친의 질문에 서영이 약봉지를 빠르게 뒤로 숨겼다.

"뭐야?"

"어? 그게……."

"뭔데?"

"설······사약."

"설사약? 너 뭐 잘못 먹었어?"

"그런가 봐. 엄마, 배가······."

서영은 모친을 뒤로하고 쫓기듯 열린 현관문 사이로 바람처럼 들어갔다. 그러고는 곧바로 욕실로 들어갔다. 몹시 긴장한 탓에 정말로 배가 아픈 것 같았다. 그녀는 미간을 찌푸리며 봉지에서 테스트기를 꺼내 들었다. 그러고는 조금도 지체하지 않고 내용물을 꺼내 들었다. 그녀 스스로 아닐 거라고 이미 단정 지었기 때문에 이 테스트는 이미 무의미한 것이었다. 하지만 무심하게도 그녀의 바람과는 달리 테스트기는 너무도 빠르게 선명한 두 줄을 찍고 그녀의 뱃속에 새 생명이 자라고 있다는 것을 알렸다.

한동안 욕실에 머물렀다. 그녀는 테스트기를 손에서 놓지 못하고 보고 또 봤다. 설명서를 몇 번이나 읽었는지 모른다. 테스트기가 고장 난 것은 아닐까 싶어 다시 해 보려고 또 하나를 뜯었다. 그리고 몇 분 후 좌절감에 바닥에 주저앉았다. 머릿속이 멍해지는 기분이었다. 그러다 지민을 떠올렸다. 임신 소식을 그에게 알리면 지민은 어떤 반응을 보일까, 그의 어머니는······. 안 그래도 자신을 못마땅하게 여기고 있었다. 잠깐 스쳐 지나가는 인연쯤으로 생각하고, 둘의 사이가 깊든 깊지 않든 크게 의미를 두지 않았다. 지민의 어머니는 그녀를 그의 짝으로 조금도 생각하고 있지 않았기 때문에 지금 같은 결과는 그녀의 눈시울을 붉게 만들기에 충분했다. 너무도 절망적이었으며 조금의 희망조차 보이지 않아 지옥의 끝자락에 서 있는 것만 같았다.

"어떡해…… 아니야, 아니야……."

절망이 통곡으로 바뀌었다. 서영은 입을 틀어막고 눈물을 쏟아 냈다. 자신의 어머니에게조차 알릴 수가 없는 일이었다. 지민의 집에서 반대하는 걸 알고 있었기 때문에 그녀도 한 짐을 가슴에 담고 살고 있는 중이었다. 때문에 더 이상 모친에게 시련을 안겨 줄 수는 없었다. 하지만 그것에 반해 서영의 머릿속은 온통 하얗다. 지금의 상황을 어떻게 대처를 해야 하는지, 지민에게 말해서 같이 방법을 찾아야 하는지, 아니면 그가 자신을 버리고 떠날지도 모른다는 생각을 염두에 두어야 하는지 알 수가 없었다. 결국 그녀는 다시 원점에 돌아와 눈물을 쏟아 냈다. 참고 또 참았지만 봇물처럼 터져 버린 눈물은 쉽사리 멈춰지지 않았다.

'똑똑' 욕실 밖에서 모친의 목소리가 들려왔다.

—뭐해? 지민이 전화 왔는데? 지금도 배가 아픈 거야?

"네, 상태가 안 좋아. 그리고 저 샤워도 해야 해요. 나중에 전화한다고 해 주세요."

서영은 쉽게 욕실을 나설 수가 없어 긴 변명을 늘어놓았다.

—그래, 전화한다고 할게.

"응……."

서영은 눈물을 닦고 샤워기의 꼭지를 틀었다. 물이 콸콸 쏟아지는 그 순간 다시금 눈물도 함께 왈칵 쏟아졌다.

무슨 정신으로 샤워를 했는지 알 수 없었다. 샴푸로 머리는 감았는지 타월로 몸은 문질렀는지 세수는 했는지 방금 전 일들이 하나도 기억이 나지 않았다.

어렵게 샤워를 마치고 욕실을 나오니 거실에 지민이 앉아 있다. 그녀는 그를 본 순간 깜짝 놀라 하마터면 들고 있던 수건을 떨어뜨릴 뻔했다.

"집 앞에 와 있었거든. 한참 기다리다가 들어온 거야. 밥 먹으로 가자. 그전에 갔었던 사촌 누나네로 갈 건데, 괜찮지?"

지민은 서영의 속도 모르고 줄줄이 뱉어 내기만 했다.

"머리 말리고 와. 난 어머니가 깎아 주신 과일 먹고 있을 테니까."

그가 사과를 한입 베어 물고는 다시 텔레비전을 바라봤다.

"응. 엄마는?"

거실과 주방을 빠르게 훑은 서영이 물었다.

"마트에 다녀오신대."

지민의 시선은 여전히 텔레비전에 닿아 있었다.

"응……."

서영이 천천히 걸음을 옮겨 자신의 방으로 들어갔다. 그러자 그때까지 텔레비전에서 시선도 떼지 못하던 지민이 빠르게 따라 들어와 거울 앞에 선 서영을 뒤에서 감싸 안았다. 그 바람에 서영이 흠칫 놀라며 거울에 비친 지민을 바라보다 다시 고개를 떨어뜨리고 작은 저항을 하며 몸을 틀었다.

"이러지 마."

"왜 그래……. 우리 이렇게 잘하잖아. 새삼스럽게. 서영아, 나

자리 잡으면 결혼하자. 늦어도 2년 안에는 할 수 있을 거야."

"……."

서영은 고개를 제대로 들 수 없었다. 울어서 충혈된 눈을 그에게 들키고 싶지 않았기 때문이다. 하지만 지민이 그녀를 돌려세우고 억지로 키스를 한 탓에 퉁퉁 부어오른 눈을 들키고 말았다.

"어? 너 울었어?"

그가 깜짝 놀라 하며 묻는 말에 눈물이 봇물 터지듯 쏟아지기 시작했다. 지민은 그녀가 갑자기 왜 눈물을 쏟아 내는지 알 수가 없었다. 어제까지만 해도, 아니, 아침에 일어나자마자 통화를 했을 때도 그녀의 목소리는 밝기만 했다. 그러다 문득, 혹 자신도 모르게 모친이 따로 그녀를 불러 험한 말을 한 것은 아닐까 싶어 빠르게 물었다.

"엄마, 만났어? 어? 엄마가 뭐라시는데?"

"아니야. 그게 아니야……."

"그럼?"

"……."

"서영아, 울지 말고 얘기해. 우리 여기 좀 앉자."

그가 서영을 침대로 데리고 가 살며시 앉혔다. 그러고는 다시 물었다.

"얘기해 봐, 내가 해결해 줄게."

"……."

"응?"

"나……."

"그래."

"임신……한 것 같아."

"뭐? 임신?"

지민이 당황하며 묻자 서영이 고개를 들어 그를 빤히 바라보며 소리쳤다.

"왜 이렇게 당황해? 반응이 왜 이 모양이야?"

화가 난 그녀가 그의 가슴을 쳤다. 그러자 지민이 빠르게 그녀를 제지하고 입을 열었다.

"당황한 건 사실이야. 하지만 네가 생각하는 그런 거 아냐. 병원부터 가자."

"그다음엔?"

"말씀드리고 결혼해야지."

"정말? 어머니가 반대하실 텐데……. 병원 가서 지우라고 하시면 어떡해?"

"아니야. 그렇지 않을 거야. 병원부터 가서 확인하자. 옷 뭐 입을 거야?"

지민이 자리에서 일어나 옷장을 열어젖혔다. 그는 자신의 두 눈으로 확인을 해야 믿을 수 있을 것 같았다. 몇 번 잠자리를 갖기는 했지만 한 번도 임신 걱정을 해 본 적은 없었다. 확실히 피임을 했기 때문이었다. 모를 일이었다. 언제, 어떻게 실수를 했는지 도무지 생각이 나지 않았다. 하지만 그것이 중요한 것이 아니었다. 일단은 병원부터 가야만 했다.

＊

　병원 문을 나서는 지민의 얼굴에 당혹함이 역력했다. 서영은 그의 표정을 보고 미간을 찌푸렸다. 다른 아빠들처럼 그가 뛸 듯이 기뻐하는 모습은 바라지도 않았다. 학생 신분으로 엄마가 되는 자신도 마냥 기뻐할 수만은 없는 일이기 때문이다. 하지만 지민의 지금 표정은 그녀를 참으로 암담하게 만들었다. 서영은 그의 입에서 아기를 지우자는 말이 나올 것만 같아 두려워졌다. 그럼에도 그가 한참이나 말이 없자 그녀가 떨리는 목소리로 먼저 물었다.

　"자신 없지?"

　"아니, 자신 있어."

　어두운 얼굴과는 다르게 지민이 빠르게 대답하자 서영은 심장이 멎는 줄 알았다. 자신 있다는 말이 지금처럼 반가울 때가 또 있을까 싶었다. 굳었던 얼굴을 펴고 지민이 환하게 웃으며 그녀의 손을 잡았다.

　그는 다시 말이 없었다. 서영에게 미안한 마음뿐이었다. 아직 준비되지 않은 자신에게 찾아온 아기에게도 미안했다. 하지만 그가 책임질 소중한 이들이었다.

　"집에 데려다 줄게. 쉬고 있어. 오늘 말씀드릴 거야."

　"혼자 괜찮겠어? 나도 같이 갈까?"

　"아냐. 나한테 맡겨. 내가 좋은 소식 알려 줄 거야. 그리고 크리스마스 선물 고마워."

　"아기가 무슨 선물……."

"일주일 뒤가 크리스마스이브잖아."

"어, 그러네……."

"나한테는 최고의 선물이야. 서영아, 웃자. 그래야 뱃속 아기한 테도 좋다고 하잖아."

"응."

서영은 지민이 그렇게 말해 주자 다시 웃을 수 있었다. 지민만 믿으면 모든 일이 잘 해결될 거라 생각했다.

"나 오빠만 믿을 거야."

"당연하지, 나만 믿어야지. 가자……. 뭐 먹고 싶은 거 없어? 우리 아기가 얘기 안 해?"

"뭐야……. 벌써……."

"벌써는 무슨, 두 달이라잖아."

지민의 웃음소리를 들으니 서영은 행복했다. 그가 말한 대로 아기는 산타할아버지가 보내 준 소중한 크리스마스선물이었다.

오늘은 시간이 늦게 가고 있었다. 서영은 점심 무렵 지민과 헤 어지고 난 후 계속 전화를 기다리고 있었다. 시간이 갈수록 마음 이 초조해지고 있었다. 벌써 저녁 8시를 넘기고 있었다. 아직 그 가 얘기를 못 꺼낸 것일 수도 있고, 아니면 예상대로 모친의 심한 반대에 부딪힌 것일 수도 있었다. 결과가 어떻든 간에 그가 전화 라도 해 줬으면 하고 바랐다.

그의 목소리가 몹시 듣고 싶었으나 전화는 끝내 오지 않았다. 그리고 그다음 날도, 그다음 날도 여전히 그는 전화를 하지 않았다. 서영은 자신이 걸고 싶었으나 선뜻 할 수가 없었다. 시간이 갈수록 어떤 결과가 기다릴지 알고 있었기 때문에 그 결과에 부딪힐 자신이 없었다. 그리고 그의 마음이 바뀌었을지도 모른다는 두려움이 있었다.

띠리리.

전화벨이 울리자 그녀의 심장이 같이 두근거리기 시작했다. 하지만 전화를 건 사람은 그가 아닌 재혁이었다. 서영은 전화벨이 한참 울려도 받을 수가 없었다. 결국 전화가 끊기고 다시금 울렸다. 그제야 서영이 버튼을 눌렀다.

"네, 선배."

─내일 모이는 거 알지? 요즘 너희 두 사람 얼굴 보기 힘들다. 지민이하고도 연락이 안 되던데 무슨 일 있어?

"아, 아뇨. 내일 갈게요."

─그래, 내일 보자.

전화를 끊은 서영은 깊은 한숨을 내쉬었다. 제일 친한 재혁하고도 연락이 닿지 않는다는 것에 심한 절망감이 밀려왔다. 땅으로 꺼져 버렸으면 좋겠다. 아니면 하늘로 솟아 버리고 싶었다. 두 눈을 질끈 감은 서영의 가슴은 온통 불안함과 절망감뿐이었다. 그녀는 그대로 이불 속으로 들어갔다. 이대로 잠이 들어 눈을 뜨지 못했으면 좋겠다.

잠결에 휴대폰 벨소리가 들려오자 그녀가 눈을 번쩍 떴다. 시계를 보니 새벽 2시를 가리키고 있었다. 직감으로 지민이란 걸 알아차렸다. 역시나 휴대폰을 확인하니 그였다. 그녀가 빠르게 통화

버튼을 눌렀다. 두려웠지만 너무도 기다린 전화였다.

"여보세요?"

—……

"오빠?"

—서영아…… 미안하다.

술에 취한 그의 목소리가 잔뜩 젖어 있었다. 서영은 그가 미안하다는 말을 하는 순간 피가 거꾸로 솟는 것 같았다. 뭐가 미안하다는 것인지, 어머니의 허락을 못 받아서 미안한 것인지, 아니면 자신과 아기를 버릴 생각을 하고 있는 것인지 알 수가 없었다.

"뭐가 미안한 건데?"

—미안하다, 미안해.

전화가 끊어졌다. 결국 그는 뭐가 미안한 것인지 대답하지 않고 일방적으로 끊어 버렸다. 그날 새벽 그녀는 잠을 이루지 못했다. 뜬눈으로 지새웠다. 그리고 그에게 계속 전화를 걸었지만 전화가 되지 않았다. 아침에도, 점심에도 여전히 먹통이었다. 그가 피하고 있다는 생각에, 그가 자신을 버리고 간다는 생각에 정신을 차릴 수가 없었다. 서영은 눈물도 흘리지 못했다. 너무 기막힌 상황에 맞닥뜨리자 눈물 구멍도 막혀 버린 것 같았다. 머릿속은 텅 비어 버려 아무런 생각도 할 수가 없었다. 그러다 서영은 지민이 오늘 모임에 올지도 모른다는 어리석은 생각을 하고 약속 장소에 가기 위해 집을 나섰다.

밖은 눈 대신 겨울비가 내리고 있었다. 서영은 우산도 쓰지 못한 채 약속 장소를 찾았다. 하지만 그곳에서도 지민의 모습은 볼 수 없었다. 대신 재혁이 그녀의 곁으로 빠르게 다가왔다.

"다들 왔는데……. 머리가 왜 다 젖었어? 옷도 젖었잖아. 비 맞고 온 거야?"

재혁이 미간을 찌푸리며 주머니에서 손수건을 꺼내 그녀의 머리를 닦아 주었다. 그러고는 서영의 겉옷을 벗기고 자신의 겉옷을 걸쳐 주었다.

"이러다 감기 걸려. 지민이는?"

"안 왔어요?"

"응. 같이 온 거 아냐?"

"……."

"들어가자. 오겠지. 가자."

재혁이 그녀의 손을 잡아끌었다. 장갑을 끼지 않은 손이 차갑다 못해 얼음장이었다.

"장갑도 안 끼었어? 이런……. 너 이러다 진짜 큰일 나. 독감이 얼마나 무서운지 몰라? 어쩔 수 없이 내가 녹여 줘야겠다."

그가 입김을 불어 그녀의 손을 따뜻하게 해 주었다. 서영은 그 순간 손을 빼야 한다는 생각을 하고 있었지만 몸이 말을 듣지 않았다. 이대로 지민을 다시는 만날 수 없을지도 모른다는 생각이 먼저 앞섰다.

"지민 오빠 연락 안 되는 거예요?"

"응? 너희 두 사람 무슨 문제 있어?"

재혁이 깜짝 놀라 물었다. 서영이 그런 질문을 한다는 것 자체가 이상했다.

"아, 아니에요."

"내가 연락해 볼게. 일단 앉자."

재혁은 친구들 사이에 서영을 끼어 놓고 지민에게 전화를 걸었다. 하지만 어제와 같이 여전히 전화기가 꺼져 있었다. 서영의 얼굴엔 수심만 가득하고, 정말 무슨 일인지 걱정이 앞섰다. 재혁은 지민에게 메시지를 남기고 자리로 돌아왔다. 서영이 술잔도 못 비우고 덩그러니 앉아 있자 친구들도 걱정이 되는지 한 마디씩 물었다.

"지민이 영장 나왔어?"

그녀가 도리질을 했다.

"그럼 유학 간대?"

또다시 도리질. 이번에는 '너랑 헤어진대?' 라고 누군가 묻자 서영이 참았던 눈물을 쏟아 냈다. 그 모습에 친구들은 물론 재혁이 당황스런 표정을 지어 보였다. 누구든 두 사람 사이에 문제가 있다는 걸 눈치챘다. 하지만 재혁은 인정하고 싶지 않았다. 언제나 해바라기를 해 온 그였지만 그녀가 아픈 건 싫었다. 그가 빠르게 사태를 수습했다.

"자식들, 술 취했냐? 사귀다 보면 싸울 수도 있는 거지. 두 사람 한 번도 싸워 본 적 없어서 크게 느껴지는 거야. 그만들 하자. 자, 잔 비었다."

빠르게 화제를 돌리는 재혁. 하지만 그의 가슴은 누구보다도 힘이 들었다. 정말 두 사람이 헤어진 거라면, 그래서 서영이 이렇게 아파하는 거라면, 그 역시도 참을 수 없을 것 같았다.

늦은 밤, 모두가 술에 취해 자리를 파하고 건물 밖으로 나오자 그제야 지민이 모습을 보였다. 그들보다 더 술에 취해 비틀거리는 몸으로, 얼굴은 어디서 다쳤는지 상처를 입은 모습으로, 서영과 마찬가지로 비에 잔뜩 젖은 모습으로 서영과 재혁의 앞에 섰다.

"오빠."

서영이 낮게 불렀지만 지민의 시선은 싸늘하기만 했다. 별안간 그가 곁으로 다가와 서영의 멱살을 잡자 재혁과 친구들이 깜짝 놀라 그의 팔을 붙들었다. 그 바람에 들고 있던 우산은 나뒹굴고 그들은 고스란히 비를 맞으며 얼굴을 붉혔다.

"왜 이래! 너 미쳤어?"

재혁의 말에도 아랑곳하지 않고 지민이 목소리를 높여 서영에게 소리쳤다.

"가! 내 앞에서 꺼져. 다시는 내 앞에 나타나지 마!"

"오빠, 왜 이래……. 이러지 마. 이런 사람 아니잖아."

서영의 목소리가 몹시 떨려 왔다. 하지만 지민은 여전히 화가 잔뜩 난 모습이었다.

"네가 이렇게 만들었잖아. 네가 날 이렇게 만들었어!"

"오빠……."

"오빠라고 부르지도 마! 지겨워. 싫어. 내가 정말 널 사랑해서 그동안 만난 것 같아? 심심해서 그랬어. 나 다른 여자랑 결혼할 거야. 이미 선도 봤어. 의대생이야."

"거짓말!"

서영의 몸이 심하게 떨려 왔다. 그녀는 눈물을 쏟으며 그에게 매달리기 시작했다.

"거짓말이잖아! 그렇지? 오빠, 나 사랑하잖아."

하지만 그러면 그럴수록 지민은 더 강하게 그녀를 몰아칠 뿐이었다.

"네가 믿든 안 믿든 그건 중요하지 않아. 하지만 분명한 건 우린 다시 예전으로 돌아갈 수 없다는 거야. 못 알아들어? 내가 널 버린 거라고!"

결국 옆에 있던 재혁이 그의 얼굴에 주먹을 날려 저만치 밀쳐버렸다. 그 길로 서영은 무리들과 함께 지민의 곁에서 멀어졌다. 지민은 그런 서영을 끝까지 외면하면서 두 눈을 질끈 감았다. 끝이었다. 이제 다시는 그녀를 보고 싶어도 볼 수가 없었다. 자신은 그녀를 버린 나쁜 남자일 뿐이었다. 사랑도, 추억도, 그녀도, 아기도 모두 빗물에 함께 흘러가고 없었다.

1.
유일한 꽃

어김없이 봄이 찾아왔다. 서영의 마음은 5년 전 12월 24일 이후 굳게 닫힌 상태였지만 세상은 그녀의 뜻과 상관없이 흘러가고 있었다.

고속철도에 몸을 싣고 서울로 올라오는 내내 그녀의 시선은 창밖에 머물러 있다. 주변에서 들리는 소소한 소음을 전혀 못 듣는 사람처럼 그녀의 눈과 귀는 닫혀 있는 듯했다. 표정 또한 무슨 사색에 잠겨 있는지 알 수조차 없었다. 하지만 무신경하게 창밖을 응시하는 갈색 눈동자와 오똑한 콧날, 그리고 갈색으로 염색한 긴 생머리. 주름이 잘 잡힌 검은색 정장바지를 입은 그녀의 늘씬하게 뻗은 긴 다리가 인상적이면서도 강하게 느껴진다.

한동안 그 어떤 미동도 없던, 턱을 받치고 있던 그녀의 손이 긴 목을 감싸고 있는 검은색 스카프로 옮겨졌다. 서영은 긴 손가락으로 스카프 끝을 만지작거리며 긴 숨을 토해 냈다. 그 순간 안내방송이 서울에 도착했음을 알렸다. 잠시 움찔하던 그녀가 비로소 두 눈을 껌벅이고 주위를 둘러보았다.

짐을 내리는 사람, 아이를 챙기는 여자, 모자를 눌러쓰고 일어나는 노신사. 열차에 함께 타고 있던 사람들에게 그제야 시선이 닿았다. 그녀는 한동안 사람들을 바라보며 우두커니 앉아 있었다. 사람들은 바삐 움직이는데 그녀는 도통 움직일 수가 없다. 마음이 자꾸만 그녀를 붙잡고 있었다. 다른 사람들이 모두 내리고 열차가 텅 빈 후, 그제야 서영이 천천히 움직였다. 하지만 그녀는 열차를 벗어나 땅에 발을 딛는 순간 다시 멈춰 버렸다. 인파 속에 묻힌 채로 우두커니 그 자리에서 한 발자국도 움직이지 않았다. 서영은 아까와는 다르게 어딘가 모르게 몹시 불안해 보이기까지 했다. 눈썹 끝이 바르르 떨리고 손끝을 매만지며 지금의 상황을 난처하게 생각하고 있었다.

'띠리링' 갑자기 그녀의 휴대폰이 울렸다. 서영은 깜짝 놀라며 허둥지둥 핸드백에서 휴대폰을 꺼내 들었다.

"여보세요. 네, 삼촌……. 도착했어요. 예? 지금 갈게요. 가요……."

전화를 끊은 서영이 바삐 움직이기 시작했다. 여행용 가방을 드르륵 끌며 인파 속을 헤치고 유유히 그곳을 빠져나갔다.

❀

업무 일지를 쓰고 퇴근 준비를 하는 재혁의 곁으로 동료 두 명이 대화를 하며 다가왔다.

"비도 오는데 우리 오늘 한잔해야지."

한 사람이 술잔을 꺾는 시늉을 해 보이며 물었다.

"그럼, 야간 근무니까 문제될 거 없어. 차재혁, 너도 갈 거지?"

"나는 빼."

"왜? 집에 가도 아무도 없잖아. 집에 가서 괜히 질질 짜지 말고 가자. 요 앞에 국수집 새로 생겼더라. 가자."

작은 체격의 김문수가 재혁의 어깨를 누르며 반 협박을 해 보였다. 하지만 상대적으로 키가 큰 재혁이 한 번에 그를 밀치고 저만치 달아났다. 그리고 흘러내린 안경을 고쳐 쓰고 가방을 집어 들었다.

"오늘은 급한 일이 있다니까. 우리 다음에 한잔합시다. 나 먼저 갑니다."

"야! 차재혁!"

쏜살같이 사무실을 빠져나간 그는 동료들이 목 놓아 불러도 대답도 하지 않은 채 계단을 내려갔다. 그가 시계를 바라보니 막 7시를 넘기고 있었다. 급할 것도 없는데 시간에 쫓기는 사람 같았다.

건물 밖을 빠져나온 재혁은 주머니에서 작은 열쇠를 꺼내 주차장으로 가는 대신 자전거 보관대로 향했다. 집과 회사가 멀지 않아 그는 입사한 때부터 줄곧 자전거를 타고 출퇴근을 하고 있었다. 일기예보에 상관없이 자전거는 늘 그의 교통수단이었다. 때문에 5년 동안 갈아 치운 자전거 바퀴만도 십여 개는 족히 되었다.

그는 자전거에 오르기 전 자전거 바퀴를 한 번 빙그르 돌려 보고 꾹꾹 눌러 보며 상태를 확인했다. 좀 전에도 열차의 바퀴를 체크하고 세척하고 오는 길이니, 그의 인생은 언제나 바퀴와 함께할 모양이었다.

따르릉.

그의 휴대폰이 요란하게 울렸다.

"네, 차재혁입니다. 어? 난 또 누구라고……. 전화번호가 바뀌었나 봐. 그랬구나……. 언제? 아……. 어쩌냐……. 그날 야간 근무네. 후후……. 그래, 다음 달에 보자. 응. 너도……."

전화를 끊은 재혁이 긴 숨을 토해 냈다.

5년 전 철도차량 정비 유지보수 1과에 입사를 한 이후 그의 삶 자체는 많이 달라졌다. 3조 2교대로 근무를 하다 보니, 다른 친구들과의 생활 패턴이 달라 동창들을 만나는 것도 쉽지가 않았다. 한 달에 한 번 만나면 그나마 그 달은 운이 좋은 것이다. 열댓 명이 시간을 맞추다 보면 그가 참석을 못하는 때가 가장 많았다.

1년 정도는 그런 생활에 적응을 하느냐고 무척 힘이 들었다. 하지만 어느샌가 그는 자신의 패턴에 익숙해졌다. 친구들을 못 만나는 대신 대부분 회사 동료들과 함께하는 날이 많아지며, 자연스레 퇴근 후 술 한잔을 걸치는 것이 유일한 낙이 되어 버렸다. 그럼에도 불구하고 오늘 그가 동료들과의 술 한잔을 마다한 이유는 인사 공고 때문이었다. 그와 상관이 없는 일이지만, 아니, 어쩌면 깊은 연관이 있을지도 모를 일이기에 재혁은 초조하지 않을 수 없었다. 일찍 귀가를 서두르는 것도 그런 이유에서였다.

❀

출근을 하자마자 동료 김문수가 자신들의 부서로 여자가 발령이 났다면서 사내 메일을 확인했냐고 물었다.

"아니, 근데 그게 나랑 무슨 상관이야?"

"여자라니까."

"그래서?"

"사태가 심각하지 않냐?"

그의 말에 재혁은 어깨를 으쓱해 보이고는 자신의 메일을 확인했다. 잠시 후 그는 그만 깜짝 놀라고 말았다.

"거봐라. 너도 놀라지. 참…… 앞날이 깜깜하다. 우리 조야."

"……"

"하필 왜 여자야? 설비부에 여자 없어진 거 오래전 아니냐? 신참은 아니라는데……. 본사에서 어떻게 버텼을까. 힘이 센가? 그런가? 야, 무슨 말 좀 해 봐. 자식…… 얼었네, 얼었어."

그는 김문수가 뭐라고 떠들어 대도 입을 열 수가 없었다. 여자가……. 라며 남녀차별을 운운할 때는 잠깐씩 욱 하며 뭔가가 치밀어 올랐다. 하지만 정작 그 여자 때문에 꼼짝도 할 수가 없었다.

"야! 차재혁?"

김문수가 그의 눈앞에 손을 갖다 대며 흔들었다. 곧 정신을 차린 재혁이 겸연쩍은 표정을 지어 보였다.

"일하자."

재혁이 먼저 자리에서 일어나 세척고로 가기 위해 사무실을 나섰다.

"여자가……."

김문수가 다시 입을 열자 재혁이 발걸음을 멈추었다.

"요즘 세상에 남자, 여자가 어디 있냐? 아무래도 섬세하니까 기계 다루는 건 더 나을 수 있잖아. 너답지 않게 왜 차별해?"

"알았다, 알았어. 솔직히 신기해서 그러지. 이 바닥에도 남아 있는 여자가 있다니까. 진짜로 신기해서 그렇다니까."

"가자. 업무 시작이다. 오면 잘해 주고!"

"알았어. 잘해 주려고 했다. 이름도 마음에 들고……. 문서영……. 예쁘지 않냐?"

"자식……."

그렇게 문서영에 대한 얘기는 일단락되었지만 재혁의 머릿속은 하루 종일 뒤죽박죽이었다. 그는 인사 공고란 명단에서 '문서영'이란 이름을 발견했을 때 온몸에 전율이 흐르는 것 같았다. 그 문서영이 자신이 알고 있는 여자인지 아닌지 아직 알 수 없었지만, 계속해서 신경이 쓰였다. 때문에 그 여파는 하루 종일 계속

되었다.

❋

　자전거에 올라타는 재혁의 머릿속에 그녀의 얼굴이 떠올랐다. 어느 날 먼지처럼 사라져 버린 그녀. 친구의 옛 연인이었던 그녀는 실연의 상처를 가슴에 안은 채 어디론가 숨어 버렸다. 친구와 서영은 친구들을 모아 놓고 자신들만의 결혼식을 올릴 정도로 깊은 사이였다.

　기계과에 몇 안 되는 여자들 중 유일하게 꽃이라 불리던 서영은 호리호리하고 여린 생김새와는 달리 무척이나 집념이 강한 여자였다. 유일하게 장학금을 받고 다닐 만큼 성적이 우수했고, 섬세함과 비상함을 겸비한 최고의 여자였다. 친구는 그런 서영을 늘 자랑스러워했지만 교제를 시작하고 3년이 지난 후 그들의 사이는 처참히 깨지고 말았다. 처참하단 표현이 맞을 정도로 서영은 깊은 상처를 입었다.

　12월 24일……. 그 이후 다시는 서영을 볼 수 없었다. 졸업식에도 참석하지 않은 채 그녀는 종적을 감춰 버렸다.

　재혁은 자전거의 페달을 신나게 밟으며 집이 아닌 다른 방향으로 향했다. 회사에서 그리 멀지 않은 곳, 예전에 그녀가 살던 집. 가끔 생각날 때마다, 시간이 날 때마다 자주 찾아가곤 했던 곳. 얼마 전에도 그곳에 다녀왔지만 갈 때마다 그녀의 흔적은 여전히 찾을 수 없었다.

용기를 내서 직접 집으로 찾아갈 수도 있었지만, 어느 날 쓰레기를 버리러 나온 그녀의 모친 얼굴을 보고 그럴 수가 없었다. 너무나도 초췌하고 수심이 가득한 얼굴, 그녀의 모친도 그런데 하물며 서영은 어떨까 싶어 선뜻 그 앞에 나설 수가 없는 것이다. 그녀의 상처를 눈으로 보는 것이 두려웠다는 것이 맞을 것이다. 기다리면서도, 그녀를 한 번만 볼 수 있기를 기대하면서도 마음 한구석은 그것을 외면하고 있었을지도 몰랐다.

생각을 하는 사이 그녀의 집 앞에 도착했다. 고개를 들어 그녀의 집을 바라봤다. 불이 환하게 켜져 있었지만 사람 소리는 들리지 않았다. 재혁은 그 앞에서 서성거렸다. 마음 같아서는 당장 뛰어 올라가고 싶었지만 여전히 용기가 나지 않았다. 그렇게 우유부단하게 마음을 잡지 못하고 오랜 시간 그곳에 머물렀을 뿐이었다. 그리고 씁쓸한 마음을 뒤로하고 그곳을 벗어났다.

자정쯤 집에 도착한 재혁은 옷도 벗지 않은 채 주머니에서 휴대폰을 꺼냈다.

'문서영 010.77……'

곧 숨이 멎을 것처럼 가슴이 죄어 왔지만 그는 멈추지 않고 전화번호를 눌렀다. 그리고 통화버튼을 누른 후 재혁은 이내 방바닥에 주저앉아 버렸다. 늘 그랬던 것처럼 '지금 거신 번호는……' 이란 멘트가 흘러나왔다.

5년 전부터 줄기차게 걸었던 번호, 바보처럼 그녀는 전화번호까지 바꾸고 사라져 버렸는데 뭘 기대하고 이 번호를 잊지 못하고 있는지 모를 일이다. 걸어도, 몇 백 번을 걸어도 그녀는 받을 수 없는데, 이젠 그녀의 번호가 아닌데도 미련한 짓은 5년 동안 줄기차게 계속되었었다. 오늘도 참 미련한 짓을 하고 있다. 그는 자신의 행동이 너무도 우스워 저도 모르게 어이없는 웃음을 흘렸다.

✳

삼촌 영훈에게 엄마의 병명을 듣고 난 후 서영은 깊은 절망에 빠져 버렸다. 모친 영주가 6개월 전부터 심각한 우울증에 시달리고 있다는 것이다. 삼촌 말에 의하면 초기 우울증이 5년 전 서영이 대전으로 떠났을 무렵부터 시작되었다고 한다. 그녀가 현실을 도피하기 위해 도망친 사이, 모친은 그런 딸을 안쓰럽게 여기고 그리워하다 그 지경까지 가게 된 것이었다.

"내가 너한테 연락하자고 하니까 엄마가 말리더라. 안 그래도 힘든 애한테 짐 되기 싫다고……. 너도 알잖아. 네 엄마가 아빠 잃고 혼자서 널 어떻게 키웠는지……."

서영은 죄책감에 눈물조차 흘릴 수가 없었다. 그녀는 몇 년 전 모친과 통화했던 것을 떠올리곤 긴 한숨을 뱉어 냈다.

"이제 그만 잊고 돌아와. 엄마 안 보고 싶니? 난 우리 딸 너무 보고 싶은데……. 엄마도 못 가게 주소도 안 알려 주고……. 넌 세상에서 제일 나쁜 딸이야."

항상 다정다감하게 말하는 모친이라 서영은 대수롭지 않게 생각했었다. 슬픔은 온전히 자신의 것이라고 생각하며 그녀의 진심을 외면했었다.

그 대가는 너무 혹독했다. 5년이 지난 지금 모친은 더 이상 젊은 엄마가 아니었다. 머리카락은 희끗하고 앙상하게 말라 본래보다 더 나이 들어 보였다. 서영과 같은 옷을 입을 만큼 젊음을 유지하던 그녀였기에 안방 침대에 누워 있는 모친이 너무나도 생소하게 느껴졌다. 서영은 부정하고 싶었다. 그 모든 것을 다 부정하고 싶을 만큼 괴로웠다.

"한 잔 더 마실래?"

"네, 주세요."

앞자리에 앉아 묵묵히 조카를 바라보던 삼촌이 다시 그녀의 잔에 술을 따라 주며 입을 열었다.

"교대 시간 잘 맞추면 엄마 혼자 있는 날은 없을 거다. 내가 일만 이렇게 안 되었어도 널 안 불러 올렸을 텐데……. 아니, 어차피 일이 이렇게 안 되었어도 넌 왔어야 했다. 엄마 곁에 네가 있어야 해."

영주의 우울증을 진즉에 알았던 영훈은 4년 전부터 그녀와 함께 살고 있었다. 그 역시도 독신이라 같이 사는 데 아무런 문제가 되지 않았다. 서영 대신 그녀의 외로움을 달래 주려고 합가를 하고, 주말마다 다른 형제자매까지 나섰지만 이젠 그마저도 소용이 없었다.

"네 이모들이 좀 극성이냐……. 그래도 그때뿐이더라. 주말 지나면 또다시 멍하게 앉아 있다. 참 환장할 노릇이더라."

"……."

"피곤할 텐데 일찍 자라. 나도 내일 일찍 나가 봐야 해서……."

영훈이 자리에서 일어나자 서영도 자리에서 일어났다.

"됐다. 뭔 예의를 차리고 그러냐……. 잔다."

그가 자신의 방으로 들어가자 서영은 다시 자리에 앉아 마저 남은 술을 잔에 따랐다. 그리고 한 치의 망설임도 없이 입안에 털어 넣었다. 쓴맛이 식도를 넘어 가슴 깊숙한 곳까지 전해졌다. 서영은 어금니를 질끈 깨물고 참았던 눈물을 왈칵 쏟아 냈다.

❀

사무실로 들어서는 재혁의 발걸음이 빨라졌다. 마음 같아서는 뛰고 싶었지만 꾹 참고 있는 것이었다. 그는 계단을 오르면서 애써 초조함을 감추고 있었다.

"좋은 아침일세."

뒤에서 처장의 목소리가 들려오자 재혁이 빠르게 돌아서서 고개를 조아렸다.

"좋은 아침입니다."

"참, 여기 인사하게. 처음 보는 얼굴이라 난 누군가 했더니 자네 부서로 발령받은 문서영 씨라는구만."

처장의 말에 재혁이 숙였던 고개를 천천히 들었다. 그리고 그의 옆에 서 있는 여자를 바라봤다. 심장이 '쿵' 하고 내려앉는 찰나, 그녀 역시도 재혁을 알아보고는 그의 시선을 피했다.

"인사 안 하나? 설비부에 여자는 처음이라 당황스럽기도 하겠지. 암튼 잘 좀 대해 주게나. 얼마나 낯설겠어. 그럼 사무실까지 부탁하네."

처장이 먼저 그들을 지나 시야에서 사라지자 재혁이 자신의 시선을 피하고 있는 서영을 바라봤다. 5년이 지났지만 그녀는 하나도 달라진 것이 없었다. 여전히 스카프는 그녀의 긴 목을 감싸고 있었다.

"변한 게 하나도 없네. 잘 지냈나?"

"선배도 여전하네요. 체격이 더 좋아진 것 같기도 하고요."

"운동으로 다져진 거야. 후후, 그 스카프는 여전하네……."

"아……. 안 하면 허전해서……."

옛 애인이 증표처럼 목에 남긴 키스마크. 서영은 그를 만나는 동안 스카프를 안 한 적이 한 번도 없었다. 키스마크를 가리기 위해선 그 방법밖에 없었기 때문이다. 더 이상 옛 애인이 남긴 흔적은 없었지만, 그럼에도 불구하고 스카프는 그녀의 목을 떠나지 않았다. 그것은 오랫동안 몸에 밴 습관과도 같았다. 안 하면 허전하고 뭔가를 빠트린 것만 같았다.

"아직 시간이 좀 남았는데 차 한 잔 하겠어?"

"그러죠."

직원 휴게실로 안내를 받은 서영은 그가 내민 커피를 받아 들고 주변을 둘러보았다.

"본사에 있었다며?"

재혁이 커피를 한 모금 마시고 아무렇지 않은 척 물었다.

"네."

"솔직히 인사 공고 보고 짐작은 했었어. 문서영이란 이름 흔하지만 정비단에 몸담고 있다면 내가 알고 있는 문서영밖에 없다고 생각했거든. 과 수석 독차지한 사람이잖아."

그의 말에 서영이 희미하게 웃어 보였다.

"근데 왜 다시 서울로 온 거야? 서울 올라오는 거 쉽지 않았을 텐데……. 운이 좋은 건가?"

"그렇죠, 뭐……."

서영은 고개를 숙이다가 다시 들었다. 그러고는 담담하게 뱉어 냈다.

"선배, 부탁 하나 할게요."

"부탁? 무슨?"

"내가 선배랑 같은 과라서 하는 부탁인데요. 선배는 아무렇지 않겠지만 전 전혀 그렇지 않거든요."

"무슨 부탁인데?"

"있잖아요, 선배……. 과거 얘기는 안 하셨으면 좋겠어요. 솔직하게 아직 벗어나지 못했거든요. 어떤 뜻인지 아시겠죠?"

그녀의 말에 재혁은 빨리 대답을 해 줄 수가 없었다. 지금도 잊지 못하고 있는 거라면 자신에겐 두 번째 기회조차도 없는 건가 싶었다.

"그 녀석 아직도 잊지 못한 거야?"

"잊지 못한 게 아니라 조금도 떠올리고 싶지 않아서 그래요."

서영이 거의 애원하듯 뱉어 냈다.

"알았어. 입 다물고 있을 테니까 걱정하지 마. 넌 못 잊었지만 난 다 잊었다. 그만 가자."

"고마워요. 이런 부탁하는 내가 우습지만 저도 어쩔 수가 없어서요."

"이해한다."

그녀는 모친만 아니라면 다시 대전으로 돌아가고 싶었다. 서영이 처음부터 대전 본사를 택한 것은 재혁처럼 아는 이들을 만날지도 모른다는 두려움에서였다. 그녀는 그 사람과 연관된 것과 조금도 얽히고 싶지 않았다. 심지어 같은 하늘 아래 있는 것조차도 힘겨웠다. 그것이 서울을 떠난 이유였다.

철도청에 근무를 하고 싶었던 건 기계과에 입학하기 이전부터의 꿈이었다. 남자 때문에 그 꿈마저 포기하는 어리석은 짓은 하고 싶지 않았다. 자신만 서울을 떠나면 문제될 것이 전혀 없다고 생각했다. 그리고 책임질 아이가 있었다. 아이에게 당당한 엄마의 모습을 보여 주기 위해, 아빠의 빈자리를 채워 주기 위해 그녀는 다시 일어설 수밖에 없었다. 때문에 지난 5년 동안 그녀는 많은 부분 상처를 치유하며 열심히 살아왔다. 일에만 전념하며 누구보다 멋지게 살아왔다고 자부했다.

하지만 그것은 가면 속의 그녀일 뿐이었다. 잊었다고 생각했지만 서울에 발을 딛는 순간, 재혁을 본 순간 하나도 잊지 못했다는 걸 깨달았다. 폭풍우가 휘몰아치는 것처럼, 쓰나미가 한꺼번에 밀려오는 것처럼, 큰 두려움에 다시금 휩싸였다. 모친만 홀로 남겨 두고 도망친 자신이었지만, 그녀는 5년 동안 상처를 가슴 깊은 곳에 꽁꽁 숨겨 놓고 허송세월을 보낸 것이다. 뻣뻣하게 가슴을 채우던 자존심이 한순간에 허물어지는 것 같았다.

"가자. 다들 출근했을 거야."

서영이 대답도 하지 않고 재혁의 얼굴을 빤히 바라봤다. 재혁의 얼굴 옆으로 그의 얼굴이 스치듯 지나갔다. 재혁의 옆자리에 앉아 있던 그 남자의 모습이……. 그때의 영상이 너무도 선명하게 되살아났다.

재혁의 뒤를 따라 사무실에 들어선 서영은 갑작스런 환영식에 깜짝 놀라지 않을 수 없었다. 덩달아 재혁도 갑자기 터진 폭죽에 놀란 가슴을 쓸어내렸다.

"환영합니다."

김문수가 앞으로 나와 서영의 손을 잡아끌었다.

"우리 설비부에 입성한 것을 대단히 환영하는 바입니다. 제가 슬쩍 알아보니까 미혼이시던데…… 맞습니까?"

그의 능글맞은 표정에 서영은 그만 피식 웃고 말았다.

"자, 보십시오. 우리 유지보수과에 남자만 25명입니다. 그중에 여자가 단 한 명, 외모도 빠지지 않고 진정한 꽃이지 않습니까? 오늘 퇴근하고 다 같이 환영식 어떻습니까?"

그의 속물스런 인사치레에 재혁이 김문수의 어깨를 툭 쳤다.

"그래서 네가 여자가 없는 거다. 어제는……."

"야! 야……."

김문수가 황급히 재혁의 입을 막으며 서영을 향해 웃어 보였다.

"이쪽에 앉아요. 제 옆자리입니다. 참, 저는 김문수입니다."

그가 악수를 건네자 서영이 그의 손을 잡았다. 그녀는 재미난 김문수 덕에 모처럼 웃어 보는 것 같았다.

재혁이 그날의 업무를 시작하기 위해 사무실을 나섰다. 그 뒤로 김문수와 서영, 그리고 동료 몇 명도 뒤따랐다. 그들은 자신들이 맡은 업무를 시작하기 전 작업복으로 갈아입었다.

작업복으로 갈아입은 서영의 모습이 재혁은 어쩐지 낯설게만 느껴졌다. 하지만 김문수는 여기에서도 능글맞은 작업을 걸어왔다.

"역시나 뭘 입어도 예쁘네요. 안전모도 써야죠."

김문수가 자신이 들고 있던 안전모를 씌어 주자 서영이 움찔거렸다. 그러자 재혁이 서둘러 그에게 핀잔을 주었다.

"바쁜데 자꾸 그럴래? 문서영 씨 당황하게 왜 그래? 작작 좀 하자. 응?"

"알았어. 일하자, 일해."

그가 두 사람을 뒤로하고 검수고 안으로 들어갔다. 이어 서영이 그 뒤를 따르자 재혁이 그녀의 팔을 붙잡았다.

"괜찮겠어?"

"무슨 소리예요? 나 신참 아니에요. 입사 5년차라고요."

"그렇지. 깜박했어. 수고해. 나는 세척고로 가야 해서……."

"그래요. 선배도 수고하세요."

멀어져 가는 서영을 바라보며 재혁은 불안한 듯 눈길을 떼지 못했다. 마치 어린 양을 늑대 굴속에 떠민 것만 같았다.

김문수와 검수고 안으로 들어간 서영은 그녀가 맡은 업무를 시작했다. 하지만 언제 왔는지 김문수가 곁으로 다가와 그녀에게 말을 붙였다.

"볼트 조일 줄 알아요?"

"네?"

너무 황당한 질문에 서영은 기분이 무척이나 좋지 않았다. 기계를 다루는 사람한테 그런 질문을 한다는 것은 무슨 의미일까 싶었다.

"힘드니까 내가 좀 도와줄게요."

"됐습니다. 저도 할 줄 알거든요. 방해되니까 저쪽으로 좀 가주실래요?"

서영이 부드러우면서도 단호하게 뱉어 내자 김문수가 움찔거렸다. 그는 서영보다도 키가 작았다. 그녀가 내뿜는 포스에 단번에 기가 죽은 김문수는 그날 종일 그녀의 곁에는 얼씬도 하지 못했다. 그녀가 작업하는 모습을 간간이 지켜보면서 두 번, 세 번 놀

라기를 반복했다. 여자지만…… 아니, 여자여서 그런가……. 섬
세한 손놀림이 위대해 보이기까지 했다.

　퇴근 시간을 조금 남겨 두고 작업을 끝마친 재혁은 사무실로
돌아와 업무 일지를 쓰기 위해 자리에 앉았다. 아직 서영과 김
문수는 끝마치지 못한 모양이었다. 잠시 후 서영이 모습을 보였
다. 그 뒤로 김문수도 따라 들어왔다. 하지만 어찌 된 일인지
김문수는 잔뜩 풀이 죽은 모습이었다. 그가 눈짓으로 왜 그러냐
고 묻자 김문수가 고개를 흔들며 엄지손가락을 들어 보였다. 그
제야 서영의 기에 단단히 눌렸음을 알 수 있었다. 재혁은 절로
웃음이 삐져나왔다. 여자라고 무시하더니 된통 당한 모양이었
다.
　"술 한잔하자. 서영 씨한테는 네가 말해 볼래?"
　"네가 해."
　"야, 가기 전에 얼른 말해."
　김문수의 재촉에 재혁이 빠르게 퇴근 준비를 하는 서영의 곁으
로 다가갔다.
　"술 한잔하실래요?"
　"죄송해요. 제가 집에 일이 좀 있거든요. 술은 다음에요. 바로
퇴근하겠습니다."
　총총걸음으로 사라지는 서영을 바라보며 재혁도 겉옷을 들었
다.
　"너도 그냥 들어갈 거냐?"

김문수의 뿌로퉁한 말투에 재혁이 웃어 보였다. 그는 다른 동료들 서너 명에게 술 한잔을 할 것을 권했고 모두 다 함께 사무실을 나섰다.

2.
슬픔이 오래가면

집에 도착한 서영이 서둘러 안으로 들어갔다. 시내버스와 택시가 충돌해 한시적으로 교통이 마비되어 예정보다 30분이나 늦었다. 그녀를 기다리던 삼촌은 이미 출근을 한 상태였다. 그 역시도 지각을 했을 것이다.

남들에겐 30분이란 시간이 무척 짧게 느껴질지도 모르나 서영에게는 30년처럼 길게 느껴졌다. 30분이란 시간 안에 일어날 수 있는 안 좋은 일들이 얼마나 많은지……. 그녀는 집으로 오는 내내 마음을 졸여야만 했다. 만약 자가용이 아니었다면 버스에서 내려 뛰어갔을지도 몰랐다.

"엄마! 엄마, 어디 있어?"

안방 문을 열었지만 방 안에 영주는 없었다. 화장실에도 없었고, 다른 방에서도 그녀의 모습은 찾아볼 수 없었다.

"엄마!"

서영이 울부짖었지만 역시나 그녀는 대답이 없었다. 잠시 후 베란다에서 영주의 노랫소리가 들려왔다. 그녀는 서둘러 베란다의 문을 열어젖혔다. 영주가 아무렇지도 않게 빨래를 널고 있었다.

"엄마!"

서영의 소리침에도 불구하고 영주는 뒤돌아보지 않았다. 오직 빨래만 널고 있었다. 서영은 잠시 나쁜 생각을 갖게 되었다. 우울증이 깊어지면 못 들을 수도 있나 싶었다. 아침까지만 해도 괜찮았는데 한순간에 어리둥절해졌다. 그녀는 천천히 다가가 모친의 어깨에 손을 얹었다. 그제야 모친이 뒤돌아보고 서영을 반겼다.

"왔니?"

"내가 부르는 소리 못 들었어?"

"못 들었는데? 아⋯⋯. 내가 이어폰을 꽂고 있었잖니⋯⋯. 너무 크게 들었나. 요즘 노래 왜 이렇게 좋은 거니? 우리 딸이 와서 그런가. 젊은 애들이 부르는 노래가 듣기 좋더라."

그녀는 서둘러 이어폰을 빼고 앞치마 주머니에 찔러 넣었다. 서영 역시도 왜 이어폰을 못 봤는지 이해가 가지 않았다. 너무 당황한 나머지 그 작은 물건이 눈에 들어오지 않은 모양이었다. 모친의 안전을 확인한 순간, 서영은 온몸의 기운이 쏙 빠지는 것 같았다. 별안간 서영이 영주를 꼭 껴안았다.

"왜 그래?"

"아냐⋯⋯. 우리 엄마 예뻐 보여서⋯⋯."

서영은 모친이 눈치채지 못하게 눈물을 삼켜야만 했다. 억지로 눈물을 참는 것도 고역이었다. 대전에 있을 때는 울고 싶을 때 맘껏 울었는데, 지금은 그렇게 할 수가 없었다.

"엄마 빨래 다 널었다. 우리 맛있는 밥 먹자. 너 좋아하는 된장찌개 했어."

"응. 나 씻고 나올게."

"그래."

서영이 집으로 돌아온 지후 영주의 상태는 조금씩 호전을 보이고 있었다. 그녀는 매일 영주와 한 방에서 잠을 잤다. 자는 중에도 영주는 서영의 손을 꼭 잡고 놓지 않았다. 잠결에 자신의 얼굴을 쓰다듬는 모친의 손길도 느낄 수가 있었다. 얼마나 자신을 그리워했는지 뼈저리게 느껴졌다. 자신이 얼마나 이기적이었는지, 힘들다는 이유로 현실을 도피해 버린 그 5년간의 시간을 다시 되돌리고 싶은 마음뿐이었다. 그깟 남자가 뭐라고, 그 남자가 도대체 얼마나 대단한 사람이기에, 얼마나 대단한 사랑이기에 이토록 엄마를 외롭게 만들었는지 서영은 자신이 죽도록 경멸스러웠다.

그녀는 샤워기에 물을 틀어 놓고 삼켰던 눈물을 토해 냈다. 울고 또 울어도 가슴은 굳게 닫혀 있었다. 아무리 울어서 토해 내도 여전히 그 상태로 닫혀 있었다.

'똑똑' 노크 소리가 들리고 곧이어 영주의 목소리가 들려왔다.

"찌개 다 식는다. 대충 씻고 한술 떠."

"으응. 알았어. 엄마……."

서영은 세수를 하고 거울의 비친 자신의 상태를 확인했다. 모친에게 울었다는 걸 들키고 싶지 않아서였다.

씻고 나오자 된장찌개 냄새가 구수하게 풍겨 왔다. 식탁에는
갖은 나물과 겉절이가 놓여 있었다.

"어서 먹자. 배고프지?"

"응, 엄마는?"

"아까 먹었더니 배가 안 고프네. 어서 먹어. 참, 엄마랑 술 한
잔할까?"

"술 먹고 싶어?"

"아니, 그냥 우리 딸하고 한잔하고 싶어서 그러지."

"그래, 엄마……. 우리 한잔하자. 내가 술 가져올게. 냉장고에
있지?"

"응."

영주의 상태가 많이 좋아졌다고는 하지만 아직 갈 길이 멀었
다. 집에 온 지 3일째이지만 그녀는 하루에 한 번씩은 자신의 방
에 틀어박혀 밖으로 나올 생각을 하지 않았다. 쭈그리고 앉아 창
밖을 바라보며 서영의 말에도 귀 기울이지 않았다. 눈물을 흘리며
모든 것이 귀찮고 듣기 싫다며 나가라고 힘없이 소리치곤 했다.
때문에 그녀가 술을 찾은 것이 아무래도 마음에 걸렸다.

"엄마, 한 잔만 마시는 거다."

"한 잔? 너랑 나랑 반 병씩 먹자."

"반 병? 그러지. 뭐……."

괜히 모친의 심기를 건드리고 싶지 않았다. 이왕 마시기로 한

거 반 병 정도라면 괜찮을 것 같았다. 그 이상이 아니라면…….

식사를 하는 동안 영주는 반찬을 놓아주며 서영이 먹는 모습을 지켜봤다. 그녀의 얼굴엔 흐뭇한 미소로 가득했다.

모친의 술잔이 비자 서영이 그녀의 잔에 술을 따라 주었다.

"근데……."

"응, 엄마."

"너 올해 몇이지?"

"스물아홉. 왜?"

"벌써? 노처녀네? 시집가야겠어. 회사에 괜찮은 사람 없던?"

"오늘 처음 갔는데 어떻게 알아? 엄마도 참……."

"왜 그런 거 있잖아. 첫눈에 반하는 뭐……. 통하는 사람 없었어?"

'통하는 사람은 없었고 피하고 싶은 사람은 만났어.' 라며 서영이 속으로 뱉어 냈다. 과거얘기를 꺼내고 싶지 않아 재혁의 얘기를 할 수가 없었다. 영주는 재혁을 알고 있었다. 옛 애인과 친구들은 가끔 영주가 일하는 가게에 찾아가곤 했었다. 다른 친구들보다 두 사람과 함께하는 시간이 더 많았던 재혁은 유독 모친과 더 친했었다.

"여자가 너 하나라며……. 괜찮은 사람 있으면 마음 좀……."

영주의 말을 끊고 서영이 입을 열었다.

"엄마, 우리 이사 가자."

"이사? 왜?"

"회사 근처로 가야겠어. 길 막히면 20분 거리가 한 시간도 더 걸리잖아."

무덤덤하게 말하는 서영과 달리 영주의 얼굴은 굳었다. 그녀는 서영의 말이 끝나자 빠르게 입을 열었다.

"나 때문이면 괜찮아. 엄마는 여기가 좋은데……. 너 신경 안 쓰이게 잘할게. 이사 가지 말자."

영주는 술잔을 비우고는 더 이상 입을 열지 않았다. 대신 그녀의 시선이 가족사진에 닿아 있었다. 조촐하지만 사진 속의 세 사람은 환하게 웃고 있었다. 당시 열 살이었던 서영은 부친의 품에 폭 안겨 있었다. 세 사람은 똑같이 옷을 맞춰 입고 결혼 10주년 기념으로, 결혼 10년 만에 집을 장만한 기념으로 가족사진을 찍었다.

그 후 1년 동안 참 열심히 살았다. 집을 장만할 때 대출금을 1년 안에 갚을 거라면서 부부는 밤낮을 쉬지 않고 일했다. 그리고 그들의 바람대로 빚을 모두 청산할 수 있었다. 그날 이후 두 사람은 집을 꾸미는 데 정신이 없었다. 다시 페인트를 칠하고 도배를 하고, 하나밖에 없는 딸의 방을 공주방처럼 꾸며 주었다. 핑크색 침대를 들여놓고 아기자기한 소품까지 하나하나 정성을 쏟았다. 하지만 며칠 뒤 출근했던 남편은 싸늘한 주검이 되어 돌아왔다.

"엄마? 무슨 생각해? 아빠 생각하는 거야?"

사진을 바라보는 모친의 눈가에 이슬이 맺혀 있자 서영이 서둘러 영주를 현실로 돌아오게 했다. 그냥 두면 슬픔이 깊어질 것만 같았기 때문이다.

"엄마 미안해. 내가 괜히 이사하자고 해서……. 아빠 손때 묻은 곳인데 내가 너무 경솔했어."

"아냐. 엄마가 더 미안하지. 엄마 피곤한데 이만 잘까 봐. 술 몇 잔 마시지 않았는데 취하나 보네. 엄마 먼저 잔다."

"응."

영주가 안방으로 들어가자 서영이 닫힌 문 앞에 귀를 갖다 댔다. 혹시라도 모친이 그녀 몰래 울지는 않을까 하는 염려에서였다. 하지만 방 안은 쥐 죽은 듯이 고요하기만 했다. 서영은 괜히 모친의 심기를 건드린 것 같아 마음이 몹시 불편했다. 그래서 방문을 열고 이불을 덮고 침대에 누워 있는 모친의 곁으로 다가갔다.

모친은 이불을 머리끝까지 뒤집어쓴 채 눈물을 삼키고 있었다. 딸에게 우는 모습을 들키고 싶지 않아 소리 없이 눈물을 쏟아 내는 중이었다. 그런 모친을 보니 서영은 안쓰러움이 한순간에 밀려와 그녀도 모르게 침대에 올라가 이불 속으로 들어갔다. 그러고는 모친을 뒤에서 껴안아 주었다. 별안간에 딸의 체온이 느껴지자 그녀는 눈물을 뚝 멈추었다.

"미안하다."

"내가 더 미안해, 엄마. 다시는 그런 말 하지 않을게."

서영은 자신의 슬픈 속내를 들키지 않으려고 일부러 담담하게 뱉어 냈다. 그녀는 한 손으로 모친의 팔을 가만히 주물러 주면서 술 한잔을 기울인 탓에 사르르 잠이 들었다.

✳

술 한잔을 기울이고 앨범을 뒤적이는 재혁은 청승맞게 히죽거리며 웃었다. 그는 앨범 속의 서영을 바라보며 계속해서 미소를 지었다. 하지만 이내 미소 짓던 얼굴이 싸늘하게 굳어졌다. 그녀의 옆에 그가 있었다. 이 사진을 봐도, 저 사진을 봐도 두 사람이 떨어져 있는 모습을 찍은 사진은 단 한 장도 없었다. 마지막 장에는 두 사람이 헤어지기 며칠 전에 찍은 사진이 꽂혀 있었다.

사진 속의 서영은 어느 때보다도 해맑게 웃고 있는데, 이렇게 웃는 모습이 예쁜 그녀인데 친구는 왜 그녀를 버렸을까. 5년이 지난 지금도 그 이유를 알 수가 없었다. 소문으로는 집안끼리의 격차가 너무 심해서 그랬다지만……. 단지 가난하다는 이유로, 홀어머니라는 이유로 헤어진다는 건 평소 재혁이 알고 있는 녀석의 모습이 아니었다. 지민도 홀어머니였고, 두 사람은 처음부터 그녀의 반대에 부딪혔었다. 그럴 때마다 친구는 서영을 보듬어 주고 자신의 모친과 따로 만나지 못하도록 감싸고돌았었다.

그리고 지민 스스로 선을 봤다고 했지만, 그것 또한 분명한 것이 아니었다. 그 뒤 몇 번 지민을 따로 만나 이유를 물었지만, 친구 녀석은 한 마디도 언급하지 않았다. 그리고 허망하게 몇 주 후 미국으로 유학을 떠나 버렸다. 그 뒤로 그 친구의 소식 또한 알 길이 없었다. 동창들을 만나면 가끔 두 사람의 얘기가 화두가 되긴 해도 누구 하나 소식을 아는 사람은 없었다. 마치 이 지구상에서 영원히 자취를 감춘 것만 같았다. 생각이 깊어지자 문득 재혁은 그녀와 통화를 하고 싶은 마음이 들었다.

"참……. 전화번호를 안 물어봤네. 뭐 한 거야? 차재혁…….
그것부터 물어봤어야지. 33년을 헛살았네. 머리 뒀다 뭐해? 아이
고……."

한심한 듯 재혁은 방바닥에 대자로 누워 자신의 머리를 쥐어박
고는 천장을 바라보았다. 잠시 후 술이 깨는 모양인지 형광등이
두 개로 보이고 머리가 욱신거리며 속이 뒤집어지는 것 같았다.
고통이 한순간에 밀려오자 참기가 힘들었다. 그는 욕실로 뛰어 들
어가 구토를 하고 변기를 부여잡고 쭈그리고 앉았다.

"살다 살다 오바이트까지 하네. 아……. 머리 아파."

'띠리링' 거실에서 휴대폰 벨소리가 들려왔지만 재혁은 머리가
무거워 빨리 움직일 수가 없었다. 그는 전화가 끊기든 말든 신경
조차 쓰고 싶지 않은 듯 입안을 헹구고 양치질을 했다. 그리고 두
눈을 질끈 감고 양미간을 잔뜩 찌푸렸다.

잠시 후 휴대폰 벨소리가 끊겼다. 이어 들리는 메시지는 '부재
중 전화가 왔습니다.' 였다. 그 목소리가 계속 반복해서 들려오자
벨소리보다도 더 듣기가 싫을 정도였다. 재혁은 참다못해 칫솔을
문 채로 거실로 나와 소파에 아무렇게나 놓여 있는 휴대폰을 들
었다.

"누구야? 이 시간에……. 어? 이 번호는……."

재혁은 번호를 보고는 빠르게 전화번호 하나를 기억해 냈다.
'0707' 그것은 그 녀석의 예전 휴대폰 번호의 뒷자리였다. 설마
그 녀석일까 싶으면서도 왠지 불길한 마음이 들었다. 한순간에 술
이 확 깨는 것 같았다. 바로 그 순간 다시 벨이 울렸다. 재혁은

깜짝 놀라 하마터면 휴대폰을 떨어트릴 뻔했다. 그 녀석이었다. 아니, 그 녀석이 분명한 것 같았다. 그 순간 그의 머릿속에 서영의 얼굴이 떠올랐다. 재혁은 한순간에 공황 상태에 빠졌다.

그는 휴대폰을 바라보며 머리를 긁적였다. 그는 스스로 지금 선택의 기로에 서 있다고 생각했다. 친구의 안부가 무척이나 궁금했지만 한편으론 지금 이 전화를 받는다면 영영 서영에게 다가서지 못할 것만 같았다. 자신에게 주어진 기회가 이 녀석으로 인해 물거품이 될 것만 같아 그는 끝내 전화를 받지 않았다. 참 별일이었다. 모습을 감췄던 서영이 별안간 나타나고, 이젠 이 녀석이 별안간 자신이 살아 있음을 알리고 있었다.

머릿속이 복잡해지자 다시금 머리가 욱신거렸다. 재혁은 그대로 침대로 돌진했다. 몸살이 오려는지 온몸이 쑤시고, 으슬으슬 춥기까지 했다. 그는 이불을 하나 더 꺼내 두 개를 덮고 자 보려고 노력했다. 하지만 안 좋은 컨디션과 달리 녀석으로 인해 정신은 더 또렷해지고 있었다.

늦은 오후까지 잠에서 깨어나지 못한 재혁은 미리 맞춰 놓은 알람 소리에 눈을 떴다. 새벽까지 잠을 이루지 못해 뜬눈으로 지새우다시피 했다. 겨우 4시쯤 잠이 들어 이제야 눈이 떠진 것이다. 푹 자고 나니 어제보단 컨디션이 한결 나아진 것 같았다. 그는 벽에 걸려 있는 초록색 원형 시계를 바라보고 주섬주섬 자리에서 일어났다.

오늘은 야간 근무를 하는 날이었다. 아직 4시밖에 되지 않아 여유가 있는 셈이었다. 그는 냉장고에 있는 우유부터 꺼냈다. 속이 쓰리다 못해 몹시 허기가 졌다. 이럴 때 아내라도 있으면 얼마나 좋을까 싶었다. 나이가 들은 모양인지 요즘 들어 부쩍 결혼이라는 걸 생각하게 되는 것 같았다. 서영을 만난 이후로는 더 간절해졌다.

재혁이 출근을 하고 30분 뒤 7시를 조금 넘긴 시간, 서영이 긴 머리를 흩날리며 뛰어 들어왔다. 그녀는 사람들에게 인사를 해 보이곤 작업을 하러 가기 전 머리를 질끈 묶어 위로 올려 핀을 꽂았다. 그제야 그녀의 긴 목이 드러나고 그 목을 감싸고 있는 스카프가 선명하게 눈에 들어왔다.

"늦었네요?"

다른 직원들이 있을 때 재혁은 존칭을 사용했다. 두 사람이 서로 아는 사이라는 걸 비밀로 하기 위해서였다. 금방 알게 될 일이지만 잠시라도 과거를 떠올리고 싶지 않아 하는 서영에 대한 배려였다.

"병원에 다녀오느냐고요."

"병원? 어디 아파요?"

재혁이 걱정스럽게 물었으나 서영이 이내 고개를 저으며 입을 열었다.

"엄마가 조금 편찮으세요. 그럼 저 먼저 내려갈게요."

서영이 재혁을 지나 사무실을 빠져나갔다. 그는 차 한 잔 마실 여유도 없이 급하게 일을 시작하는 그녀가 안쓰러웠는지 음료수를 하나 뽑아 서영의 뒤를 쫓았다.

"문서영 씨?"

막 직원 휴게실로 들어서던 서영이 재혁의 부름에 뒤돌아섰다. 그녀는 그가 음료수를 건네자 어리둥절한 표정을 지어 보였다.

"이러지 않아도 되는데요."

"내 마음이야."

"네?"

"후배 챙기는 내 마음이라고. 마시고 해. 그럼 수고."

뒤돌아 뛰어가는 재혁의 모습을 가만히 바라보던 서영이 희미하게 미소 지었다. 재혁은 하나도 변하지 않은 것 같았다. 5년 전에도 그는 소소하게 자신을 챙기곤 했었다. 그 사람은 일이 있을 때마다 재혁에게 하루 종일 자신을 맡기기도 했었다. 친구의 연인에게 그가 해 줄 수 있는 건 뭐든 다 해 줬던 것으로 기억한다. 그는 그림자처럼 자신들의 곁에 있었다. 그때나 지금이나 변함없이 재혁은 따뜻하고 배려심이 많은 남자였다.

기본 정비를 하기 위해 검수고로 들어선 서영은 먼저 와 있는 김문수와 눈이 마주치자 고개를 숙여 보였다. 그가 장갑을 벗고 그녀의 곁으로 다가왔다.

"늦었네요?"

"미안합니다."

"뭘요…… 근데 지금 근무시간 아니지 않아요. 이따 2시로 알고 있는데?"

"알아요. 나두한 씨가 바꿔 달라고 해서요. 저도 지금 일하고 쉬는 게 좋을 것 같아서요."

"그렇죠. 오늘도 스카프를 했네요? 목감기 걸렸어요?"

"아니에요. 그만 일하죠."

서영은 김문수를 지나 다른 일행들이 있는 곳으로 발걸음을 옮겨 그날의 업무를 시작했다.

김문수는 서영을 대하면 대할수록 자꾸만 어렵게 느껴졌다. 사내커플 좀 되어 볼까 했는데 서영이라면 꿈도 못 꿀 것 같았다. 성격도 차갑고, 몇 번 같이 일해 보지 않았지만 자신보다 능력이 더 뛰어난 것은 분명한 것 같았다. 그녀 옆에 서면 작아지는 자신을 매번 느끼고 있었다. 게다가 키가 작은 것이 더 콤플렉스로 다가왔다. 단화를 신고도 자신보다 크면 170cm가 넘는 모양이었다. 김문수는 그녀가 클 때 자신은 뭘 했는지 자괴심마저 들었다.

차량의 바퀴가 세척되는 동안 재혁은 내내 서영 생각뿐이었다. 같은 조도 아니고 맡은 업무도 다르다 보니 일할 때에는 그녀를 거의 볼 수가 없었다. 재혁은 그녀와 함께 일하고 있는 김문수가 처음으로 부러웠다.

"차재혁 씨."

그보다 1년 먼저 입사한 선배가 딴생각을 하고 있는 재혁을 불렀다.

"네?"

"재혁 씨는 결혼 안 합니까?"

"결혼이요? 하하……. 해야죠."

결혼이란 말에 재혁은 순간적으로 얼굴이 화끈거렸다.

"33살이죠?"

"네."

"내가 소개 좀 시켜 줄까요? 우리 처제 있는데…….."

그의 말에 재혁은 겸연쩍게 웃기만 했다. 그에게는 지금 서영 밖에 눈에 들어오지 않았다. 다른 여자들은 전혀 관심 밖이었다.

"생각 없는데요."

"나이 금방 먹어요. 조금 지나면 진짜 결혼하기 힘든데?"

"가겠죠."

"아……. 여자 있구나?"

"아, 아닙니다. 없어요."

재혁이 심한 부정을 하자 선배가 의심스런 눈길로 바라봤다. 그는 웃으면서 재혁의 어깨를 한 번 툭 쳐 보이곤 다른 곳으로 이동을 했다.

그가 가고 나자 재혁은 또다시 공허한 상태가 되었다. 머릿속은 텅 빈 것처럼 아무 생각도 할 수가 없는데, 가슴은 왜 이렇게 답답한지 모르겠다. 재혁은 내일 당장 서영과 둘만의 시간을 가져야겠다고 생각했다. 차일피일 미루다가는 이도 저도 아닌, 그냥 흐지부지하게 끝날 것 같았다.

다음 날 아침. 퇴근 시간 30분을 남기고 재혁이 서영의 자리를 지나면서 남들의 눈을 피해 그녀에게 쪽지를 건넸다. 서영은 그것을 받고 당황했으나 이내 아무렇지 않은 척 업무 일지를 썼다. 그리고 업무 일지를 쓰면서 그가 건넨 쪽지를 조심스럽게 펼쳐 보였다.

끝나고 아침 식사 어때요? 근처에 맛있는 식당 있어요.

쪽지를 읽은 서영은 잠시 생각에 잠긴 듯했다. 삼촌이 오늘 야간 근무라 한두 시간 정도는 시간을 낼 수 있었다. 하지만 그녀는 그와 아침 식사를 하고 싶은 마음이 조금도 없었다. 유일하게 자신의 과거를 알고 있는 사람이었다. 재혁과는 거리를 두는 것이 나을 거라는 게 그녀의 생각이었다.

업무 일지를 다 쓰고 퇴근 준비를 마친 서영이 재혁의 곁으로 다가왔다. 마침 그의 주변에 다른 동료들은 없었다.

"죄송해요. 집에 급한 일이 있어서요."

"항상 그런가 봐."

재혁이 실망스런 표정으로 물었다.

"엄마가 많이 아프세요. 제가 옆에 있어야 하거든요."

"그래……. 그럼 같이 퇴근……."

그 순간 재혁은 자신의 자전거를 떠올렸다. 그는 미간을 찌푸리며 처음으로 자가용이 없는 것이 후회스러웠다.

"선배, 자전거 타고 다니잖아요."

"응, 깜박했다."

"그럼 먼저 갈게요."

그녀가 사무실을 나서고 난 뒤에도 재혁은 긴 한숨만 토해 낼 뿐 움직일 생각을 하지 않았다. 그런 재혁의 곁으로 화장실에 다녀온 김문수가 다가왔다.

"서영 씨는? 퇴근했어?"

"어? 응."

재혁도 겉옷을 들고 퇴근 준비를 서둘렀다.

"언제 갔는데?"

"방금…… 아니, 1분쯤……."

"너 빨리 내려와."

김문수가 후다닥 사무실을 빠져나가자 재혁은 무슨 영문인지 몰라 어리둥절했다.

그가 막 주차장을 지날 무렵, 김문수가 재혁을 불렀다. 그의 옆에는 서영이 있었다.

"내가 같이 밥 먹으러 가자고 그랬어. 서영 씨, 내 차만 따라와요. 여기서 멀지 않아요."

"네."

"너는 내 차 타라."

"아니, 난 서영 씨 차 타고 갈게. 혹시 길 잃을 수도 있으니까."

자신의 제안을 마다한 서영을 김문수가 어떻게 설득했는지 궁금했지만 재혁은 일단 그녀의 차에 올라타는 게 급선무였다.

조수석에 올라탄 그를 보고 서영과 김문수가 당황한 표정을 지어 보였다.

"야! 내려. 내 차 타야지!"

김문수가 조수석의 문을 열고 그의 팔을 붙잡았지만 재혁은 내릴 의사가 없었다.

"이 차 탈 거라니까. 서영 씨, 얼른 갑시다."

재혁의 재촉에 그녀가 마지못해 운전석에 앉았다.

"내가 길 알려 줄게요. 우리 먼저 간다."

"그, 그래."

김문수도 마지못해 고개를 끄덕거렸다.

"출발하세요."

그의 지시에 서영이 차를 출발시켰다.

"김문수가 뭐라고 했기에 허락한 거야? 난 싫다더니……."

"선배도 알잖아요."

"알아. 그래도 나한테까지 이럴 필요는 없잖아. 나 그 녀석 연락처 몰라. 유학 가 버리고 나선 어떻게 사는지 알지도 못한다고."

"그 사람이 유학을 갔어요?"

서영이 놀라며 물었다.

"그…… 그래. 몰랐어? 몰랐겠지."

"그래요……."

"암튼 나 그만 피하면 안 되는 거야?"

"미안해요. 아직 내 마음이 정리가 되지 않아서 힘들어요. 선배 보고 있으면 자꾸 그 사람 생각이 나서……."

"그렇기도 하겠지. 하지만……."

"어디로 가요? 좌회전?"

"어? 좌회전."

덤덤하게 말하며 운전을 하는 서영을 재혁이 가만히 지켜보며 어젯밤을 떠올렸다. 녀석에게서 전화가 걸려왔다고 하면 서영은 어떤 반응을 보일까……. 아직도 마음 정리가 되지 않았다면 연락처를 가르쳐 달라고 하진 않을까 싶었다. 머릿속이 복잡해지자 자연스럽게 말을 꺼내는 것도 어려워졌다. 그는 목적지까지 가는 동안 내내 말을 하지 않았다.

출근 시간이 지난 도로는 한적하기만 했다. 김문수의 차가 먼저 식당으로 들어섰다. 그는 차에서 내려 서영이 주차를 할 수 있게 도와주고는, 두 사람이 차에서 내리자 서영을 이끌고 식당 안으로 먼저 들어갔다. 재혁은 그의 행동이 우스워 혼자 피식 웃고는 그 뒤를 따랐다.

"여기 국수 세 그릇이요."

김문수가 자리에 앉자마자 소리쳤다.

"차를 안 가져왔으면 술이라도 한잔할 텐데……. 한잔 먹고 자면 잠 잘 오잖아. 안 그래요?"

김문수의 섭섭한 표정에 서영이 말없이 웃었다.

"난 한잔해야겠다. 아주머니 소주도 한 병 주세요."

"치사하게 너만 마시게?"

"응. 아니면 너도 대리 부르든가."

"그럴까?"

술을 좋아하는 김문수가 마다할 리가 없었다.

"그냥 오늘을 나 혼자 마시자. 누가 아침부터 대리를 오냐? 오늘만 참아."

재혁은 주인이 놓고 간 소주를 시원하게 따고는 한 잔을 따라 단번에 들이켰다. 그리고도 연거푸 세 잔을 더 들이키자 김문수가 의아한 듯 물었다.

"왜, 왜 그래? 누구한테 깨졌어?"

"응, 엄청 깨졌다."

"누군데?"

"몰라. 넌 알 거 없어."

다시 한 잔을 들이켜는 재혁을 보면서 서영은 탁자 밑에 숨겨 둔 손을 만지작거리고 있었다. 그가 술을 마시는 이유를 알기 때문에 그 자리가 무척이나 불편했다. 하지만 박차고 나올 수 없는 것은 김문수 때문이었다. 시끄럽게 만들고 싶지 않았고, 괜한 오해 또한 사고 싶지 않았다.

국수를 먹는 동안 김문수는 끊임없이 얘기를 했고 재혁은 계속해서 홀짝거리며 한 병을 다 비워 냈다.

"그만 마실 거지?"

"그럼, 이미 취했다. 이만 가자."

재혁이 먼저 자리에서 일어나 계산을 하려고 하자 김문수가 서둘러 뛰어가 지갑을 들이밀었다.

"내가 할게. 넌 차에 가서 앉아 있어. 어서……."

"잘 먹었다. 다음엔 내가……."

재혁이 밖으로 나가자 서영도 뒤따라 나왔다.

"나 집까지 데려다 줄 거지?"

"그래요. 타요."

서영이 빠르게 조수석의 문을 열었다.

"고마워."

재혁이 불그스레한 얼굴로 미소를 지으며 차에 오르자, 뒤늦게 나온 김문수가 소리쳤다.

"내 차 타야지. 서영 씨, 네 집도 모르잖아."

"알려 주시겠죠. 제가 모셔다 드릴게요."

서영이 그렇게 말하자 김문수도 더는 말하지 못했다. 벌써 재혁은 눈을 감고 반쯤은 곯아떨어진 것 같았다.

"그럼 부탁합니다. 내가 데려다 줘야 하는데……."

마음이 안 놓이는지 김문수가 계속 물고 늘어지자 서영이 차에 올라 먼저 출발을 한다면서 시동을 켰다.

"먼저 갑니다."

"네, 가세요."

김문수는 멀어져 가는 차를 바라보며 고개를 기웃거렸다. 마치 오래전부터 알던 사이인 것처럼 두 사람 사이에 알 수 없는 기운이 감돌았다.

차가 출발하자 재혁이 감았던 눈을 떴다. 그는 앞을 바라보며 한동안 입을 열지 않았다. 서영이 곁눈질로 그를 바라보다 깨어 있는 재혁을 보고는 먼저 입을 열었다.

"집이 어디예요?"

"……"

"집에 안 가실 거예요? 저도 빨리 가 봐야 해요."

"그 녀석 만나고 싶어? 녀석이 다시 만나자고 하면 어떻게 할 거야?"

그의 갑작스런 물음에 서영은 숨이 멎는 줄 알았다. 그녀는 너무 당황한 나머지 갓길에 차를 세우고 재혁을 원망스럽게 바라보며 목소리를 높였다.

"이래서 내가 선배랑 거리를 두려는 거예요. 약속했잖아요. 얘기 안 꺼내기로……. 난 회사 오래 다니고 싶어요. 마음 같아선 대전으로 다시 돌아가고 싶은데, 엄마 때문에 그럴 수도 없다고요. 술기운을 빌려서 하는 거라면……."

"알았어. 미안해. 그럼 이만 그 녀석 잊고 나 좀 바라봐 줘. 나 더 이상 해바라기하기 싫다."

"무슨…… 뜻이에요?"

서영이 재혁과 눈도 마주치지 못하고 앞만 바라보며 물었다.

"나, 너 짝사랑했었어."

"선배."

"서영아……."

'똑똑똑' 언제 왔는지 뒤따라 붙었던 김문수가 창문을 두드리며 서 있었다. 재혁은 빠르게 창문을 내리고 김문수에게 둘러댔다.

"서영 씨 집에서 전화가 왔었어."

김문수는 서영을 바라보며 눈치를 살폈다. 그녀는 아무런 미동도 없이 여전히 앞만 보고 있었다. 두 사람 사이에 어색함이 감돌자 김문수가 고개를 갸우뚱거렸다.

"두 사람 왜 그래? 무슨 일 있었던 거 아냐?"

"아냐."

"죄송해요. 급한 일이 생겨서 곧바로 집으로 가야 해서요. 문수 씨가 대신……."

"아, 걱정 마세요. 원래 제가 데려다 줘야 하는 게 맞는 겁니다. 서영 씨는 걱정 말고 일 보세요."

"네, 고맙습니다."

재혁은 옆에 김문수가 있어 뭐라고 할 수도 없었다. 그가 차에서 내리자 서영이 두 사람에게 빠르게 인사를 해 보이곤 한 치의 망설임도 없이 차를 출발시켰다.

'붕' 하고 차가 떠나자 김문수가 재혁의 옆구리를 찔렀다.

"정말 집에서 전화 온 거 맞아?"

"응? 그렇다니까. 네가 나 데려다 줘야겠다. 가자."

"진짜 차가워."

"누가?"

"서영 씨 말이야. 일할 때보면 장난 아니라니까. 그게 또 매력이고……. 나 저 여자 찜했다."

"찜?"

"작업 좀 해 본다는 얘기다. 많이 도와줘……. 가자. 딱지 끊기겠다."

김문수의 얘기에 재혁은 허탈하게 웃을 수밖에 없었다. 그냥 웃음밖에 나오지 않았다.

"서영 씨, 쉽지 않을 거 같은데?"

"알아. 그러니까 네가 도와줘야 한다는 거잖아."

"싫은데?"

"뭐? 너도 서영 씨 마음에 두고 있냐?"

"응."

재혁은 진심을 얘기했지만 김문수는 농담으로 받아들였다.

"야, 이참에 이 형님 장가 좀 보내 줘라."

"어떻게 네가 내 형님이냐? 내 생일이 더 빠른 거 모르냐?"

"그런가. 암튼 나 장가가고 싶다. 응?"

"몰라. 내 코도 석 자야."

"차재혁, 너 이럴래? 여자 앞에서 이렇게 치사하게 굴 거냐?"

"가자, 졸리다."

재혁이 먼저 차에 올라타자 김문수가 징징거리며 운전석에 앉았다. 두 사람은 가는 동안 내내 작은 실랑이를 벌였다.

3.
거부하고 싶은 사람

집에 들어서자마자 서영은 냉장고부터 열어젖혔다. 그녀는 먹다 남은 소주를 꺼내 물 컵에 가득 따랐다. 그러고는 단숨에 들이 켰다. 대전에 있을 때부터 이렇게 마셔 버릇해서 한 잔 정도는 어렵지 않게 마실 수 있었다. 그 모습을 지켜보던 모친이 깜짝 놀라 그녀의 손에서 잔을 빼어 갔다.

"세상에나……. 너 이렇게 술 마셨던 거니?"

"엄…… 엄마……. 딸꾹!"

당황한 서영은 딸꾹질까지 하며 난처한 표정을 지어 보였다. 모친은 많이 놀랐는지 얼굴이 하얗게 질려 있었다.

"한잔 마시고 자려고 했어. 피곤해서……."

"네 아버지 술 좋아해도 이렇게 막 드시진 않으셨다."

남은 술을 싱크대에 쏟아붓는 영주의 양미간이 잔뜩 찌푸려 있다. 무엇보다 영주는 서영이 아직 치유가 되지 않은 것 같아 걱정이 앞섰다.

"앞으론 집에서 술 금지야. 엄마도 안 마실게. 밥 먹자. 너랑 같이 먹으려고 안 먹고 있었어."

"응…… 삼촌은?"

"7시에 들어와서 밥 먹고 잔다."

"손만 씻고 올게."

서영은 영주의 눈치를 보며 욕실로 들어갔다. 잠시 후 거실에서 그녀의 휴대폰이 요란하게 울렸다.

"엄마가 받을게."

"네……"

그렇게 말해 놓고 수도꼭지를 틀던 서영이 일순간 화들짝 놀라며 욕실을 뛰어나왔다. 그리고는 막 휴대폰을 받으려고 하는 영주의 손에서 거칠게 전화기를 뺏어 갔다.

"어머! 아이고 깜짝이야……"

"미안. 엄마, 내가 받을게요."

서영은 놀라서 자신을 바라보는 모친의 눈빛을 뒤로하고 방으로 들어갔다. 그런 딸을 바라보며 영주의 눈빛도 심상치 않게 변해 갔다.

전화통화를 마치고 방을 나온 서영의 곁으로 영주가 다가와 물었다.

"무슨 전환데 그래? 혹시 남자니?"

"엄마도 참······. 아니야."

"근데 무슨 비밀전화를 받는 것처럼 유난을 떠니?"

"죄송해요."

"죄송하면 무슨 전환지 털어놔."

"아무것도 아니에요. 저 잠깐 밖에 좀 다녀올게요."

"밥은?"

"생각 없어."

도망치듯 집을 나온 서영이 근처 놀이터로 발길을 돌렸다. 모친의 집요한 물음이 계속될 것이라는 걸 알기 때문이었다. 하지만 그녀에게 해 줄 말도, 아직은 털어놓고 싶지 않은 얘기이기에 일부러 자리를 피한 것이다.

모친 생각도 잠시······. 전화통화를 하고 난 후 서영은 마음이 놓이지 않았다. 그녀는 대전에 두고 온 아이의 얼굴을 떠올렸다. 아이에겐 여느 날처럼 회사에 출근한다고 하고선 서울로 올라온 것이었다. 그래서 그날 밤부터 엄마 없이 지내게 된 아이는 심한 스트레스를 받고 있었다. 보여야 할 엄마가 보이지 않기 때문이었다.

서영은 아이와 작별 인사를 제대로 하고 왔어야 했다고 후회했지만, 아이를 봐주고 있는 이모의 생각은 달랐다. 그렇게 했으면 넌 지금도 서울에 올라갈 수 없었을 거라고, 빨리 모친에게 다 털어놓고 아이를 데려가는 것이 아이를 위하는 일이라고 했다. 하지만 당장 해결할 수 있는 문제가 아니었다. 몇 번이고 모친에게 털어놓으려고 했지만, 모친의 병이 아직 온전하게 치유가 되지 않은 것 같아 조심스러웠다. 괜히 더 걱정에 휩싸이게 해서 그녀의 병을 악화시키고 싶지 않았다. 결국 아이가 조금 더 기다려 줄 수밖에 없었다. 때문에 전화통화를 하고 나면 가슴 한편이 아려 오고 슬픔에 휩싸였다. 무능한 자신을 탓하며……. 오늘도 어김없이 서영의 눈시울은 붉게 물들었다.

집에서 술 한잔을 기울이던 재혁은 휴대폰 벨이 울리자 엉거주춤 일어나 탁자에 놓여 있는 전화기를 들었다. 그리고 번호를 확인하는 그의 얼굴이 일순간 굳어졌다. 지난번과 같은 번호. 재혁은 그때와 똑같이 받아야 하는지 말아야 하는지 망설이면서 휴대폰만 뚫어지게 쳐다봤다. 벨소리가 한참이나 그의 귓가에 울려 퍼졌지만 좀처럼 사라질 줄 몰랐다. 결국 그가 졌다.

"여보세요."

—차재혁 씨 휴대폰 아닙니까?

친구의 목소리. 대번에 알 수 있었다. 친구의 목소리는 남자치고도 무척이나 굵은 편이었고 거칠었다. 잊을 수가 없는 목소리였다.

"맞습니다."

—야, 차재혁. 나야. 누군지 모르겠어?

"박지민?"

—그래, 진짜 오랜만이지? 어떻게 살았어?

"나야, 뭐……. 잘 살았지. 너는? 미국 갔다고 들었는데……."

—얼마 전에 귀국했어. 우리 언제 한번 만나자. 할 말이 많다.

언제 시간이 돼?

재혁은 이렇다 할 변명거리를 찾지 못했다. 그를 만나고 싶지 않았지만 굳이 피할 이유도 없었기에 마지못해 TV 위에 놓여 있는 탁상용 달력을 보고는 괜찮은 날을 찾았다. 그러고는 지민과 약속 날짜를 잡고 전화를 끊었다.

다음 날, 사무실로 들어서는 서영을 바라보며 재혁은 낮은 한숨을 뱉어 냈다. 그것을 보고 김문수가 이상하게 바라보며 물었다.

"너 수상해. 진짜 서영 씨하고 아무 일 없었어?"

"일은 무슨……. 왜?"

"근데 왜 한숨을 쉬고 그래?"

"일 시작하려니까 그런다. 몸이 뻐근해서……. 나 먼저 간다."

재혁이 자리에서 일어나자 자신의 자리로 들어오던 서영이 멈칫했다. 두 사람은 눈이 마주치자 서로 가볍게 고개를 숙여 보이고는 다시 멀어졌다.

일을 하는 동안 재혁은 서영과 지민 생각 때문에 업무에 열중을 할 수가 없었다. 기계 수리 중이라 무엇보다 집중력이 필요로 했으나 소용없었다. 결국 그는 장비를 내려놓고 한쪽에 쭈그리고 앉았다. 잠시 머리를 식힐 겸 안전모자도 벗고 이마에 맺혀 있는 땀을 닦았다. 그런 재혁의 곁으로 김문수가 빠르게 뛰어왔다.

"비상이야. 비상!"

"뭐?"

김문수가 다급하게 말하자 재혁이 깜짝 놀라 자리에서 일어났다. 그 바람에 옆에 있던 연장통이 한꺼번에 재혁의 발밑으로 떨어졌다.

"악!"

외마디 비명 소리와 함께 재혁이 쭈그리고 앉았다. 김문수도 놀라 빠르게 곁으로 다가와 그의 신발을 벗겼다.

"봐, 많이 다쳤어?"

"엄지발가락……."

"이런……."

양말을 벗기고 나니 엄지발가락의 발톱이 반쯤 엇나가 있었다. 검붉은 피가 새어 나오자 김문수가 주머니에 있던 손수건을 꺼내 빠르게 그의 발가락을 감쌌다.

"안전화도 안 신고……. 슬리퍼 신고 나왔나?"

김문수가 어이없다는 표정을 지으며 질타했다.

"어? 슬리퍼?"

재혁도 자신이 뭘 신고 왔는지 몰랐던 모양이다.

"갈아 신고 온다는 걸 깜박했네."

"잘한다. 오늘 다들 왜 이래? 도대체 정신을 어디다가 놓고 왔어?"

"또 누가 다쳤어?"

"서영 씨."

"뭐?"

"무슨 생각을 했는지 손가락이 깊게 베었어. 아마 몇 바늘 꿰

매야 할 거야. 너도 병원에 다녀와야겠다."

"그래…… 그게 비상이라고 했던 거야?"

"어? 아냐. 열차가 또 멈췄대. 일단 넌 여기 신경 쓰지 말고 병원부터 다녀와."

"그래, 아무래도 갔다 와야겠다."

김문수의 부축을 받으며 자리에서 일어난 재혁은 그 길로 서영이 갔다는 병원을 찾았다. 접수를 하고 자리에서 기다리고 있는데, 마침 치료를 끝낸 서영이 얼굴을 비쳤다.

"서영아."

"어, 선배?"

그녀가 놀란 얼굴을 하자 재혁이 빠르게 발을 가리켰다.

"선배도 다쳤어요?"

"응. 발톱이 빠지려고 해."

"어쩌다 그랬어요?"

서영이 곁으로 다가와 앉으며 그의 발에 시선을 두고 물었다.

"그런 너는? 어쩌다 그랬어?"

"전 별로 안 다쳤어요."

"별로 안 다치긴…… 꽁꽁 싸맸구먼. 뭘……."

재혁이 그녀의 다친 손을 잡더니 붕대를 감은 손가락을 어루만졌다. 잠깐 사이 두 사람 사이에 미묘한 정적이 흘렀다. 서영이 먼저 자신의 손을 빼고 겸연쩍은 표정을 지었다. 이어 자리에서 일어나며 먼저 들어가 보겠다고 하자 재혁이 다시 그녀를 자리에 앉혔다.

"나 못 걸어. 여기까지 겨우 걸어온 거야. 붕대 감으면 더 할 거야. 기다렸다가 나 좀 데리고 가 주라."

서영이 그의 발을 한 번 더 바라본 후 고개를 끄덕거렸다. 잠시 후 재혁이 자신을 부르는 소리에 엉거주춤 일어났다. 그는 잘 걸을 수 있었지만 서영이 보란 듯이 일부러 다리를 절뚝거리는 시늉을 해 보였다.

"가지 말고 있어."

"알았어요."

그가 진료실로 사라지자 서영이 그제야 편하게 자리에 앉았다. 하지만 서영은 다시 침울한 표정을 지어 보였다. 어제 전화를 끊은 이후 메시지가 계속해서 오고 있었다. 손가락을 다치기 전에도 메시지가 왔었는데, 그것을 보고 난 후 잠시 딴생각을 하다 실수로 손을 다치게 된 것이었다. 서영은 생각난 김에 아이와 직접 통화를 하기로 했다. 자신의 목소리라도 들려줘야 조금 안심을 할 수 있을 거라 생각되었다. 그녀는 잠시 밖으로 나가 한적한 곳을 찾았다.

그 시각, 처치를 마치고 나온 재혁은 대기실에 있어야 할 서영이 보이지 않자 허탈하게 웃었다. 자신이 얼마나 어려운 존재이면 이렇게 말도 없이 사라질 수 있을까 싶었다. 자신은 곁으로 다가가고 싶은 마음뿐인데, 서영은 반대로 도망만 치고 있었다. 얼마나 더 빨리 달려야 도망치는 그녀를 잡을 수 있을까. 재혁은 씁쓸하게 웃으며 병원을 나섰다.

전화통화를 마치고 다시 병원으로 돌아온 서영은 자리에 앉아 재혁이 나오기만을 기다렸다. 하지만 진료실에서 치료를 받고 나온 사람은 그가 아닌 다른 사람이었다. 그 사람은 자신의 옆자리에 앉아 있었던 사람이었고, 그렇다면 재혁은 이미 치료가 끝난 상태였다. 그녀가 빠르게 접수대에 섰다.

"차재혁 환자 치료 끝났나요?"

"네, 좀 전에 가셨어요."

"그래요?"

본의 아니게 길이 엇갈린 상황이 되자 서영은 미안한 마음뿐이었다. 그녀는 그가 불편한 발로 사무실까지 걸어가는 모습을 상상하고는 미간을 찌푸렸다. 서영이 빠르게 계단을 내려갔다. 그러다 약국에서 나오는 재혁과 딱 부딪혔다.

"간 거 아니었어?"

재혁의 얼굴에 다시 화색이 돌았다.

"잠시 전화 좀 받느냐고……."

"난 또 간 줄 알았잖아. 약 처방받아야지. 난 받았는데……."

"네."

그녀가 약국으로 들어가려고 하자 뒤에서 재혁의 목소리가 들려왔다.

"이번엔 내가 기다리는 거네. 난 어디 안 가고 여기 콕 박혀 있을게. 다녀와."

재혁이 환하게 웃어 보였지만 서영은 끝내 뒤돌아보지 않았다. 그래도 그는 괜찮았다. 간 줄 알았던 그녀가 자신을 기다려 주고 있었다는 것만으로도 고마운 일이었다.

며칠 뒤, 주간 근무를 마치고 집으로 들어선 재혁이 샤워를 하고 이내 다시 나갈 채비를 했다. 지민과 약속한 날이 오늘이기 때문이다. 그는 머리를 말리면서도 복잡한 심경을 대변하듯 자꾸만 한숨을 내쉬었다. 옛 친구를 만나는 일은 기분 좋은 일이었으나 서영이 얽혀 있어 한없이 마음이 무겁기만 했다. 그를 만나 서영의 얘기를 해야만 하는 건지……. 자꾸만 선택의 기로에 서 있는 상황이 되자 재혁은 신경질까지 났다.

　　재혁은 대충 옷을 걸쳐 입고 빠르게 집을 나섰다. 그는 지금도 발가락이 불편해 자전거를 이용하는 대신 버스에 올라탔다. 지하철을 타면 좀 더 빠르게 갈 수 있었으나 역시나 불편한 발가락이 문제였다. 퇴근 시간에 걸맞게 도로는 꽉 막혀 있었다. 재혁은 몸도 피곤한 탓에 다시 집으로 돌아가고 싶은 충동을 느꼈다. 버스는 벌써 5분 이상 같은 자리를 고수하고 있었다. 그가 손목시계를 들여다봤다. 약속 시간까지는 30분 정도 남았고, 걷기에는 거리가 조금 먼 상태였다. 하는 수 없이 재혁은 선 상태에서 눈을 감았다. 잠시 후 버스가 조금 움직이는 것 같더니 이내 또 멈추었다. 절로 짜증스런 한숨이 베어 나왔다.

　　약속 시간보다 20분 늦게 도착한 재혁이 빠르게 호프집 안으로 들어섰다. 그는 미리 지민에게 메시지를 보내 늦을 거라고 했지만, 생각보다 많이 늦어 난처한 상황이 되었다. 그가 안으로 들어가 두리번거리며 지민을 찾았다. 그때 누군가 손을 번쩍 들어 보이며 자리에서 일어났다. 박지민, 그였다. 그 역시 하나도 변한게 없었다. 조금 마른 것 빼고는 여전히 키가 크고, 여전히 잘생겼다.

"어서 와. 오랜만이다."

지민이 먼저 악수를 청하자 재혁이 빠르게 그의 손을 잡았다.

"한참 기다렸지?"

"괜찮아. 앉자."

지민이 손을 뻗어 앉으라는 시늉을 해 보이자 재혁이 미소를 지으며 건너편에 앉았다.

두 사람은 먼저 술과 안주를 주문했다. 친했지만 그런 일이 있고 난 후 오랫동안 얼굴을 보지 않아서 어색함이 흘렀다. 그래서 별다른 얘기를 하지 않은 채 서로를 바라보며 미소만 짓고 있었다. 잠시 후 그들 앞에 술과 서비스 안주가 놓여졌다.

"자, 한 잔 받아."

지민이 먼저 그의 잔에 술을 따라 주었다.

"애들이 번호를 모두 바꾸었나 봐. 예전 번호 쓰는 애는 너 하나더라."

"그랬어?"

그에게서 술병을 받아 든 재혁이 반대로 지민의 잔에도 술을 따라 주었다. 그러면서 두 사람은 계속 말을 주고받았다.

"애들하고는 연락해?"

"응. 자주는 못 만나지만 가끔 만나기도 하고……. 연락은 계속하고 있지."

"그렇구나……."

말끝을 흐리며 지민이 잠시 생각에 젖은 듯했다. 그의 표정을 유심히 살펴보며 재혁은 그의 입에서 서영의 얘기만 나오지 않기를 바랐다. 물었는데 모른다고 할 수도 없었고, 그렇다고 한 회사에서 근무한다는 말은 더더욱 하고 싶지 않았기에 이래저래 난감한 상황. 그가 그녀의 얘기를 안 하는 것이 여러모로 나을 것 같았다. 재혁이 일부러 화제를 돌렸다.

"결혼은 안 해?"

"결혼? 으응. 약혼자 있어."

"약혼자? 누군데? 혹시 내가 아는 사람이야?"

"아냐. 미국에 있을 때 만난 여자. 재일교포야."

"그래……."

"혹시 말이야……."

"응."

"서영이도 만나고 있니?"

"서영? 문서영?"

"그래."

기어이 올 것이 오고 말았다. 재혁은 바로 입이 떨어지지 않아 한참만에야 입을 뗄 수 있었다.

"궁금해?"

"어? 그렇지, 뭐……. 5년 전에 자취를 감추고 나서 계속 모르고 살았으니까."

"너 때문에 자취 감춘 거야. 잊었어?"

재혁은 화를 가까스로 참으며 또박또박 뱉어 냈다.

"어떻게 그걸 잊어. 못 잊지."

"그래서 찾는 거야? 용서해 달라고?"

"응."

"5년 전 자취 감춘 사람을 내가 어떻게 알겠어? 너도 모르는 데……."

결국 재혁은 거짓말을 하고 말았다. 괜히 긁어 부스럼 만들고 싶지 않았다. 약혼자까지 있다는데 이제 와서 만날 이유가 있을까 싶었다. 친구들이 모두 보는 앞에서 심한 모멸감을 준 녀석이 이제 와서 무슨 낯짝으로 그녀를 찾는지, 가증스럽고 경멸스러울 정도였다.

천하의 문서영이 그날 모두의 앞에서 박지민에게 매달렸다. 한 번도 자신을 굽혀 본 적이 없는, 자존심 강하기로 유명한 그녀가 자신을 버리려는 남자의 바짓가랑이를 잡으며 인생 최대의 굴욕을 맛본 사건이었다. 그런 일을 겪고 자취를 안 감출 여자가 세상 천지에 어디 있을까. 그날의 일이 떠오르자 재혁은 저도 모르게 열이 뻗쳐올랐다. 그래서 앞에 놓인 술잔을 들어 단번에 들이켰다.

서영은 아직 아픔 속에서 헤어 나오지 못한 것 같은데, 앞에 앉아 있는 지민은 너무도 평온해 보였다. 그래서 더 화가 나고 미칠 것 같았다.

"한 잔 더 받아."

지민이 비어 있는 재혁의 잔에 술을 따라 주었다.

"언제 결혼해?"

"아직. 약혼자가 미국에 있거든."

"그래, 근데 넌 왜 귀국한 거야?"

"큰아버지 호출받고 들어왔어. 그동안 미국에서 공부 중이었고. 그만하면 공부 많이 했다고 이젠 회사로 들어오라고 하시네."

"그래."

지민이 처음으로 술을 입에다 댔다. 하지만 그는 들이켜지 않았다. 예전 술고래처럼 마시던 그가 아니었다.

"왜? 술 안 마시려고? 차 가져왔어?"

"아냐. 요즘 속이 좀 좋지 않아서…… . 약 먹고 있다."

"그래."

어디가 아픈지 더 자세하고 묻고 싶은 마음도 없었다. 재혁은 빨리 이 자리를 벗어나고 싶은 마음뿐이었다.

두 시간이 이틀처럼 길게만 느껴졌다. 재혁의 인내심이 바닥이 나는 그 순간 지민과의 짧은 만남도 끝이 났다. 재혁은 지민이 서영의 안부를 알기 위해 자신을 찾은 거라고 생각했다. 그가 끝으로 부탁조로 말을 했다.

"혹시 서영이 소식 들으면 연락 좀 부탁한다. 사실은 나 계속 연락을 시도했어. 근데 번호도 바꾸고 집에서도 사라졌더라. 백방으로 알아봤는데 모르겠어. 너한테 지금에서야 연락한 건 내가 면목이 없어서 그랬다. 다른 친구들보다 너한테는 더 하기가 그랬어."

"내가 아니라 서영이한테 면목이 없어야지. 나라면 서영이한테 연락 못 한다."

"그래, 근데 나한테 사정이 좀 있어."

"언제나 넌 네 멋대로구나. 사정이 있어서 버리고, 사정이 있어서 찾고. 참 세상 편하게 산다. 당하는 입장은 생각도 안 하냐?"

지민은 대답도 하지 못하고 씁쓸하게 웃었다.

"암튼 알게 되면 연락 부탁해."

"그래."

쓴웃음을 지으며 재혁이 마지못해 대답했다.

"이만 일어나야지."

지민이 자리를 털고 일어나려고 하자 재혁이 빠르게 입을 열었다.

"근데 나 하나만 묻자."

"그래."

"왜 버렸던 거야?"

그의 질문에 지민의 표정이 씁쓸하게 변해 갔다.

"지금 와서 변명한들 그게 무슨 소용이야."

"변명?"

"내가 부족해서……. 내가 나쁜 놈이지."

"근데 왜 찾는 거야? 그 사정이라는 게 뭔데?"

지민이 대답 대신 말없이 웃었다. 그는 끝내 대답을 하지 않고 먼저 자리를 털고 일어났다. 재혁도 더는 잡지 않았다. 그는 그때와 마찬가지로 털어놓을 마음이 없었다.

　집으로 돌아오는 길. 재혁의 마음은 땅속 깊이 가라앉아 버렸다. 아니, 쑤셔 박혔다. 이렇게 가슴이 처참하도록 쓰린 것은 그 녀석이 서영을 찾고 있어서였다. 두 사람이 다시 재회를 하기 전에 어떻게 해서든 서영의 마음을 얻어야만 했다. 자꾸만 자신을 외면하는 서영 때문에 안 그래도 갈 길이 먼데 그 녀석이 갑자기 등장을 해 버렸다. 하지만 더 이상 5년 전의 재혁이 아니었다. 이번만큼은 양보하고 싶은 마음이 없었다. 갑자기 초조해진 재혁이 다급하게 휴대폰을 꺼내 서영에게 전화를 걸었다. 낮에 전화번호를 받아 놓은 게 다행스러울 정도였다. 신호음이 길지 않게 서영의 목소리가 들려왔다.

　―문서영입니다.

　"나야, 재혁."

　―네, 선배. 어쩐 일이세요?

　"할 말 있는데 잠깐 만날 수 있을까?"

　―지금요?

　시간을 보니 10시를 가리키고 있었다.

　"집 앞으로 갈게. 예전 집 그대로라고 했었지?"

　―꼭 지금 만나야 해요? 내일 얘기하면 안 돼요?

　"응, 급한 일이야."

　잠시 머뭇거리던 서영이 알겠다며 회사 근처로 약속 장소를 정하고 전화를 끊었다.

재혁은 버스에서 내려 택시로 바꿔 탔다. 약속 시간을 맞추기 위해서였다. 잠시 후 택시가 회사 근처 커피숍 앞에 멈춰 섰다. 서영도 방금 도착했는지 안으로 들어가는 그녀의 뒷모습이 보였다. 재혁은 그녀를 부르는 대신 빠르게 뒤쫓았다.

그녀가 창가 쪽으로 걸어가 자리를 잡고 앉자 곧바로 재혁이 맞은편에 앉았다.

"지금 온 거예요?"

"응, 너 들어오는 거 봤어. 뭐 마실래?"

"커피요."

"밤인데 괜찮겠어?"

"네, 상관없어요."

웨이트리스가 다가오자 재혁은 커피와 병맥주를 주문했다.

"약 먹고 있는데 술 마셔도 돼요?"

"방금 전에도 먹고 왔는데? 술 냄새 안 나?"

"이제야 나는 거 같네요. 근데 무슨 일이에요?"

"천천히……. 일찍 들어가 봐야 해?"

"아뇨. 그런 건 아니지만……."

삼촌 영훈이 마침 월차를 내고 쉬고 있는 중이었다. 급할 건 없었지만 재혁과 오래 있고 싶은 마음도 없었다.

"피곤해서요."

"알았어. 금방 보내 줄게."

잠시 후 웨이트리스가 차를 가져와 탁자에 얌전히 내려놓았다.

서영은 그녀가 가고 나자 차를 한 모금 마셨다. 그리고 본격적으로 재혁이 말문을 열었다. 마음이 급한 나머지 바로 본론으로 들어갔다.

"지난번에도 얘기했지? 내가 너 짝사랑했다고."

그의 말에 잠시 얼굴이 굳어졌던 서영이 가벼운 웃음을 흘렸다.

"알고 있어요."

"알고 있었어?"

"네, 5년 전에도 저 좋아한다고 했잖아요. 선배는 많이 취해서 잘 기억이 나지 않겠지만……."

"그랬어? 내가 술을 먹고 그랬단 말이야? 근데 왜 얘기를 안 해 줬어?"

"술 마시고 한 얘기니까. 그리고 난 그 사람과 교제 중이었잖아요."

"그랬지."

재혁이 쓴웃음을 지으며 다시 입을 열었다.

"그럼 지금은 되는 거야? 내 마음 받아 줄 수 있어?"

"아뇨."

서영이 너무 쉽게 대답을 해 버리자 재혁은 기운이 쏙 빠지는 것 같았다. 그녀는 선배가 아닌 그 누구하고도 연애를 하고 싶은 마음이 없다며 그를 위로하려고 했다. 하지만 재혁은 물러서지 않았다.

"너한테 상처 안 줄게. 약속할게."

"그런 거 아니에요. 나 상처 치유했어요. 그냥 혼자가 편해요."

"연애가 싫으면 친구 하면 되잖아. 쉬는 날 만나서 밥 먹고 영화 보고 놀러 가고……."

"그게 연애가 아니고 뭐예요?"

서영이 이번에도 웃으며 물었다. 재혁은 너무도 심각한 상황인데 그녀는 대수롭지 않게 생각하는 듯했다.

"나 진심이야. 농담 아니라니까."

"선배."

다시금 서영의 얼굴이 굳어졌다.

"선배가 저 좋아해 준 거 감사하게 생각하고 있어요. 하지만 제가 지금 누굴 만날 입장이 아니에요."

"왜? 그 녀석 때문이야?"

"선배!"

"지금도 못 잊고 있지?"

"아니에요."

그의 시선을 피하며 서영이 눈을 돌렸다. 그 잠깐 순간에도 재혁은 그녀의 흔들리는 눈동자를 볼 수 있었다.

"나가자. 목소리 커질 거 같으니까 나가자고."

그가 별안간 서영의 손을 잡아 밖으로 이끌었다. 서영은 뿌리치려고 했지만 그의 힘이 너무 강해 계속 끌려갈 수밖에 없었다.

"아파요……."

"엄살 부리지 마. 가슴에 응어리진 상처보단 아프지 않을 거 아냐."

"선배! 선배 많이 취했어요. 맨 정신에 다시 얘기해요!"

"나 전혀 안 취했어. 멀쩡해."

재혁은 단호하게 뱉어 내고는 그녀를 끌고 근처 공원을 찾았다. 공원에는 많은 사람들이 있었다. 재혁은 더 깊숙이 들어가 사람들이 없는 곳을 찾아 두리번거렸다. 그 순간에도 서영은 바동거렸지만 소용없는 짓이었다. 잠시 후 재혁이 조용한 곳을 찾았는지 걸음을 멈췄다. 그러고는 그녀의 손을 놔주었다.

"솔직히 말해. 아직도 그 녀석 잊지 못하고 있는 거라면, 다시 만날 생각 있는 거라면 지금 당장 말해. 그럼 내가 깨끗이 물러날게."

그의 말에 서영이 시선도 못 맞추고 그렇다고 대답했다. 하지만 재혁은 그것이 자신을 떼어 내기 위한 대답이라는 걸 알아차렸다.

"거짓말하지 마. 서영아, 내 눈 좀 보고 말해."

"선배, 지금 나 동정하는 거죠? 사랑이 아니라 그 사람 친구니까 그 사람 대신해서 나 동정하는 거죠?"

"그런 거 아냐."

"난 선배 진심이 하나도 안 느껴져요. 동정 같아요. 내가 불쌍하니까 동정하는 거 같다고요."

"동정? 정말 내 진심을 모르겠어?"

재혁은 그녀가 과거에서 벗어나길 바랐다. 그녀의 기억 속에 그 자식은 없었으면 좋겠다.

"너 이러는 거 솔직히 이해 안 가. 그딴 자식이 뭐라고 5년씩이나 잊지 못하고 있는 거야? 다시 만날 것도 아니면서 왜 이렇게 잔뜩 날이 서 있는 거냐! 잊어. 제발 잊어!"

"잊고 싶어도 잊을 수가 없어서 그래요."

"나는 언제쯤 봐 줄래? 그 녀석 아직도 사랑하니?"

"……."

"그래?"

"아뇨. 사랑하지 않아요. 하지만……."

서영이 아랫입술을 질끈 깨물었다. 그녀의 다음 말을 기다리는 재혁의 가슴도 잔뜩 오그라들었다. 하지만 서영은 입을 쉽게 열지 못했다. 도대체 무슨 말을 하려고 이렇게 애간장을 녹일까 싶은 것이 재혁은 그녀가 원망스럽기까지 했다.

"이유가 뭔데? 응?"

재혁이 참지 못하고 다그치자 그제야 서영이 천천히 입을 열었다.

"아이요……."

"뭐?"

그녀가 소곤거리듯 말해 잘 알아듣지 못한 재혁이 다시 물었다. 그러자 서영도 다 말해야겠다고 다짐한 듯 아까와는 다르게 고개를 들고 똑바로 그를 바라봤다.

"그 사람 아이가 있다고요. 아이 때문에 잊고 싶어도 잊을 수가 없어요. 그 사람을 너무도 닮아서……. 나 자취 감춰 버린 거…… 아이 때문에……."

서영이 말을 맺지 못하고 울먹였다.

"이제 속이 시원해요? 다 알고 나니까 속이 후련해요?"

서영의 원망 섞인 눈빛을 받으며 재혁은 아무 말도 하지 못했다. 그녀에게 아이가 있다는 말에, 녀석을 꼭 닮은 아이가 있다는 말에 정신이 아득해지는 것 같았다. 하지만 그것도 잠시 재혁은 일순간 정신이 번쩍 들었다.

"아이가 있다는 게 뭐? 그 녀석 사랑 안 한다면서, 다시 만날 거 아니라면서……. 이젠 그 녀석하고 상관없는 얘기잖아. 그 녀석이 너 임신한 것도 몰랐을 거 아냐?"

"알아요……. 알고 있었어요."

임신 사실을 알고도 녀석이 그녀를 버렸단 말에 재혁은 피가 거꾸로 솟는 것 같았다. 그러면서 다른 여자와 약혼을 했다니……. 재혁은 너무 기막혀 그대로 자리에 주저앉았다.

"괜찮아요?"

그가 걱정이 되었는지 눈물을 닦으며 서영이 곁으로 다가왔다. 그 순간 재혁이 그녀의 손을 잡아끌어 자신의 품 안으로 끌어당겼다.

"선, 선배!"

"그 녀석 약혼했대. 방금 전에 만나고 오는 길이야."

"……."

"그 녀석……."

"그만! 말하지 말아요. 듣고 싶지 않으니까……."

서영은 어금니를 깨물며 눈물을 삼키려고 애썼다. 하지만 대전에 남겨져 있는 아이의 얼굴이 눈앞에 아른거리자 참기가 쉽지 않았다. 결국 그녀는 재혁의 품 안에 안겨 울고 말았다. 재혁이 그런 서영의 등을 토닥거려 주었다. 머리를 쓰다듬어 주고, 그녀와 슬픔을 나누기 위해 애썼지만, 서영은 그에게서 벗어나려고만 했다. 하지만 재혁은 그녀를 놓아줄 생각이 없었다.

"괜찮아. 더 울어도 돼."

"놔주세요."

"서영아……."

"그렇게 부르지 말아요. 난 선배한테 해 줄 수 있는 게 없는데 선배가 그러면……."

그 순간 재혁이 그녀의 얼굴을 맞잡고 입술을 부딪쳐 왔다. 아주 짧은 순간 그의 혀가 그녀의 입속을 휘젓고 사라졌다. 서영은 숨이 멎는 것 같았지만, 재혁이 잡고 있는 손아귀의 힘이 너무 강해 도망칠 수 없었다. 거부하려고 해도 벗어날 수가 없었다.

"숨…… 숨 막혀……. 읍."

그가 입술을 떼었을 때 간신히 뱉어 냈지만 그 이후에도 재혁과의 키스는 계속되고 있었다. 잠시 후 좀처럼 끝나지 않는 행위에 서영이 포기했는지 긴장했던 몸을 편하게 이완시키고 그에게 모든 걸 맡겼다. 서영이 더 이상 거부하지 않자 재혁은 달콤한 앵두를 먹듯이 그녀의 입술을 부드럽게 감싸며 탐하고 또 탐했다. 서영도 그의 입술을 받아들이고, 그의 부드러운 혀를 받아들였다. 숨이 턱까지 차오르고 온몸에 전율이 흘렀지만 그녀 역시 그만두고 싶지 않았다. 하지만 한쪽 마음에선 그를 밀쳐 내라고 소리치고 있었다. 지금 그와 나누는 행위가 옳은 것인지, 자신에게 계속해서 묻고 있었다.

띠리리.

꽤 오랜 시간 서로의 입술을 탐하던 두 사람의 행위는 서영의 휴대폰이 울림으로 해서 종지부를 찍었다.

"전화······ 가 온 모양이네?"

재혁이 가쁜 숨을 몰아쉬며 뱉어 냈다. 그러자 빨갛게 상기된 얼굴로 서영이 가만히 고개를 끄덕였다. 그러고는 핸드백에서 휴대폰을 꺼내 들었다. 삼촌 영훈이었다.

"네, 삼촌. 엄마가요? 알았어요. 금방 갈게요."

전화를 끊은 서영이 서둘러 자리에서 일어났다. 그녀는 집에 일이 있어 가 보겠다면서 재혁의 대답도 듣지 않고 발걸음을 재촉했다. 재혁이 그런 서영의 팔을 붙잡아 돌려 세웠다.

"잠깐만······."

"선배, 얘기는 나중에 해요."

"서영아."

결국 그의 손을 뿌리치고 서영이 뛰어갔다. 재혁은 허탈하게 웃으며 멀어져 가는 그녀의 뒷모습을 한참이나 바라보았다. 곧 그의 머릿속에 방금 전 나눴던 그녀와의 키스가 떠올랐다. 그녀를 오랜 시간 가슴에 품었지만, 그런 시간이 자신에게 올 줄은 생각도 하지 못했다. 달콤하고 좋았다. 그녀의 입술 감촉이 지금도 생생하게 느껴지는 것 같았다. 하지만 곧 자신이 실수를 한 것은 아닐까 싶어 다시금 마음이 초조해졌다. 그녀는 도망치려고 하는데 자신만 너무 빨리 다가서려 하고 있었다. 재혁은 한동안 공원을 서성거리며 초조해진 마음을 달랬다.

그런 시절이 있었다. 속 좁은 놈처럼 두 사람을 질투하면서 투정 아닌 투정을 부린 날. 술기운으로 간신히 그 위기를 모면했지만 술기운이라 더 불안한 날이었다.

그날 그는 택시 안에서 서영의 어깨에 머리를 묻고 오랜 시간 잠에 빠졌었다. 그는 옆에 있는 사람이 지민인지, 서영인지 분간도 하지 못했으면서 마냥 좋은 기분이었다. 참 편안하고 따뜻한 느낌. 그러다 눈을 떠 보니 서영이 있었다. 그녀도 그녀지만 앞에 앉아 있는 지민도 신경 쓰였다. 친구 애인의 어깨를 빌린 일이 죄악으로 느껴질 정도로 그는 지민을 의식했다. 털털하게 웃어넘기면 그만인데, 그냥 말 한마디로 미안하다고 사과하면 될 일인데 그땐 정신이 없었는지 그런 생각조차 하지 못했다.

그것보다 고백하고 싶은 마음이 더 컸다. '내가 서영이를 먼저 좋아했다고!' 소리치고 싶었지만, 그 마음은 메아리가 되어 그의 가슴속에서만 빙빙 돌 뿐이었다. 도망치듯 혼자 택시를 타고 오면서 재혁은 급기야 심술이 났다. 지민이 처음으로 미운 날이었다. 그날 이후 그는 술을 자제했다. 술이 깨고 보니 그런 생각을 했다는 것 자체에 그 스스로가 많이 실망스러웠기 때문이다.

잠시 회상에 젖은 재혁이 현실로 돌아와 피식 웃었다. 한 번도 생각해 보지 못한 일이 일어난 날이었다. 그녀의 촉촉한 입술을 가질 수 있을 줄은 꿈조차 꾸지 못했다. 그녀는 그의 여자라고만 생각했다. 늘 해바라기해 온 것처럼 서영은 그의 마음속의 해바라기일 뿐이었다. 그런 줄로만 알았는데 막상 입술을 훔치고 나니 더 큰 힘이 생겼다. 그녀를 다시는 놓치고 싶지 않았다.

4.
옛 연인과의 재회

　집으로 향하던 서영은 다시 영훈에게 전화를 받고 응급실로 방향을 돌렸다. 그녀가 타고 있는 택시가 유턴을 하고 S병원 응급실로 가는 동안 서영은 초조함에 두 손이 다 떨려 왔다. 영주가 자살을 시도했다는 말에 영문을 알 수가 없어 답답함에 심장이 오그라드는 것 같았다. 영훈 말로는 괜찮을 거라고 하는데 도무지 그녀가 왜 그런 몹쓸 선택을 했는지 조금도 이해가 되지 않았다. 점점 나아지고 있다고 생각했는데 그릇된 판단이었을까. 서영은 흘러내리는 눈물을 닦고는 기사 아저씨께 좀 더 빨리 가 달라고 부탁했다.

　병원에 도착했을 때 영주는 잠에 취해 있었다. 수면제를 다량으로 복용해 그것을 세척하는 과정에서 심하게 고통을 받은 모양이었다. 서영은 옆에 서 있는 영훈에게 어떻게 된 것이냐고 물었다.

"모르겠어. 무슨 전화를 받았는지 받고 나서 좀 충격을 받은 듯하다. 그래도 금방 또 얼굴이 펴기에 걱정 안 했지. 내가 볼 때는 괜찮았거든. 그리고 안방으로 들어가더라고. 그래서 크게 신경을 안 썼지. 근데 30분 뒤에 엄마 전화가 또 울리기에 갖다 주려고 방에 들어갔는데 쓰러져 있지 뭐야."

영훈은 깜짝 놀라 그 길로 병원으로 온 거라고 했다. 그녀의 곁에 수면제가 몇 알 떨어져 있었다는 증언을 토대로 위세척을 받은 거라고. 서영은 그녀가 무슨 전화를 받았기에 그토록 충격을 받고 이 같은 엄청난 일을 저질렀는지 그 전화가 누구한테서 걸려온 전화인지 궁금하지 않을 수 없었다.

"누구 전화예요?"

"몰라. 근데 아는 사람 같던데? 5년 어쩌고저쩌고하면서 좀 화가 난 것 같았어."

"그래요? 혹시 엄마 휴대폰 갖고 오셨어요?"

"아니, 집에 그냥 있지. 그거 들고 올 시간이 어디 있었나?"

두 사람이 얘기를 나누는 동안 영주가 잠에서 깨어났다. 그녀는 뒤척이더니 앞에 있는 서영을 보고 간신히 입을 떼었다.

"서영아."

"응, 엄마…… 왜 그랬어?"

서영이 나무람 반, 원망 반이 섞인 목소리로 울먹이며 물었다.

"왜 아까운 목숨 끊으려고 해……. 내가 옆에 있는데……."

"여기가 어디냐?"

영주가 눈을 굴리며 천장을 바라봤다.

"병원이야. 기억 하나도 안 나?"

"누님, 왜 그 아까운 목숨을 끊으려고 합니까? 이제 그만 좀 합시다. 우리 애간장 다 녹아내리겠네."

"누가 목숨을 끊어?"

"엄마, 기억 안 나는 거야?"

다시금 영주가 눈을 감았다 떴다. 그러고는 마른침을 삼키며 입을 열었다.

"자살하려고 했던 거 아냐. 잠이 안 와서 좀 많이 털어 넣었지."

"그랬어? 난 또…… 걱정했잖아."

영주의 말에 서영이 눈물을 닦으며 가볍게 미소 지었다.

"서영아."

"응, 엄마?"

"너……."

영주가 힘든 듯 미간을 잔뜩 찌푸리며 인상을 쓰자 서영이 빠르게 제지했다.

"엄마, 힘들면 말하지 마."

"아이…… 너 아이 있니? 엄마 모르게 아기 낳았어?"

영주의 입에서 아이가 있냐는 물음이 나오자 서영은 두 눈을 동그랗게 뜨고 놀라지 않을 수 없었다. 그녀가 어떻게 아이가 있는 줄 알았을까. 서영은 전화 사건을 기억해 내고는 그것 때문에 그녀가 알게 된 것이라고 생각했다. 그렇다면 그 전화를 건 사람이 누굴까, 자신이 임신했다는 건 그와 자신, 그리고 이모만 알고 있는 얘기였다. 그렇다면 반길 수 없는 손님, 그 사람일 가능성이 컸다. 도대체 그 자식은 무슨 생각으로 전화를 했을까. 왜 전화를 해서 5년 동안 숨겨 온 비밀을 그 스스로 털어놓았을까. 아니면 이모였을까. 아이가 자꾸 보채니까 이모 스스로 비밀을 털어놓은 걸까. 서영은 그 와중에도 많은 생각들이 들면서 흔들리는 눈동자로 자신을 바라보는 영주의 시선을 끝내 외면해 버렸다.

"왜 대답을 못 해? 맞아? 아이 낳았어?"

영주가 다른 사람들을 의식해 속삭이듯 되물었다.

"말 못 하겠냐? 맞는다는 소리야?"

"이게 무슨 소리냐?"

영훈도 놀랐는지 두 여자를 바라보며 몹시 당황한 듯했다.

"넌 잠깐 나가 있어라."

영주의 말에 영훈이 간신히 떨어지지 않는 발걸음을 떼고 응급실을 나왔다. 그가 가고 나자 영주가 다시 재차 물었다.

"엄마…… 나중에 다 얘기할게."

"지금 얘기해. 난 지금 알아야겠다. 내가 너무 충격을 받아서……. 그 전화를 받고 어찌나 심장이 벌렁거리는지……."

"누구 전화였어요?"

"지민이……. 그 녀석이 전화를 했더라."

예상대로 그 사람이었다. 5년이 지났지만 집 전화번호는 그대로 쓰고 있었다. 그가 전화번호를 잊어버리지 않은 모양이었다.

"술에 잔뜩 취해서⋯⋯. 그러면서 죄송하다고. 너 임신했는데 자기가 버렸다고. 횡설수설하더라. 내가⋯⋯."

영주가 울먹이며 하소연하듯 뱉어 냈다.

"낳았어? 지웠어?"

"낳았어."

서영이 고개를 떨어트리며 조용히 말했다.

"엄마도 없이 혼자서 아기를 낳고, 그 고생한 걸 생각하면 내가 억장이 다 무너진다. 난 어미도 아냐. 엄마가 원망스럽지도 않았냐?"

"죄송해요."

서영도 울먹이며 속에 있는 말을 뱉어 냈다.

"엄마한테 말하지 그랬어. 이것아!"

그 당시 지민에게 서영이 버림받은 것을 알게 된 영주도 심한 상처를 받았었다. 사귀는 동안 많이 힘들어하는 서영이었지만 지민이가 잘했었고, 끝까지 서영이를 지켜 줄 거라고 믿어 의심치 않았기 때문이다. 그래서 힘들어하는 딸을 안쓰럽게 바라보면서 그녀도 심한 배신감과 절망 속에 빠져 있었다. 그것을 모를 리 없는 서영은 차마 아기의 존재까지는 밝힐 수가 없었다.

"미안하다. 미안해, 서영아."

"엄마, 그만 울어. 기력 딸려서 안 돼. 울지 마."

서영은 영주의 눈물을 닦아 주며 그녀를 가만히 안아 주었다. 응급실 구석진 곳에 자리 잡은 그들은 오랜 시간 서로를 얼싸안고 눈물만 쏟아 냈다.

    집으로 돌아오는 길. 영주가 힘없는 목소리로 조용히 물었다.

"아이 지금 어디 있냐?"

"대전에……."

"누가 보는데? 대전에 누가 있어?"

"넷째 이모."

"영미 말이냐? 걔는 부산 갔는데?"

"내가 와 달라고 그랬어. 엄마 모르게……. 누군가의 도움이
절실히 필요했었어. 그래서 이모한테 사정 얘기를 했고, 산후조리
부터 지금까지 이모가 도와줬어."

    영주는 가만히 고개를 끄덕거렸다. 4년 전쯤. 노처녀 동생이
느닷없이 부산으로 간다는 말에 모두들 어리둥절했었다. 동생은
부산 친구가 옷가게를 하는데 그곳에서 함께 일하자는 제의를 받
았다면서 가족들의 만류에도 그곳으로 떠났었다. 그것이 모두 자
신의 딸 서영을 도와주기 위해 꾸민 거짓 이야기라니. 영주는 그
빚을 어떻게 갚을까……. 금세 눈물이 맺혀 시야가 잔뜩 흐려졌
다. 그녀는 서영의 두 손을 꼭 잡은 채 창밖을 바라보며 숨죽여
눈물을 쏟아 냈다.

"전화번호부터 바꾸자. 그 녀석이 또 전화하기 전에. 아니, 이
사를 가자."

"엄마……."

"염치도 없는 놈. 버릴 땐 언제고 이제 와서 지 핏줄을 찾는다

고 난리냐. 못 준다. 내가 안 이상 얼굴도 안 보여 줄 거야. 이사 하면 아이랑 영미랑 불러올리고. 영훈아, 집 좀 알아봐라."

"그럴게요."

묵묵히 운전을 하던 영훈이 대답을 하고선 백미러로 두 여자를 바라봤다. 그는 두 여자의 얘기를 들으면서 울화통이 치밀었지만 간신히 참았다. 지민이라면 그 역시도 알고 있다. 집에 자주 올 만큼 두 사람은 가까운 사이였으니까. 외가 모임에도 참석을 할 만큼 두 사람은 결혼을 약속한 사이였으니까. 하늘이 무너져도 두 사람은 결혼까지 골인할 거라고 장담했었는데, 사람 일이라는 건 정말 알 수가 없는 모양이었다. 영훈은 어깨가 무거워졌다. 비록 나이가 들었지만 왕년에 권투 선수를 했었을 만큼 주먹이 셌다. 만약 지민이 얼굴을 비춘다면, 그래서 또다시 조카 눈에서 눈물을 뽑는다면 5년 전 몫까지 합해 흠씬 두들겨 패 줄 생각이었다.

술에 취해 잠들었던 지민이 잠에서 깨어났다. 시계를 보니 새벽 1시. 그는 눈을 비비고 일어나자마자 담배를 입에 물었다. 그러고는 라이터가 보이지 않자 책상 이곳저곳을 찾아보았지만 허사였다. 그는 자리를 이동해 거실로 나와 주변을 휙 둘러보았다. 그러고는 마침 탁자 위에 놓여 있는 갈색 라이터를 발견하고는 성큼 걸어가 그것을 집어 들었다. 불을 붙이고 한 모금 깊게 빨아들인 후 다시 그의 눈이 라이터에 닿았다. 그것은 서영이 생일선물로 사 준 것이었다. 그가 여태껏 금연에 성공하지 못한 것도 핑계일지도 모르나 이 라이터 때문이었다.

지난 5년 동안 잊고 싶어도 있을 수가 없었던 여자. 자신의 아이를 임신한 그녀를 버리고 돌아온 날……. 오늘처럼 비가 세차게 쏟아지는 날이었다. 술에 취한 자신의 입에서는 험한 말이 마구 쏟아져 나왔다. 친구들도 있었는데 온갖 모욕은 다 준 것 같았다. 그래도 정신 하나는 제대로 박혀 있었는지 임신 얘기는 입에 담지 않았다. 서영도 아기의 존재를 드러내지 않았다. 그래서 두 사람 사이가 아기로 인해 틀어졌다는 걸 눈치챈 친구들은 아무도 없었다. 그날 지민은 쓰레기였다. 돈에 눈이 멀어 환장한 놈처럼 서영의 가난한 집안을 들추면서 다시는 찾지 말라고 매정하게 그녀의 손길을 뿌리쳤다. 질릴 대로 질려 이젠 너란 여잔 단 1초도 보고 싶지 않다며 욕설을 퍼부었다.

비에 흠뻑 젖은 그녀의 얼굴에서 그는 눈물을 보았다. 지민의 미간이 잔뜩 일그러졌다. 수도 없이 보아 왔던 눈물이었지만 그날은 무척이나 생소하고 가슴이 저려 왔다. 이 여자가 죽을지도 모른다는 생각까지 들었다. 자신 때문에 이 여자가 죽으면 어떡하나……. 불안한 감정이 밀려왔지만 어느새 그의 입에서는 또다시 험한 말이 튀어나왔다. 그 순간 옆에 서 있던 재혁이 그의 얼굴에 주먹을 날렸다. 너무 세게 맞은 탓에 뒤로 자빠져 버렸다.

그는 얼굴을 때리는 빗줄기를 고스란히 맞으며 미친놈처럼 히죽거리며 웃었다. 그리고 서영은 재혁을 비롯해 다른 친구들의 부축을 받으며 그곳을 유유히 떠나갔다. 혼자 남겨진 지민은 한동안 그렇게 미친놈처럼 웃고 떠들어 대고 있었다. 술에 취해 정신이 몽롱한 상태라 그것이 꿈인지 현실인지 분간이 가지 않는 이상한 기분에 사로잡혀 오랫동안 그렇게 있었다.

서영의 소식을 알고 싶어 동창들에게 모두 전화를 해 보았지만 예전 번호를 그대로 쓰는 사람은 재혁뿐이었다. 하지만 그 역시도 서영의 소식을 알지 못했다. 그래서 마지막 수단으로 서영의 집으로 전화를 걸었다. 온전히 술기운으로…….

낯익은 목소리. 그녀의 모친 영주였다. 어찌어찌해서 말을 꺼내긴 했으나 그녀는 서영의 임신을 모르고 있었던 모양이다. 얼굴을 보지 않아도, 목소리만으로도 영주가 지금 어떤 표정을 짓고 있는지 짐작할 수 있었다. 한순간에 죄송함이 밀려와 그는 일방적으로 전화를 끊어 버렸다. 그리고 그대로 침대에 누워 눈을 감았다. 자는 중에도 악몽에 시달렸다. 아기 울음소리가 자꾸만 귓가에 맴돌았다. 서영의 울음소리와 뒤섞여 그의 심장을 조이고 또 조여 왔다.

소파에 몸을 기댄 그는 다시 담배를 한 모금 길게 빨아들이고 휴대전화를 들었다.

창문을 때리는 빗소리에 서영이 잠에서 깨어났다. 그녀는 열린 창문으로 들어오는 세찬 빗줄기를 고스란히 맞으며 창문을 닫을 생각조차 하지 않았다.

멍한 표정을 짓고 있는 그녀의 머릿속에 재혁의 얼굴이 스쳐 지나갔다. 그리고 그에게 대답도 하지 못하고 도망치듯 그곳을 벗어난 것이 마음에 걸렸다. 그와 나눈 깊은 키스가 떠오르자 흠칫 몸을 떨었다. 실수라고 치부하기엔 너무 깊었다. 어린 나이에 할 수 있는 불장난이 아니었다. 그가 자신을 원하고, 그녀 자신도 그를 원하고 있음을 그 키스가 말해 주고 있었으나, 왜 이렇게 마음이 불편한지 모르겠다.

그것은 아직 풀어야 할 숙제가 남아 있기 때문인 듯했다. 지민의 소식, 그리고 그녀의 입으로 털어놓은 아이의 존재. 앞으로 어떻게 이 난관을 헤쳐 나가야 할지 그 생각만으로도 서영은 머리가 아팠다. 그래서 재혁과의 일이 심란하게 다가온 것이다. 지민이 개입하지 않았다면 조금은 다가서기가 편하지 않았을까. 그가 자신을 원하고 있었다. 5년 전의 마음이 조금도 변함없이, 아이의 존재까지 받아들이면서 원하고 있었다. 그런데 이 시점에서 하필 왜 지민이 별안간 나타났는지 모를 일이었다. 하늘이 원망스러웠다. 아니, 자신은 행복과는 거리가 먼 사람인가라는 의문이 들 정도였다.

'휴' 그녀의 한숨 소리가 창문을 넘어 맞은편 담장까지 닿을 정도로 깊었다. 그녀는 빠르게 재혁을 머릿속에서 지웠다. 지금은 아무 생각도 하고 싶지 않았다.

며칠 못 이룬 잠을 자 볼 요량으로 누웠는데, 시계를 보니 새벽 2시. 기껏 2시간 남짓 잠을 잔 모양이었다. 빗줄기가 더 거세졌다. 후드득 대지와 충돌을 하며 사납게 뿌려 대는 비는 고요한 새벽의 정막을 일순간에 흩트려 놓았다. 옆집 옥상에서 키우는 개도

끙끙거리며 사람들의 단잠을 깨우는 데 한몫했다. 그녀는 여전히 창밖을 응시하며 깊은 한숨을 토해 냈다. 비라면 지긋지긋했다. 아무 생각도 하고 싶지 않았으나 떨어지는 빗방울을 보니 이번엔 지민의 얼굴이 떠올랐다.

자신에게 상처를 준 사람은 그 사람인데, 그날 비가 와서 그 랬는지 잔인하게도 공범이 되어 버렸다. 그 사람은 더 이상 곁에 없는데 비만 오면 주마등처럼 그날의 일이 하나도 빠짐없이 떠올랐다. 그가 뱉어 냈던 그 많은 험한 말들이 모두 생각이 나고, 지우려고 해도 지울 수가 없게 되었다. 빗줄기 속으로 그날의 영상이 너무도 또렷이 캡처가 되어 서영의 가슴을 울렸다.

따르릉.

갑작스럽게 거실에서 전화벨이 울리자 서영이 화들짝 놀라 방문을 열고 뛰어나갔다. 그리고 모친이 깰지도 모른다는 생각에 얼른 수화기를 들었다.

"여보세요."

하지만 전화기 저편은 너무도 고요하기만 했다. 그 순간 깨달았다. 지금이 새벽 두 시라는 걸…….

서영은 수화기를 내려놓으려고 했다. 그러자 저편에서 조용한 남자의 목소리가 들려왔다. 가슴이 뛰어왔다. 그 상대가 누군지 확인도 해 보지 않은 상황이었지만 그 사람인 것만 같아 두려움이 한순간에 밀려왔다.

—서영아…….

다시금 남자의 목소리가 들려왔다. 서영이 가만히 수화기를 귀에다 갖다 댔다. 이어 그가 다시 입을 열었다.

—집 앞이야. 잠시만 나와 줄래?

아무 말도 할 수가 없었다. 어제는 영주의 심장을 도려내더니 또다시 새벽에 전화를 걸었다. 막무가내로 갈 모양이었다. 끝내야 했다. 더 이상 그가 전화하지 못하도록, 집으로 찾아오지 못하도록 쐐기를 박을 필요가 있었다.

"기다려."

서영은 전화를 끊고 우산 하나만 챙겨 들고 그대로 집을 나섰다.

현관 앞에 시동이 켜진 차 한 대가 서 있었다. 곧 지민이 차에서 내려 그녀가 탈 수 있게 조수석의 문을 열어 주었다. 서영은 잠깐 멈칫하다 성큼 걸어가 조수석에 앉았다. 그리고 다시 운전석으로 돌아오는 지민의 모습을 가만히 눈으로 좇았다. 그는 하나도 변하지 않았다. 이어 고급차의 내부를 눈으로 휙 훑던 서영이 실소를 터트렸다. 욕망이란 단어가 한순간에 떠올랐다.

'탁' 하고 운전석의 문이 닫혔다. 잠시 동안 서영은 얼음처럼 굳어 버렸다. 그가 손수건을 건넸지만 그녀는 받지 않았다.

"찾아온 용건이나 말해."

"어디 가서 차라도 한 잔 할까?"

"지금 새벽 두 시야."

"그랬나…… 잘…… 지냈지?"

"잘 못 지낼 것도 없잖아."

서영의 냉랭한 목소리는 얼음장보다도 더 차가웠다. 아이 같았던 그녀는 어느새 성숙한 여인으로 변해 있었다.

"다행이다."

한동안 그가 아무 말도 하지 않았다. 다시 서영이 재촉했다.

"피곤해."

"그래, 얘기할게. 아이 말이야…… 그 아이 어떻게 되었어?"

그가 단도직입적으로 아이의 존재를 묻자 서영은 가슴이 덜컥 내려앉았다. 하지만 이내 침착해지려고 애썼다.

"어떤 아이?"

서영이 담담하게 묻자 지민은 말문이 막혔다. 그는 그날의 일을 떠올리고 싶지 않았지만 아이의 존재를 알리려면 또다시 기억해야만 했다.

"우리 아이 말이야. 지웠어?"

한 번 말을 뱉은 지민은 거침이 없었다. 초조함이 묻어 있지만 목소리는 무척 차가웠다. 서영은 기막혔다. 어쩜 지웠냐는 말을 아무렇지도 않게 물을 수가 있을까 싶었다.

"내가 살아 있잖아."

서영은 거짓말을 할 수가 없었다. 거짓말을 해서라도 그가 다시 찾아오지 못하게 하고 싶었으나, 차마 곁에 있는 아이를 그를 떼어 내는 도구로 치부하고 싶지는 않았기 때문이다.

"그래……."

지민이 안도의 미소를 지었다. 그녀가 살아 있다는 건 아이가 태어났다는 얘기였다. 그녀가 죽지 않고 살아 있으니까 아이도 거품처럼 사라지지 않고 존재하는 것이었다.

"고맙다. 둘 다 죽지 않고 살아 줘서……."

서영은 대답 대신 아랫입술을 지그시 깨물었다. 너무 기막혀 눈물이 핑 돌았다. 돈까지 쥐여 주며 아기를 지우라고 했던 그의 악마 같은 모습이 지금도 잊히지가 않는데, 이제 와서 죽지 않고 살아 줘서 고맙다니 어이가 없었다.

"우리 다시 시작하자. 이젠 문제될 거 없어. 우리 엄마도 돌아가셨으니까."

서영은 너무 놀라 하마터면 어떻게 돌아가셨냐고 물을 뻔했다. 하지만 그녀는 묻지 않았다. 대신 지민이 제멋대로 떠들었다.

"얼마 전에 사고로……. 암튼 우리 아이 보고 싶다. 볼 수 있는 거지?"

그렇게 말하는 지민의 눈에는 애정이 전혀 담겨 있지 않았다. 5년 전 매정하게 자신을 버리고 갔을 때의 그 눈빛과 하나도 다르지 않았다. 서영은 갑자기 불안감이 물밀듯 밀려오자 그에게서 도망치고 싶었다.

"어떻게 볼 수 있냐고 물을 수가 있어? 당신이 사람이야? 어떻게……."

서영은 말문이 막혔다. 갈수록 가관도 아니었다. 아이는 한순간도 원하지 않았다고 자기 입으로 말해 놓고선 이제 와서 무슨 소리인가 싶었다. 그 순간 서영은 그가 하나도 달라지지 않았다는 걸 깨달았다.

"자격 없는 거 알아. 하지만 핏줄 무시 못 하잖아."

"5년 전에도 당신 핏줄이었어. 그때는 무시했었잖아. 말이 되는 소리를 해."

서영이 싸늘하게 굳은 얼굴로 담담하게 뱉어 냈다. 그러자 지민이 재빨리 그녀의 손을 잡았다.

"그때는 내가 술에 취해서……. 나 다음 날 너 만나러 집에 갔었어. 사과하려고……. 하지만 이미 떠나고 난 뒤였어. 그 뒤에도 계속 널 찾았었고. 서영아, 나 그땐 정말 제정신이 아니었어. 미안하다. 지금이라도 용서를 구하고 싶은데……."

용서를 바라는 그의 눈빛 속에 잠깐 진심이 담겨 있는 듯했지만 서영은 속고 싶지 않았다. 이미 그의 마음은 5년 전에 모두 알아 버렸다. 그의 진심이 무엇인지. 그가 원하는 게 무엇인지……. 설령 그들의 사랑에 커다란 벽이었던 그의 어머니가 사라졌다고 해도 그의 야망까지는 사라질 수 없었다. 그는 어머니를 방패 삼아 자신의 욕망을 감추었지만, 서영은 알고 있었다.

"약혼자가 있다고 들었어."

서영의 말에 지민이 당황한 듯했다.

"어떻게 알았어?"

"왜? 내가 알면 안 되는 거야? 당신 아이 보고 싶다면서 왜 이렇게 당황하는 거야? 당연히 내가 알아야 하는 거 아니었어?"

"그래, 알아야지. 하지만 신경 쓸 거 없어. 파혼할 거야. 나 그러려고 한국 들어온 거야. 아직 정리가 되지는 않았지만……."

'정리를 안 하고 싶은 거겠지. 날 버리고 도망쳤듯이 잠시 그 여자한테서 도망친 것뿐이잖아. 필요하면 다시 찾을 거잖아. 아이 때문에 날 찾은 것처럼…….'

서영은 속으로 토해 내며 그를 원망스럽게 바라봤다. 하지만 이젠 그 원망조차도 사치스러웠다. 그녀는 오늘을 끝으로 지민을 만나지 않을 것이다.

"이만 들어갈게."

"서영아, 잠깐만……. 다시 볼 수 있는 거지?"

"오빠……."

5년 전엔 그를 오빠라고 불렀었지만 하나도 어색하지 않고 좋기만 한 호칭이었는데, 지금은 소름이 돋을 정도로 어색하고 치가 떨려 왔다. 그녀는 애써 태연한 척 담담하게 입을 열었다.

"나 다시는 당신 얼굴 보고 싶지 않아. 그건 우리 아이도 마찬가지일 거야. 그 아인 아빠가 뭔지도 몰라. 아빠 없이 5년을 살았어. 그래도 아무 문제없었어. 그러니까 끼어들지 마."

"그래, 그럼 이름만이라도 가르쳐 줘. 그것만이라도."

"아니, 가르쳐 주고 싶지 않아."

"문서영."

"제발 나 좀 그냥 내버려 둬."

"제발, 네가 날 좀 이해해 주면 안 될까? 나 아이한테 좋은 아빠가 되고 싶어. 내가 자격 없다는 것도 다 알고, 나쁜 놈이라는 것도 다 아는데……. 그래도 참기가 힘들어. 참을 수가 없다. 응?"

부탁을 하는 듯했지만 그의 목소리는 너무도 차갑게 들려왔다. 서영은 또다시 허탈함이 밀려왔다. 서영은 이런 남자를 그 오랜 시간 동안 사랑하고, 이 사람을 꼭 닮은 아이까지 낳았다는 사실을 부정하고 싶을 만큼 자신이 한없이 초라하게 느껴졌다. 한순간에 침착함을 잃고 서영이 날카롭게 입을 열었다.

"당신은 위선자야."

"알아."

"이제 와서 아이를 찾는 이유가 뭔데? 나한테 어떻게 했는지 잊었어? 우리 아기한테 어떻게 했는지 벌써 잊은 거야? 난 하루도 못 잊고 살았는데……. 당신은 그게 가능해?"

"잊은 적 없다. 하지만 5년 전에는 정말 자신이 없었어. 취직도 하지 못한 상황에, 난 아무것도 이룬 것이 없었어. 눈앞이 캄캄했다. 아기를 키울 능력이 없다고 생각했어. 무책임하게 낳고, 무책임하게 키우고 싶지 않았어. 아기를 지우든 말든 그 선택은 너의 몫이었지만 불투명한 내 미래 속에 아기의 존재는 도저히 인정이 되지 않았어."

지민은 그녀를 떠날 수밖에 없었던 진짜 이유를 밝힐 수가 없었다. 그래서 비겁한 대답으로 핑계를 댔다.

"거짓말하지 마. 당신 능력 좋았잖아. 큰아버지 연줄로 낙하산은 따 놓은 당상이었고. 왜 솔직하게 말을 못 하는 거야? 당신 욕망 때문에 인정할 수 없었잖아!"

"지금은 달라. 욕망 같은 거 없어. 그냥 평범하게 살고 싶다. 진심이야."

"처음부터 아이를 원하지 않았다고 솔직하게 말했다면 당신 증오하지 않았을 거야. 당신이, 당신만 믿으라는 말만 안 했어도 이렇게 배신감이 들지는 않았을 거라고. 당신 이해했을 거야. 어차피 어머니 때문에 우리 사이 힘들 거라는 거 잘 알고 있었으니까."

서영이 잠시 심호흡을 하는 사이, 지민이 미간을 찌푸리며 그녀의 손을 잡으려고 했다. 하지만 곧 그녀가 뿌리치고 다시 입을 열었다.

"그렇게밖에 할 수 없었어? 우리 사랑이 고작 그 정도였어? 당신 알아? 내 심정이 어땠는지? 당신한테 두 번 버림받은 기분이었어. 처참하다 못해 내 가슴이 찢겨 나가는 것 같았어!"

서영이 울부짖었다. 그녀는 그날의 기억이 떠오르자 너무 고통스러웠다.

"서영아."

"너무 늦었어. 그 아인 5년 전에 죽었어. 네가 버리고 간 그날 죽었다고!"

"너 이러는 거 충분히 이해해. 내가 어떻게 하면 용서해 주겠니?"

"정말 용서를 바란다면 다시는 내 눈앞에 나타나지 마. 아기하고 나…… 그냥 내버려 둬. 그럼 용서해 줄게."

서영은 그대로 차에서 내려 우산도 챙기지 못하고 집 안으로 뛰어 들어갔다. 그 모습을 물끄러미 바라보며 지민은 핸들에 올려 놓은 오른손 주먹을 불끈 쥐었다.

5.
소유

아침부터 영주가 바쁘다. 그녀는 서영이 쉬는 날이라는 걸 알고 잠에 취해 있는 딸을 흔들어 깨웠다. 새벽 늦게 잠이 들은 걸 모르는 영주는 얼른 일어나라며 서영의 엉덩이를 두드렸다.

"왜요……."

서영이 눈을 비비며 간신히 일어났다.

"집 알아봐야지. 부동산에 가 보자."

영주는 서영보다 더 초조한 것 같았다.

"엄마, 괜찮아요. 서두를 필요 없어."

"그러다 그 자식이 집으로 찾아오면 어쩔 건데? 눈앞에서 아이 뺏기고 싶어?"

"엄마?"

서영은 영주의 목소리에 잔뜩 날이 서 있자 걱정스런 눈빛으로 그녀를 바라봤다.

"그럴 일 없어. 그 사람이 무슨 자격으로 애를 데려가?"

"왜 못 데려간다고 생각하니? 아이 아빤데? 얼른 일어나. 이사를 해야 아이를 데려오지. 얼른……."

또다시 이어지는 영주의 재촉에 서영이 마지못해 침대를 벗어났다.

"집 못 구하면 우리가 대전으로 내려가든가. 나 여기 안 살아도 된다."

"이사 가기 싫다고 그랬잖아."

"더러운 꼴 보기 전에 갈 거야. 엄마 신경 쓰지 말고 집 구하자."

"엄마, 그냥 이사 가지 말고 살아요."

"왜? 그러다가……."

"도망 안 칠래. 도망친다고 그 사람이 못 찾을 것도 아니잖아. 찾으려면 무슨 수를 써서라도 찾겠지. 바보 같은 짓 안 할래."

"또 상처받을까 봐 그러지."

영주는 또 한숨을 뱉어 내고는 딸을 측은하게 바라봤다. 서영도 서영이지만 그녀의 푹 들어간 미간의 깊이가 얼마나 마음고생이 컸는지 여실히 보여 주고 있었다. 좀처럼 펴질 줄 모르던 미간이, 영주가 별안간 반색을 하는 표정에 활짝 펴졌다.

"우리 대전 갔다 올까?"

영주의 목소리가 잔뜩 들떠 있었다.

"대전에?"

"너 쉬는 날이잖아. 내일도 쉬니까 갔다 오자. 은수라고 그랬지?"

"응."

"안 보고 싶어?"

"보고 싶지."

"그럼 빨리 준비해. 가자. 가서 아예 데리고 올라오자."

영주가 먼저 준비를 하러 방을 나서자 서영이 그녀의 등 뒤로 소리쳤다.

"응!"

서영은 모처럼 신이 났다. 기약도 없이 두고 온 아이를 만나러 갈 생각에 잔뜩 마음이 들떴다.

집에서 쉬고 있던 재혁은 지민에게서 또다시 전화가 걸려오자 미간을 찌푸렸다. 오늘은 또 무슨 일인가 싶었다. 전화를 받고 싶지 않았으나 이유 없이 거부할 수도 없는 노릇이었다. 죄를 진 것도 없으니 그를 피할 이유도 없었다.

"응, 지민아."

점심을 함께 먹자는 지민의 말에 재혁이 머리를 긁적거렸다. 그는 서영과 점심을 먹을 생각이었다. 아직 전화조차도 하지 않았지만 머릿속에 이미 계획이 잡혀 있었다.

"약속이 있는데……."

—그래……. 참, 나 서영이 만났다.

"뭐?"

재혁은 자신의 두 귀를 의심했다. 방금 전 뭐라고 했던가. 이 자식이 도대체 뭐라고 떠들어 댔던가. 그는 한숨이 절로 새어 나왔다.

―너도 놀랍지? 서영이 그대로더라. 예전 집에서 잘 살고 있어. 사라졌던 건 잠시 여행을 다녀왔었나 봐. 참 많이 걱정했는데…… . 다행이야.

"그…… 그래. 근데 어떻게 만났어?"

―내가 무작정 찾아갔지. 한밤중에…… . 나도 참 미친놈이지. 5년 만에 만나면서 그 새벽에 자고 있는 애한테 나오라고 했으니…… .

"그래…… ."

재혁은 달리 할 말이 없었다. 만났다는데…… . 만나서 무슨 얘기가 오갔는지는 중요하지 않았다. 다시 두 사람이 재회를 했다는 것이 한 줄기 희망을 산산조각 내고 있었다.

―그럼 나중에 시간 좀 내. 너한테 의논할 일도 있고…… .

의논이라는 말에 재혁은 피식 웃음이 삐져나왔다. 두 사람이 다시 잘될 수 있게 도우미 역할이라도 하라는 소리인가 싶었다.

전화를 끊고 한동안 미동도 없던 재혁이 다시 휴대폰을 들어 서영에게 전화를 걸었다. 그러다 다시 끊어 버렸다. 쉬는 날이라 이틀 동안 보지 못해 지금 안달 난 상태였지만, 지민을 만나서 무슨 얘기가 오갔는지 묻고 싶어도 물을 수가 없을 것 같았다. 자신은 제3자였고, 아이로 인해 두 사람은 계속 끊을 수 없는 줄을 잡고 있는 상황이기 때문이었다.

"그래도 만나자."

재혁은 준비하는 동안 미리 콜택시를 불렀다. 준비를 마치고 10분 후 도착한 택시에 올라탄 그는 서영에게 전화를 걸었다. 하지만 전화기가 꺼져 있었다. 전화기가 꺼져 있는 이유는 지민 때문일 것이다.

무작정 서영의 옛 집 앞에 내린 재혁은 집 앞을 서성거리다 마침 안에서 나오는 서영과 영주와 부딪혔다.

"선배?"

서영이 놀란 눈치였다. 영주도 재혁을 알아보고는 아는 체를 했다.

"안녕하셨습니까?"

"응. 자네, 오랜만이네. 이름이 차……. 뭐였더라?"

"차재혁입니다."

"그래, 재혁이……. 둘이 계속 연락하고 있었던 거야?"

영주가 미소 지었다. 하지만 서영이 대답 대신 재혁에게 물었다.

"어쩐 일이예요?"

"전화를 했는데 꺼져 있다고 그래서……. 외출하는 모양이네?"

재혁이 겸연쩍게 물었다.

"대전에……."

서영도 불편한 선 마찬가지였다.

"그래, 다녀와. 그럼 전 다음에 뵙겠습니다."

"서영이한테 용건이 있어서 온 거 아냐? 들어와서 차라도 한 잔 마시고 가. 우리 바쁘지 않아."

"아닙니다. 제가 연락도 없이 온 건데요. 다녀오십시오."

"다음에 꼭 다시 와. 내가 밥 해 줄게."

"예, 어머님이 해 주신 밥 그립지요."

"그래?"

서영의 재촉에 영주가 부드럽게 미소 지으며 차에 올랐다. 재혁은 두 사람이 차를 타고 출발하는 것까지 지켜보고는 그 자리를 떠나려고 했다. 하지만 그의 등 뒤로 낯익은 목소리가 들려왔다.

"차재혁!"

박지민, 그였다. 재혁이 가만히 뒤돌아서자 지민이 굳은 얼굴로, 황당한 얼굴로 바라보고 있었다.

"여긴 무슨 일이야?"

"그냥……."

"그냥?"

"어디 가서 밥 먹자."

재혁도 무척 당황스러웠지만 일부러 안 그런 척 태연하게 굴었다. 그가 먼저 앞장서서 걸어가자 곧이어 등 뒤로 지민이 뛰어오는 소리가 들렸다.

"나 차 가지고 왔다. 내 차 타고 가자."

재혁이 대답 대신 미소 지었다. 곧이어 차에 오른 두 사람. 지민은 뭔가 할 말이 잔뜩 있는 듯했지만 재혁이 틈을 주지 않았다.

"역시 배경이 든든하니까 차가 끝내주네……."

"어디로 가? 이 근처 아는 데 있어?"

"10분쯤 달리면 돼. 저기서 좌회전해서 계속 직진해."

이어 한동안 말이 없던 두 사람, 갑자기 지민이 갓길에 차를 세우고는 다급하게 물었다.

"내가 알려 줘서 온 거야? 아니면 알고 지냈던 거야?"

"알고 있었어."

"그럼 지난번 내가 서영이 소식 물었을 때는 왜 거짓말을 한 거지?"

"네가 더 잘 알 거 아냐. 내 친구이기 이전에 서영이의 의사가 더 중요하다고 생각했다. 서영이가 널 만나고 싶어 하는지 안 하는지 몰라서. 내 맘대로 떠들 수 있는 게 아니잖아. 너희 두 사람이 어떻게 헤어졌는지 내가 뻔히 다 아는 마당에."

지민은 불쾌한 표정을 짓고 있었지만 쉽게 반문을 할 수 없었다. 재혁의 말이 하나도 틀리지 않았기 때문이다. 그래도 가장 친한 친구였는데……. 재혁조차도 자신을 믿지 못하고 서영의 소식을 숨겼다는 사실에 적잖이 화가 나는 것도 사실이었다.

"언제부터 알고 지냈어? 계속 만나고 있었던 거야?"

"아니, 얼마 안 되었어. 최근에 우리 회사로 발령이 나서……. 그래서 만났지."

"같은 회사에 근무까지 하면서……. 그래, 뭐 그럴 수도 있지. 하지만 섭섭하나."

지민이 쓴웃음을 지었지만 재혁은 무시해 버렸다. 그때보다 상황이 더 안 좋아졌지만 그렇다고 승산이 없는 것도 아니었다. 서영이 그를 원하지 않기 때문이었다. 해볼 만한 싸움이었다. 이제 서영은 지민의 여자가 아니었다.

"말이 나와서 말인데……. 우리 시작하기로 했다."

재혁은 거짓말을 해 버렸다. 아직 그녀의 의사를 정확히 묻지도 못했지만 그렇게 해 두어야 자신에게도 그녀에게 다가설 수 있는 기회가 생길 것이었다. 그렇지 않고서는 또다시 눈앞에서 그녀를 녀석에게 뺏길지도 몰랐다. 녀석은 충분히 아이를 빌미로 서영을 덫에 걸리게 할 수 있었다.

"그래서 숨겼던 거구나……. 나한테 미안해서?"

"왜 그렇게 생각하지? 내가 너한테 미안할 게 뭐 있어? 네가 서영이 버렸잖아. 너희 둘 옛 연인일 뿐이잖아. 그땐 네가 옆에 있었지만, 지금 우리 두 사람 시작할 때 넌 없었다. 무슨 뜻인지 알지? 네가 껴든 거라고."

"최근에 다시 만났다면서 교제를 시작했다고? 아, 애초부터 서영이를 마음에 두고 있었던 거군? 짝사랑했던 거냐?"

"그래."

지민이 어이없는 웃음을 흘렸다. 주구장창 재혁이 떠드는 말이 모두 맞아 이렇다 할 반문도 하지 못했다. 그러다 아이를 떠올렸다.

"우리한테 아이가 있다는 것도 알아?"

그의 질문에 재혁은 가슴이 '쿵' 하고 내려앉는 줄 알았지만 내색하지 않았다.

"물론."

"안다고? 그래도 시작을 했다는 거군?"

"그래."

"그래? 일단 축하는 해 줘야겠네. 그리고 두 사람 위해서 아이는 내가 데려와야겠다. 아무래도 아이가 걸림돌이 될 테니까."

그때까지도 태연하게 굴었던 재혁은 한순간에 정신이 멍해졌다. 진즉에 쓰레기인 줄은 알았지만 아이를 빌미로 이렇게까지 치사하게 나올 줄은 몰랐다. 재혁이 차가운 시선으로 지민을 응시하며 입을 열었다.

"넌 생물학적 아빠일 뿐이야. 버릴 땐 언제고 이제 와서 아이 타령이야? 남자라는 게 부끄럽지도 않아? 네가 그러고도 인간이야?"

"그럼 네가 빠져. 나 다시 인간답게 살려고 서영이 앞에 나타난 거야. 그동안 잘못한 거 다 만회하면서 용서 구하면서……. 서영이한테 잘할 테니까 다시 나한테 기회를 줘. 한 번만 더 눈감아 주라."

"……."

"생물학적 아빠든 뭐든 상관없어. 어쨌든 분명한 건 내 아이잖아. 아빠 노릇 제대로 하고 싶다. 도와줘."

부탁하는 어조와 달리 지민의 눈빛은 무척이나 차가웠다. 재혁은 지민의 시선을 애써 무시하려 했다. 아니, 무시해야만 했다. 그는 서영에게 깊은 상처를 준 나쁜 놈이었다. 그녀를 사랑하는 마음보다 아이 때문에 그녀를 잡고 싶어 한다고 생각해야만 했다.

옛 정에 약해질 필요 따윈 없었다. 그래야 이 싸움에서 이길 수 있었다.

"나 너 못 도와줘. 해보자. 너랑 나랑 피 터지게 싸우는 한이 있더라도 난 해볼 거다. 서영이 너한테 못 줘. 네 아들 아닌 서영이 아들도 포기 못 해. 넌 뭣도 아냐. 그러니까 서영이 옆에 얼씬도 하지 마."

재혁이 빠르게 차에서 내렸다. 그러고는 저만치 달려오는 택시를 황급히 붙잡아 타고는 지민의 시야에서 유유히 사라졌다.

지민은 비상등을 켜고 생각에 빠졌다.

회사에 불려갈 때마다 녀석에게 서영을 맡기곤 했었다. 조금도 의심하지 않고 친구에게 자신의 여자를 맡겼다. 녀석이 한 번도 내색을 한 적이 없기 때문에 지민은 전혀 몰랐다. 서영에게 부드럽게 대하는 건 원래 녀석의 성격이었고, 재혁이 아닌 다른 동기들도 그녀에게 그렇게 대했었다. 생각해 보니 자신은 몰라서 그랬다지만, 그 녀석은 서영을 맡을 때마다 얼마나 복잡한 심경이었을까 싶다. 나쁜 놈 같으면 벌써 그녀에게 접근하고도 남았을 것이다. 물론 서영이 쉽게 넘어갈 여자도 아니어서 우정이 산산이 깨지는 결과를 초래하겠지만 재혁은 그러지 않았다. 마지막 그날까지 자신의 사랑을 가슴속에 묻었다.

지민의 입가에 쓸쓸한 미소가 번졌다. 오히려 잘된 일인 것 같았다. 생판 모르는 사람보다 재혁이라면 한시름 놓을 수 있었다. 재혁은 부드럽고 착한 남자였다. 남자가 봐도 괜찮은 녀석이었다. 지민의 가슴 한편에 안도감이 밀려왔다.

＊

대전에 내려갔던 서영이 운전을 하면서 백미러로 뒤를 돌아다봤다. 그런 서영의 얼굴에 살짝 미소가 지어졌다. 영주와 은수가 나란히 앉아 오징어를 뜯고 있는 모습이 눈에 들어왔다. 아이는 오징어를 먹는 데 온 정신이 다 팔려 있었다.

"은수야, 오징어 맛있어?"

"응."

"다른 거 또 먹고 싶은 거 없어?"

"응."

서영이 묻는 말에 간단하게 대답을 한 은수는 계속 오징어를 씹으면서 다른 한 손에 쥔 오징어를 바라보고 있었다. 그런 아이를 보며 영주가 낮은 한숨을 뱉어 내곤 입을 열었다.

"이 어린것을 두고 혼자 올라올 생각을 다하고…… 너도 참 독하다."

영주는 눈물이 앞을 가리자 창밖에 시선을 두었다.

"엄마, 은수 들어. 나중에요."

"……."

한참 뒤 영주의 목소리가 다시 들려왔다.

"올라가자마자 은수 옷하고 이불, 또 뭐가 필요할까?"

"천천히 해요."

"그래, 그러마. 아무튼 아이 키우는 재미에 폭 빠져 살 거 같다. 은수 걱정은 하지 말고 회사 잘 다녀.”

영주가 아이에게서 시선을 떼지 못한 채 뜬금없는 질문을 던졌
다.

“참, 재혁이 말이다.”

“네?”

그녀의 물음에 서영도 당황했다.

“둘이 계속 연락했었어?”

“아뇨.”

“그래, 근데 어떻게 갑자기 나타나서…….”

“사실은 엄마, 재혁 선배하고 같은 회사예요. 서울 올라와서 만
난 거예요.”

“그랬구나. 재혁이도 다 알지?”

“네.”

“불편하지 않아?”

“…….”

서영은 대답을 하지 않았다. 그러자 영주도 그녀의 마음을 읽
고 다시 묻지 않았다. 그들에게 5년 전 과거는 지옥이었다. 달리
적절한 표현이 없을 정도였다.

다시금 차 안은 고요한 정적에 휩싸였다. 아이가 오징어를 씹
는 소리만 들릴 뿐이었다. 두 사람은 각자 생각에 젖어 서울에 올
라올 때까지 대화를 나누지 않았다. 영주가 다시 입을 연 건 서울
요금소를 지나서였다. 그녀가 아이의 머리를 쓰다듬어 주면서 미
소를 지었다.

"은수야, 할머니랑 이불 사러 갈까?"

"네."

"할머니가 멋있는 옷도 사 줄게."

"네에."

"우리 그냥 오늘 사자. 응?"

"그래요. 그럼 바로 백화점으로 갈게요."

"그래."

세 사람은 그 길로 백화점으로 향했다. 그리고 세 시간 가까이 쇼핑을 하면서 가라앉은 감정을 회복할 수 있었다.

다음 날, 회사에 출근한 서영의 곁으로 재혁이 다가왔다.

"일 시작하기 전에 차 한 잔 할까?"

"네."

"가자."

재혁이 먼저 앞장서서 나갔다. 서영은 재혁의 얼굴이 다른 때와 달리 굳어 있자 마음이 편하지 않았다.

휴게실에 앉은 서영의 앞에 재혁이 커피 한 잔을 내려놓고 자신도 맞은편에 앉았다.

"대전 갔다 온 일을 잘되었어?"

"네."

"음……. 아이 때문에 다녀온 거야?"

"데리고 왔어요."

"잘되었네. 아이는 어머님이 봐주시는 거고?"

"네."

"그래……."

뭔가 할 말이 잔뜩 있는 얼굴인데 재혁은 좀처럼 말을 꺼내지 않았다. 서영은 먼저 묻고 싶었다. 하지만 그녀도 입이 떨어지지 않아 그의 눈치만 보았다. 잠시 후 재혁이 자리에서 벌떡 일어나 창가 쪽으로 다가가 등을 보이고 섰다. 서영의 시선이 그의 어깨에 닿았다. 얼굴이 보이지 않았지만 그의 얼굴에 수심이 가득하다는 것이 느껴질 만큼 그의 어깨가 한없이 무거워 보였다. 아니, 그렇게 느껴졌다. 그가 한참 만에 입을 열었다.

"나 그 녀석 만났다."

"……."

"무슨 얘기가 오갔는지 안 궁금해?"

"……."

"그 자식이 그러더라. 나보고 빠져 달래. 이제부터 너한테 잘할 테니까 한 번 더 포기하래. 문서영! 나 어떻게 하면 되는 거니? 응?"

"……."

"문서영!"

재혁이 목소릴 높여 소리쳤다. 서영이 포기하지 말아 달라는 말을 해 주길 바라면서 그녀의 대답을 기다렸지만 서영은 쉽게 입을 열지 못했다.

"난 안 되는 거니? 그날…… 너도 마음을 조금은 열었잖아. 아니야? 날 받아들였잖아."

"……."

서영이 대답하지 않자 재혁은 애간장이 다 녹아내리는 것 같았다. 그가 다시 빠르게 물었다.

"개 같은 놈이라도 그놈이 더 좋아? 그래?"

한동안 대답 없던 서영이 그제야 입을 열었다.

"선배…… 그렇지 않아요. 내가 자격이 안 되어서 그래요."

"자격? 무슨 자격? 내가 무슨 갑부집 아들이라도 돼? 대통령 아들이야? 그런 거 다 필요 없어. 아이도 괜찮아. 그 녀석 아이 아니잖아. 네 아이잖아."

서영을 설득하는 순간에도 재혁은 초조함을 감출 수 없었다. 그녀가 도리질을 할까 봐, 그녀가 자신은 안 된다고 할까 봐 두려웠다.

"시간이 필요해요."

"그래, 그런 시간이라면 얼마든지 줄 수 있어. 하지만 너무 오래는 그러지 마. 내 그늘 안에 있는 게 혼자보단 안전할 테니까."

재혁이 조용히 속삭이듯 말했다. 그러고는 곁으로 다가와 그녀의 목에 감겨 있는 스카프를 빠르게 풀러 자신의 손아귀에 쥐었다. 서영은 놀란 눈치였지만 곧 그의 마음을 알아차리고는 시선을 피했다.

"네 기억 속에서 그 녀석 말끔히 지워 줄게."

서영은 재혁의 말대로 그가 말끔히 지워질 수 있다면 얼마나 좋을까 싶었다. 하지만 그것은 불가능한 일인 것만 같았다. 그날 밤, 좀 더 매섭고 단호하게 자신의 뜻을 밝히지 못한 것이 그것을 말해 주고 있었다. 뺨이라도 한 대 후려갈겼으면, 그의 얼굴에 침이라도 뱉었으면, 그의 머리카락이 한 올도 남지 않게 모두 뽑아 버릴 정도로 악에 받친 행동을 보였더라면 재혁의 힘을 빌리지 않아도 그의 존재는 지워질 터였다.

무슨 연민이 남아서 그와 대화라는 것을 주고받았는지 서영은 그날의 행동이 참으로 우스웠고 한편으론 무서웠다. 아직도 그에게서 벗어나지 못한 것 같아서……. 은수는 그저 핑계에 불과했다. 은수 때문이라면 지민은 벌써 오래전에 죽은 목숨이었다. 서영은 약해질까 봐 두려워졌다. 그래서 먼저 휴게실을 빠져나가려는 재혁의 허리를 빠르게 잡아 감싸 안았다.

잠시 후 재혁의 숨소리가 거칠게 들려왔다. 그의 심장 소리도 점점 크게 귓가에 들려왔다.

"나…… 그 사람한테 가지 못하도록 선배가 잡아 줘요."

서영의 목소리가 떨려 왔다. 뒤로 돌아 있어 그녀의 얼굴은 볼 수 없었지만 목소리도 울먹이는 것 같았다.

"걱정 마. 내가 잡아 줄게. 넌 나만 따라오면 돼."

"미안해요. 선배……. 나 기다려 줄 수 있죠? 그 사람하고 정리 다 되면, 내 자신이 떳떳해지면 내가 선배 잡고 안 놔줄 거예요. 하지만 지금은 내가 자격이 안 돼요."

"난 지금의 너도 괜찮아……. 그러니까 그냥 와. 응?"

"……"

"대답 안 해도 돼. 우리 시작한 거야. 나만큼 사랑해 달라는 거 아냐. 그냥…… 옆에만 있어 줘. 그 녀석은 나하고 같이 감당하면 돼."

"……."

서영의 흐느낌이 점점 짙어지자 그의 하얀색 티셔츠는 눈물로 얼룩졌다. 그녀는 재혁에게 미안한 마음뿐이었다. 줄곧 자신을 해 바라기해 온 그였다. 오랜 시간이 지나도 변함없이 자신을 마음에서 떠나보내지 않은 사람이었다. 그날…… 지민에게서 버림받은 날, 아무 생각도 할 수 없을 만큼 기력을 소진한 자신을 마지막까지 집에 데려다 주었었다. 지민이 부탁한 것도 아닌데, 늘 그랬던 것처럼 그는 그림자가 되어 그녀의 곁에 서 있었다. 하지만 서영은 외면했다. 자신의 아픔에 끝까지 그의 아픔을 보지 못했었다. 그가 손을 뻗어 자신을 품에 안고 싶어 한다는 것을 알고 있었음에도, 그가 자신의 슬픔을 함께 나누길 원하고 있다는 것을 알고 있었음에도 그 모든 것이 다 부질없는 짓이었다. 그의 관심 같은 건 필요하지 않았다. 오로지 그녀가 필요했던 건 지민이었다. 그가 다시 찾아와 주길……. 방금 전 있었던 악몽 같은 시간이 현실이 아닌 꿈이기를 바랐을 뿐이었다.

오랜 시간이 지나 비로소 재혁이 용기를 내서 손을 뻗었다. 하지만 그가 있었다. 사랑이 아닌 증오의 대상이 되어 버린 지민이 곁에 있었다. 오랜 숙명처럼 풀어야 할 숙제가 아직 남아 있었기 때문에 선뜻 그의 여자가 될 수 없었다. 그것은 그에게 죄를 짓는 거라고 생각했다. 그만큼 상처를 주었으면 되었다. 벙어리 냉가슴으로 짝사랑했던 그 시간은 그것으로 충분했다. 다시는 그가 상처

받지 않기를 원한다. 하지만 이 바보 같은 남자는 여전히 천사였다. 그렇게 오랜 시간 재혁의 체온을 느끼면서 서영은 앞으로 시작될 지민과의 전쟁을 두려운 마음으로 받아들였다.

퇴근 시간이 되자 사람들이 분주하게 일어섰다. 먼저 나갈 채비를 마친 김문수가 재혁의 곁으로 다가왔다.

"지난번 갔었던 보쌈집이래. 난 화장실 들렀다가 갈 테니까 먼저 가."

"알았다."

급작스럽게 잡힌 회식. 서영도 첫 회식이라 빠질 수가 없었다. 가방을 챙기는 그녀의 곁으로 재혁이 다가왔다.

"괜찮겠어?"

"1차 정도는 괜찮아요."

"내일도 출근하니까 1차에서 끝날 거야. 가자."

하지만 재혁의 예상과는 달리 일찍 끝날 것 같던 회식은 오랜 시간 이어졌다. 10시가 다 되어 가는 시각이었지만 아직까지도 보쌈집에서 술잔을 기울이고 있었다. 술이 거나하게 취한 처장이 벌써 한 시간째 얘기를 이어 가고 있었기 때문이다.

재혁이 맞은편에 앉은 서영의 얼굴을 살피며 조심스럽게 문자를 보냈다.

일찍 들어가 봐야 하는 거 아냐?

괜찮아요. 신경 쓰지 마세요.

갑자기 처장이 맞은편에 앉은 재혁을 바라보며 버럭 큰 소릴 쳤다. 깜짝 놀란 재혁이 서둘러 휴대폰을 옆에 내려놓고 그를 바라봤다.

"자네, 내 얘기가 듣기 싫은가?"

"예? 아, 아닙니다."

"근데!"

처장이 다시 술 한 잔을 들이켜더니 말을 이어 갔다.

"우리 2차 갑시다. 다들 일어나요. 내가 2차까지 시원하게 쏠 테니까."

처장이 비틀거리며 일어나자 옆에 있던 김문수가 그를 부축했다. 사람들이 우르르 식당을 나서는 모습을 보면서 서영과 눈이 마주친 재혁이 가슴을 쓸어내리는 시늉을 해 보이며 미소 지었다.

"괜찮겠어요? 내일 엄청 깨지는 거 아니에요?"

"처장님, 이미 필름 끊기셨어. 내일 기억 못 하실 거야. 넌 이대로 뒤로 빠져."

"그래도 돼요?"

"다들 술에 취해서 너 없어도 모를 거야. 집에 못 데려다 줘서 미안해."

"아니에요."

"참, 아이 이름이 뭐야? 물어본다는 게 자꾸 잊어버리네."

"은수요, 문은수."

"그래, 언제 얼굴 보여 줘."

"그럴게요."

"그럼 조심해서 들어가."

먼저 식당을 나온 일행들은 누가 빠졌는지 인원 체크도 하지 않고 자기들끼리 시끌벅적하게 고성을 지르며 걸어가고 있었다. 재혁도 이대로 빠지고 싶었지만 만일에 대비해 함께 가기로 결정했다. 혹시라도 서영을 찾는 누군가가 있다면 핑계거리라도 대 줘야 했다.

택시가 집 앞에 멈춰 서자 서영이 은수와의 통화를 끝내고 차에서 내렸다. 그녀는 기사가 건네는 잔돈을 건네받고 문을 닫았다. 그 순간 어디서 나타났는지 지민이 앞에 서 있었다. 서영은 깜짝 놀라 한 발자국 뒤로 물러나 좋지 않은 시선으로 그를 바라봤다. 그의 핏기 없는 얼굴은 소름 끼칠 정도로 차갑게 느껴졌다. 서영은 그와 조금도 함께 있고 싶지 않아 뒤돌아서려 했다. 하지만 지민이 먼저 그녀의 팔을 붙잡았다.

"회식했어? 잠깐 얘기 좀 할까?"

"무슨 얘기? 난 할 말 없어."

서영이 지민의 손을 뿌리치며 거칠게 뱉어 냈다.

"잠깐이면 돼."

하지만 지민 또한 만만치 않았다. 그녀가 뿌리치면 다시 잡고, 뿌리치면 또다시 잡으면서 절대로 그녀를 놓아주지 않았다. 결국 그녀가 제 발로 가겠다고 소리친 뒤에야 마지못해 손을 놓아주었다. 서영이 손목을 매만지며 그를 노려봤다. 그러고는 그녀 먼저 놀이터를 향해 발걸음을 옮겼다.

그녀의 거친 발걸음에 구두 굽소리가 요란하게 들린다. 서영의 심기를 대변하듯 마치 땅에 구멍이라도 낼 심산으로 힘을 잔뜩 준 상태였다.

온몸이 부르르 떨리니까 제대로 걷기가 힘이 들었다. 하지만 지민에게 자신이 떨고 있다는 걸 들키고 싶지 않아 일부러 발에 힘을 잔뜩 준 것이다. 그래서 그녀도 모르게 거칠게 걷게 된 것이었다.

조금 떨어진 위치에 선 두 사람, 서영은 놀이터 앞으로 보이는 야경을 바라보면서 불편한 심기를 가라앉히는 중이었고, 지민은 그런 서영을 바라보면서 천천히 입을 열었다.

"우리 다시 시작하자."

그의 말에 서영이 두 눈을 질끈 감았다.

"싫어."

"급하게 시작하자는 거 아냐. 기다릴게. 네 마음 풀릴 때까지 기다릴게."

"기다릴 필요 없어. 난 조금도 당신 용서할 마음이 없어."

서영이 몸서리치며 온몸으로 싫다고 표현했다. 그러자 지민이 무릎을 꿇고 앉았다.

"미안해……. 그때는……."

그의 말을 자르고 서영이 차갑게 뱉어 냈다.

"자신 없어서 그랬단 얘기, 한 번만 더 해 봐."

서영의 악에 받친 눈이 부들거리며 떨려 왔다.

"안 해, 안 한다."

"지금은 달라졌다는 얘기도 하지 마. 넌 예전이나 지금이나 내 눈엔 똑같아. 인간도 아냐. 나한테 조금이라도 동정을 받고 싶다면 조용히 살아. 그러면 혹시 알아? 은수한테 너라는 인간이 아빠였다는 사실 정도는 말해 줄지?"

"아이 이름이 은수구나…… 예쁘다, 은수."

서영은 자신도 모르게 튀어나와 버린 아이의 이름을 다시 주워 담고 싶었다. 그의 입에 아이의 이름이 오르내리자 소름이 돋았다.

"함부로 그 이름 입에 올리지 마!"

그녀의 소리침에 지민이 고개를 끄덕거렸다. 그가 다시 입을 열려고 하자 서영이 고개를 돌려 앞을 바라봤다. 정말 마음 같아서는 귀를 틀어먹고 싶을 지경이었다.

"서영아, 정말 용서가 안 되겠니? 내가 그렇게 싫어?"

서영은 저절로 코웃음이 나왔다. 맨 정신으로 그런 질문을 할 수 있다는 자체가 어이가 없었다.

"차라리 술이라도 진창 마시고 오지 그랬니? 정말, 정말…… 너라는 인간 싫어!"

서영이 그를 밀치고 성큼성큼 놀이터를 벗어났다. 그녀는 막 치달리며 지민과 멀어지려고 애썼다. 곧장 집으로 향하는 서영을 바라보면서 지민이 자리를 털고 일어났다. 그러고는 담배를 꺼내 물고 긴 한숨을 토해 냈다. 어쩌다가 두 사람의 사이가 이 지경이 되었는지 모든 게 다 원망스러운 순간이었다. 잠깐의 그릇된 판단으로, 미처 생각하지 못한 부분을 놓치는 바람에 빚어진 결과였다. 하지만 시간은 다시 되돌릴 수 없었다. 그녀의 마음 또한 돌릴 수 없다는 걸 알기에 지민은 착잡한 마음을 부여잡았다.

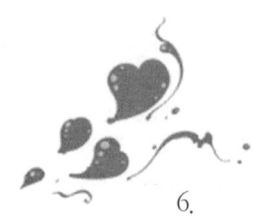

6.

시작하는 연인

　잠들어 있는 아이의 머리를 쓰다듬어 주며 서영은 가까스로 눈물을 참았다. 졸린 목소리로 기다리겠다고 하던 은수의 목소리가 귓가에 맴돌았다. 잠깐 사이 아이는 잠을 참지 못하고 곯아떨어졌다.

　서영은 아이의 존재를 한 번도 부정하고 싶지 않았지만, 지금은 그런 감정이 조금은 섞여 있었다. 은수로 인해 지민이가 다시 나타날 거란 생각은 단 한 번도 해 보지 않았기 때문에 그와 다시 얽히게 된다는 것이 숨을 못 쉬는 것보다 더 고통스러운 것 같았다. 아이가 없었다면 그가 다시 자신을 찾지 않았을 거란 생각에 두 눈을 질끈 감으며 긴 숨을 몰아쉬었다.

　하지만 그런 생각도 잠시, 그녀는 그로부터 지켜야 할 아이가 있었고, 그의 덫에 걸리고 싶은 마음은 추호도 없었다. 싸워야 했고, 이겨야 했다. 그가 어떤 방법을 취하든, 그것의 끝이 죽음이라 해도 싸워 이겨야만 했다. 그럼에도 불구하고 딱히 떠오르는 방법이 없었다. 그의 손아귀에서 벗어날 수만 있다면 오지 끝이라도 도망가고 싶었지만⋯⋯. 다시금 가슴이 먹먹해졌다.

"서영아."

영주가 노크도 하지 않고 불쑥 안으로 들어오자 서영이 빠르게 눈물을 닦았다.

"너⋯⋯ 울었니?"

"아니, 그냥 잠깐⋯⋯."

근심 어린 표정으로 영주가 자리에 앉으며 서영의 손을 잡았다.

"왜 그래? 밖에서 무슨 일 있었어? 그 녀석이라도 만난 거야?"

그녀의 질문에 서영이 대답도 하지 못하고 또다시 눈물을 글썽거렸다.

"그 녀석 만났구나. 그래, 뭐라던? 은수 앞세워서 협박해?"

"엄마, 걱정하지 마. 나 그 사람한테 은수 절대 안 뺏겨. 내가 알아서 할 테니까 엄마는 신경 쓰지 마. 응?"

"어떻게 신경을 안 써? 혼자 해결할 수 있는 문제도 아니잖아. 이래서 이사를 가자고 한 거였다."

영주의 목소리에 날이 잔뜩 서 있다. 그녀는 잠시 생각에 젖는 듯하다, 이내 일어나 방을 빠져나갔다.

그 뒤를 서영이 따르며 거실에서 휴대폰을 찾는 모친을 말리고 섰다.

"왜요?"

"전화해야지. 그 면상 보고 다짐을 받아야지."

"하지 마세요. 엄마까지 그 사람이랑 엮일 필요 없어. 내가 알아서 해요."

"서영아."

"저 믿으세요. 응?"

영주가 서영을 가만히 바라보았다. 그녀까지 개입하면 일이 더 복잡해질 수도 있었다. 괜히 지민의 심기를 건드려 그가 미친 짓을 할지도 몰랐다. 영주는 지금은 때가 아니라고 판단하고 한 발 물러섰다.

"알았다."

대답을 한 영주의 눈에 서영의 얼굴이 들어왔다. 며칠 사이 딸의 얼굴이 많이 수척해졌다. 피부도 까칠한 걸 보니 여러 날 잠자리가 편치 못한 모양이었다.

"네 피부 좋았었는데……. 관리 좀 받아."

영주가 서영의 얼굴을 쓰다듬으며 측은하게 바라봤다. 그러자 서영이 멋쩍은 듯 대답하고는 자신의 방으로 들어갔다. 그 모습을 가만히 바라보면서 영주는 가슴을 쓸어내렸다.

하나밖에 없는 딸. 남편을 일찍 여의고 홀로 키운 아이였다. 그래서 무엇보다 강하게 키우려고 했었고, 서영도 그녀의 뜻대로 참 잘 자라 주었다. 학창 시절 어려운 난관에 부딪힐 때마다 서영은 혼자 잘 견디며 이겨 냈었다. 하지만 지금에 비하면 그건 아무것도 아니었다. 아무리 강한 아이라고 해도 지민이 준 상처와 고통은 속수무책으로 그녀의 심장에 꽂히고 또 꽂혔다. 그러다 보면 결국 서영도 지쳐 버릴 것이라는 생각에 영주의 심장이 또 한 번 덜컥 내려앉았다.

영주는 가만히 베란다 밖 하늘을 올려다봤다. 보름달이 동그랗게 떠 있는 것을 보면서 그녀도 모르게 속으로 중얼거렸다. '지민이 그만 힘들게 했으면……. 다시는 서영을 찾아오지 않았으면…….' 하고 말이다.

아침 일찍부터 휴대폰이 요란하게 울린다. 서영은 늦게까지 잠을 이루지 못해 제대로 눈도 뜨지 못한 채 탁자에 놓인 휴대폰을 찾아 전화를 받았다.

"여보세요……."

―서영아, 자는 거야?

그녀의 잠긴 목소리와는 달리 재혁의 목소리는 상쾌하기만 하다. 그의 목소리를 듣고 한순간에 잠에서 깨어 버린 서영이 자리에서 일어나며 물었다.

"누구? 선배예요?"

―그래. 서영아, 내 자전거 바퀴 펑크 났거든. 가는 길에 나 좀 태우고 가라.

"그래요. 집이 어디죠?"

―문자 보낼게.

"네."

서영은 재혁과 통화를 끝내고 시계를 들여다봤다. 7시를 가리키고 있었다. 그녀는 눈을 비비고 하품을 한 후 옆에서 곤히 잠들어 있는 은수에게 시선을 돌렸다.

'눈에 넣어도 아프지 않은 소중한 보물. 내 생명. 내 분신.'

그녀는 아이의 엉덩이를 연신 두드려 주며 미소 지었다. 그 바람에 뒤척이던 아이가 눈을 뜨고 서영을 찾았다.

"엄마, 여기 있어. 은수 깼어?"

"으응…… 아침이야?"

서영이 아이의 머리를 쓰다듬으며 안쓰러운 얼굴로 입을 뗐다.

"응, 더 자도 되는데……."

"싫어. 엄마랑 밥 먹을 거야. 엄마, 오늘도 늦게 와?"

아이가 눈을 찡그린 채 벌떡 일어나 앉았다.

"아니."

"일찍 와서 나랑 놀아 줘."

"알았어."

"엄마, 나, 쉬."

은수가 허둥지둥 일어나 쏜살같이 방을 빠져나가자 그 뒤를 서영이 따랐다.

"엄마가 바지 내려 줄게."

몹시 급해 보이는 아이의 모습에 서영의 마음도 급해졌다. 아니나 다를까. 아이는 화장실 문턱도 넘지 못하고 그만 바지에다 실례를 하고 말았다.

"으앙."

은수가 울음을 터트렸다. 그 소리를 듣고 안방에서 영주가 놀라 뛰어나왔다.

"왜 그래?"

"아냐, 엄마. 은수가 바지에 실례했어요."

"그랬어? 아이고, 우리 아가. 괜찮아. 어제 물 많이 마시고 자서 그런 거야. 바지 벗자. 넌 들어가 씻어. 늦겠다. 내가 할게."

영주가 은수의 바지를 벗기고 뒤처리를 하는 동안 서영은 엉덩이를 내놓고 있는 아이를 데리고 욕실로 들어갔다.

"씻기고 내보낼 테니까 바지 준비해 주세요."

"그래."

은수가 온 이후로 아침 상황이 많이 달라졌다. 은수는 이곳에 온 이후부터 어린이집에 다니고 있었다. 영주가 옆에서 도와준다고는 하지만 아직 서영의 손길이 더 필요했다. 주간으로 근무하는 요일에는 정신이 하나도 없을 정도였다. 그나마 3교대로 근무한다는 점이 어찌 보면 아이 키우는 데에는 더 제격일지도 몰랐다.

"다 씻었다. 할머니한테 바지 입혀 달라고 해."

"싫어. 엄마가……."

"알았어."

아이가 손을 잡고 놓지 않자 서영은 하는 수 없이 밖으로 나와 영주가 준비해 둔 바지를 들었다.

"내가 할게."

"은수가 저보고 해 달래요."

"늦었는데……."

"괜찮아요. 빨리 준비하면 돼."

서영의 손길을 받으며 아이는 연신 히죽거렸다. 아이의 미소가
피곤함을 단번에 날려 보내는 듯했다.

서영은 서둘러 집을 나선 후 재혁이 문자로 보내 준 주소를 내
비게이션에 찍고 차를 출발시켰다. 그렇게 멀지 않은 위치였지만
도로 사정에 따라 지각을 할 수도 있는 상황이어서 지체할 수가
없었다. 하지만 다행히 도로는 한산했고, 늦지 않게 재혁의 아파
트 앞에 도착할 수 있었다.

재혁은 5분 전에 미리 나와 서영의 차를 기다리고 있던 참이었
다. 차가 자신의 앞에 멈추자 조수석의 문을 열고 가뿐하게 올라
탔다.

"좋은 아침……."

"네."

서영은 인사를 받고 다시 차를 출발시켰다. 재혁이 빠르게 안
전벨트를 매며 입을 열었다.

"아침 식사는 했어?"

"네, 선배는 했어요?"

"아니, 우유 한 잔 마셨어."

앞만 보고 가던 서영이 걱정스런 눈길로 재혁을 바라봤다.

"그걸로 되겠어요? 늘 그래요?"

"응."

"그러다 속 다 버려요."

"그러면 네가 좀 해 주지. 나 혼자 살잖아."

서영은 말없이 웃기만 했다. 농담 반 진담 반이란 걸 알기 때문에 이렇다 할 반문을 하지 못했다. 그러자 재혁이 다시 말을 이었다.

"나이가 들었나 봐. 집 밥이 그립다. 거의 집에선 밥 안 먹지. 아버지가 계실 때는 아침밥 먹고 다녀야 한다고 성화셨는데…….곁에 안 계시니까 다시 안 챙겨 먹어. 이런 생활이 5년쯤 되어 가나……."

말끝을 흐리며 재혁이 눈을 감았다.

"우리 시작하기로 한 거 맞지?"

"네."

"정말이지?"

"네."

재혁은 여전히 눈을 감은 채 계속해서 묻고 또 물었다.

"꿈만 같다."

말을 뱉고 난 후 그는 혼자서 키득거리며 미소 지었다. 그것을 느끼며 서영의 얼굴에도 평온함이 드리워져 있었다.

서영은 잔잔한 음악이 듣고 싶어 흘러간 팝을 틀었다. 그러자 재혁이 좋아하는 곡이라면서 따라 부르기 시작했다. 그가 노래를 따라 부르며 서영에게도 같이 부르자고 했지만 서영은 고개를 저으며 미소만 지었다. 그녀는 회사로 가는 동안 CD에서 흘러나오는 음악보다 재혁의 잔잔한 목소리에 심취했다.

두 사람이 함께 출근하는 것을 보게 된 김문수가 의아한 눈길로 차에서 내리는 재혁을 바라봤다. 그가 빠르게 재혁의 곁으로 다가오면서 물었다.

"어떻게 같이 출근해?"

"내 자전거 바퀴가 펑크 났거든."

"그럼 나한테 전화를 하지."

아직도 아리송한 표정으로 묻는 김문수를 보고 재혁이 머리를 긁적거렸다.

"깜박했다."

"깜박은 무슨……."

김문수가 이번엔 약간 화가 난 목소리로 서영에게 물었다.

"혹시 두 사람 사귑니까?"

그의 질문에 재혁의 얼굴에 당혹함이 역력했다. 하지만 서영은 전혀 표정 변화가 없었다.

"야, 그런 질문이……."

재혁이 너스레를 떨며 웃어넘기려 하자 서영이 그의 말을 끊고 입을 열었다.

"차재혁 씨하고 사귀기로 했어요."

"네?"

"먼저 들어갈게요."

김문수는 청천벽력 같은 말로 자신의 가슴을 내려쳐 놓고 태연하게 들어가는 서영을 보고 아무 말도 할 수가 없었다. 대신 재혁이 다음 말을 이어 갔다.

"사실 우리 선후배 사이야."

"선후배? 그러면서 왜 말을 안 했어?"

김문수가 기가 찬 얼굴로 따지듯 물었다.

"서영이가…… 아니, 서영 씨가 별로 내켜 하지 않아서 그랬다."

"그래도 나한테는 했어야지. 내가 서영 씨한테 호감 있는 거 뻔히 알면서…… 아니, 도대체 언제 그렇게 발전을 한 거야?"

"내가 5년 전에 짝사랑했었다."

"뭐? 그래 놓고 이 자식…… 괜히 헛물켰잖아. 아니, 그러고 보니 그때 그 말, 그거 진심이었구나?"

"응."

김문수는 여전히 어이없는 표정을 지으며 재혁을 노려봤다.

"들어가자."

재혁이 먼저 안으로 들어가자 그 뒤를 김문수가 따랐다.

"참, 우리 사이 아직 비밀이다."

"비밀? 내가 다 말해 줄 거다. 배 아파서 어디 그냥 있겠냐?"

빈정거리는 말투로 놀려 대는 김문수를 보며 재혁이 호탕하게 웃었다.

"너 안 그럴 거라는 거 세 살짜리 꼬마도 다 안다. 대신 쉬는 날 술 한잔 살게."

"한 잔만 살 거야? 한 잔 가지고 되겠어?"

"알았다. 원하는 대로 마셔."

"OK."

그걸로 서운했던 감정이 사라졌는지 김문수는 더 이상 침울한 표정을 짓지 않았다. 재혁도 김문수가 두 사람의 사내연애에 적극적인 지지와 후원, 그리고 든든한 배경이 되어 줄 거라는 걸 잘 알고 있었다. 김문수는 그런 동료였다.

여느 때와 같은 하루가 다시 시작되었지만 달라진 것이 있다면 두 사람 사이의 흐르는 미묘한 감정도 함께 시작되었다는 것이다. 재혁은 봄바람의 꽃 냄새와 함께 전해지는 따뜻하고 포근한 감정이라면 서영에게 그는 든든한 울타리 같은 존재였다. 지민에게서 자신을 보호해 줄 고마운 사람, 그녀 가슴에 살며시 자리 잡은 반창고와 같은 존재였다.

미소를 지으며 일을 하는 서영의 곁으로 김문수가 다가와 조용히 입을 열었다.

"재혁이하고 조를 바꿔 달라고 할까 봐요. 내가 두 사람한테 해 줄 수 있는 게 그것밖에 더 있겠어요?"

"놀리지 마세요."

"어휴, 놀리는 거 아닙니다."

김문수가 손사래를 치며 도리질을 하자 서영이 미소 지으며 말했다.

"말씀만으로도 감사해요. 그렇게 안 해 주셔도 괜찮아요. 옆에 있으면 신경 쓰여서 더 일 못 해요. 거기 볼트 좀 주시겠어요?"

"아, 알겠습니다."

김문수가 허리를 굽혀 바닥에 놓여 있는 연장통에서 볼트를 꺼내 내밀었다. 그는 그것을 받아 들고 다시 일에 몰두하는 서영을 보면서 쓴웃음을 지었다. 참 매력 있는 여자였다. 여리한 몸과는 달리 볼트를 조이는 손아귀의 힘은 무척이나 셌다. 매번 놀라는 일이지만, 오늘은 더더욱 그녀가 달리 보였다. 은근히 가슴 깊은 곳에서 재혁에 대한 부러움을 솟구쳤지만 그는 이내 자신의 자리로 돌아갔다.

점심 무렵, 먼저 서영과 함께 식사를 하고 있던 김문수가 구내식당을 찾은 재혁을 보고 손을 번쩍 들어 불렀다.

"재혁아, 여기!"

"어! 갈게."

잠시 후 식판에 음식을 수북이 받아 들고 자리에 앉는 재혁을 보고 김문수가 입을 열었다.

"아침 못 먹었어?"

"응."

"갈수록 밥이 수북해. 오너가 밥 많이 먹는 거 싫어한다는 소문이 있던데 모르냐?"

김문수가 농담으로 던진 말에 재혁도 농담으로 받아쳤다.

"응. 일도 내 몸 챙겨 가면서 하는 거 아니냐. 난 여기서 두 끼 채우고 가련다."

재혁이 국에 밥을 말아 한술 떴다. 서영도 그가 먹는 걸 보고 잠시 먹던 걸 멈추었다.

"아침 거르지 마세요. 한꺼번에 몰아 먹으면 속 버려요."

"그러니까 내일부턴 네가 챙겨 줘야 한다니까."

"벌써부터 아침까지 챙겨 달라는 거냐? 성질 급해서 어째? 얼른 결혼식을 올리든가 해야겠네?"

김문수의 말에 재혁이 '정말 그럴까?' 하며 서영을 바라봤다. 서영은 말없이 미소만 지었다.

"아, 그냥 어머님께 부탁드려야겠다. 어머니 내가 간다고 하면 흔쾌히 허락하실 거야. 그렇지?"

"그럴 거예요. 내일부터 아침 드시러 오세요."

서영도 싫지 않은 모양이었다. 그녀도 재혁이 안쓰러운 건 사실이었다. 옛말부터 아침밥을 든든하게 먹어야 한다고 했다. 굶고 다니는 모습이 결코 좋아 보일 리 없었다.

"어머니한테 허락 먼저 받고. 자, 먹자. 배고프다."

재혁이 다시 한 숟가락 가득 담아 입에 넣고 식사를 시작하자 김문수와 서영도 멈추었던 손을 놀렸다. 세 사람은 식사를 하며 이런저런 담소를 나누었다. 달라진 것이 있다면 서영이 그전보다 조금 부드러워졌다는 것이었다. 김문수는 언제나 차가웠던 서영의 말투가 한순간에 변하자 사랑의 힘이 실로 대단하다며 속으로 생각했다.

두 사람은 퇴근을 함께하면서 밖에서 시간을 보내는 대신 서영의 집으로 가기로 했다. 영주에게 두 사람 사이를 밝히기로 결정한 것이다. 조금 갑작스런 일이었지만 시작한 마당에 숨길 이유가 없었다.

그 시각 영주는 재혁이 온다는 전화를 받고 저녁 준비를 하며 내내 아리송한 표정을 지었다. 무슨 일로 갑작스럽게 저녁을 먹으러 온다는 것인지, 선후배 사이였으니까 편하게 생각해도 될 문제였지만 서영의 전화 목소리를 들어 보니 그런 것 같지는 않았다. 둘 사이에 뭔가 있다는 예감이 들어 영주는 계속 안절부절못하고 허둥지둥대며 음식을 만들었다. 옆에 있던 은수가 그런 영주를 보고 물었다.

"할머니, 쉬 마려?"

"쉬? 아니."

"근데 왜 발을 동동 굴려?"

"어? 내가 발을 동동 굴렸어? 그건 은수야, 할머니가 바빠서 그래. 은수야, 여기 불 뜨거우니까 저쪽 가서 놀아. 엄마 곧 온대."

"응."

아이가 들고 있던 자동차 장난감을 굴리며 저쪽으로 가자 영주는 다시 야채를 볶으며 한쪽에서 끓고 있는 해물탕의 가스레인지 불을 줄였다. 시계를 보니 거의 도착할 시간이었다.

그녀는 다 볶아진 야채를 당면과 함께 섞어 잡채를 만들고, 그것이 다 만들어지자 상을 차리기 시작했다. 영주가 얼추 다 차렸을 무렵 디지털 도어 키의 벨을 누르는 소리가 들려오고, 곧 서영과 재혁이 모습을 보였다.

"어머니, 저 왔습니다."

"어휴, 어서 와. 얼른 들어와."

"이거 받으세요."

"이게 뭐야?"

"별거 아닙니다."

재혁에게서 쇼핑백을 받은 영주가 그것을 받으며 부담스런 표정을 지어 보였다. 그러자 재혁이 다시 웃으며 그녀의 손을 잡고 넙죽 인사를 했다.

"어머니한테 매일 아침 얻어먹으려고 드리는 뇌물입니다."

"뇌물?"

"네, 이제 편하게 받으셔도 되겠죠?"

"그런 거야? 그러면 내가 더 미안하지. 이런 거 안 줘도 밥 실컷 줄 텐데…… 뭐 하러……"

영주가 말끝을 흐리자 서영이 배고프다며 겉옷을 벗고 재혁의 겉옷도 받아 들었다.

"내 정신 좀 봐. 배고프지? 어서 앉아. 밥만 푸면 돼."

"손 좀 먼저 씻고 올게요."

"그래."

그가 자리를 뜨려는데 그 앞을 은수가 막고 섰다. 재혁도 그제야 은수를 발견하고는 화들짝 놀라며 무릎을 꿇고 앉아 아이와 눈높이를 맞췄다.

"아, 네가 은수구나?"

"네. 아저씨는 누구세요?"

"엄마 친구."

"엄마 친구요?"

"그래, 반갑다. 너 되게 귀엽게 생겼다. 엄마 닮았어."

"……."

아이는 그의 말에 대답을 하지 않고 뚫어지게 바라만 볼 뿐이었다. 그러자 서영이 옆으로 다가와 그런 은수를 품에 안고 재혁을 욕실로 들여보냈다.

그가 손을 씻는 사이 영주가 곁으로 다가와 소곤거렸다.

"무슨 일인데? 그냥 밥 먹으러 온 거 아니지?"

"네."

"뭐? 엄마 심장 떨리게 갑자기 이러면 어떡해?"

"청심환도 준비했어요."

"정말이야? 청심환까지 먹어야 할 정도야?"

"와, 뭐가 이렇게 많아? 언제 다 준비했어요?"

"그러게, 빨리 좀 전화해 주지."

잠시 후 재혁이 모습을 보이자 영주가 자리에 앉으라며 성화다. 재혁도 영주가 정성스럽게 차린 상차림을 보고 두 눈을 동그랗게 뜨며 입을 다물지 못했다.

"어머니, 감사히 잘 먹겠습니다."

"그래."

재혁은 그녀가 차려 준 음식을 맛있게 먹으며 내내 싱글벙글이다. 그가 밥 한 그릇을 금방 뚝딱 비우자 영주가 한 그릇 더 퍼주었다.

"먹고 더 먹어."

"네."

씩씩한 그의 목소리를 듣고 있자니 영주도 절로 미소가 지어진다. 잠시 그녀의 머릿속에 5년 전의 영상이 또렷이 떠올랐다. 서영이 같은 과 친구들을 데리고 식당으로 자주 밥을 먹으러 왔었는데, 그때도 재혁은 뭐든지 복스럽게 먹었었다. 반면에 지민은 까칠할 정도로 가리는 게 많았었는데……. 그래서 그런가. 은수가 제 아빠를 닮아 편식이 심한 편이다. 영주는 자연스럽게 지민과 은수를 연결 지었던 자신의 짧은 생각에 소스라치게 놀라곤 두 사람 모르게 심호흡을 했다.

　"갈비가 너무 부드러운데요."

　"그래? 내일 아침은 뭐 해 줄까? 무슨 국 좋아해?"

　"아무거나 다 좋아합니다."

　"그래, 내가 알아서 해 놓을게. 집 밥 못 먹은 지 오래되었지?"

　"네."

　영주는 재혁의 모친이 이 세상에 없다는 걸 알고 있었다. 어렴풋이 재혁의 입을 통해 들었던 것 같다.

　"아버지는 건강하시고?"

　"제주도에 계세요. 누나하고요."

　"제주도? 누나는 결혼했지?"

　"네, 제가 매형 볼 면목이 없어요. 어서 빨리 장가가서 제가 모셔야 하는데……."

　"그래야지. 아버지 연세가 어떻게 되셔?"

　"74세이신데 정정하세요. 운동도 다니시고 아직까지 일도 하시고요."

"일을 하셔?"

"매형 회사 경비원으로 일하고 계십니다."

"으응. 그래……."

"퇴직하고 많이 힘드셨거든요. 아직 젊은데 쉬고 있는 게 싫다고 하셔서, 그래서 제주도로 내려가신 겁니다."

"그래, 건강하면 그게 최고지. 먹고 있어. 과일 내올게."

영주가 자리에서 일어나자 가만히 밥을 먹고 있던 은수가 재혁을 바라보며 물었다.

"아저씨는 밥 많이 먹어서 키가 큰 거예요?"

"그럼, 아저씨 키 큰 건 밥 많이 먹어서 그래. 은수도 잘 먹지?"

그의 질문에 찔리는 것이 있는지 은수는 대답을 하는 대신 서영을 바라봤다.

"우리 은수는 가리는 게 많아요. 새 모이만큼 먹어요. 입이 짧아요."

"지금은 그래도 한창 뛰어놀게 되면 달라질 거야. 나도 유치원 다닐 때는 가렸어."

그가 웃으며 잘게 찢어 놓은 갈비를 은수에게 내밀었다. 은수는 그가 마음에 들었는지 피하지 않고 냉큼 받아먹었다.

"나도 아저씨처럼 키 클 거예요."

"클 거야."

서영은 은수를 챙기는 재혁의 자상한 모습을 가만히 보면서 미소 지었다. 그 모습을 보게 된 영주 또한 아리송한 표정을 지으면서도 한편으론 마음이 따뜻해지고 있었다. 얼마 만에 보게 되는 서영의 밝은 미소인지 모른다.

식사를 마치고 과일을 먹으며 서영과 재혁은 본격적으로 얘기를 꺼냈다. 서영이 운을 떼자 재혁이 말을 이어 받아 아까와는 다르게 사뭇 진지한 모습으로 두 사람의 교제 사실을 알렸다.

"5년 전에 보고 한동안 못 봤다면서 언제 진도가 나간 거야? 같이 근무한 지 얼마 되지 않은 거 같은데……."

"어머니, 사실은요. 제가 서영이를 짝사랑하고 있었습니다. 대학 시절부터요."

"아, 그랬어……. 근데 나는……."

막상 접하고 나니 영주는 할 말이 없었다. 두 사람이 정식으로 교제를 시작하고 허락을 받으러 왔는데, 속은 내심 좋으면서도 쉽게 허락을 할 수도 없는 것은 염치라는 것 때문이었다. 어찌 되었든 서영은 미혼모였고, 지민과도 껄끄러운 관계를 이어 가고 있었다.

"아는지 모르겠지만 지민이가……."

"압니다."

"알고 있어?"

영주가 깜짝 놀라 물었다.

"다 알고 있습니다. 그 문제는 저희한테 맡겨 주십시오."

"그래도 나는 자네한테 미안해서 그러지. 사람이 염치라는 게 있는데 내가 어떻게 좋다고 펄쩍 뛰면서 허락을 하겠나⋯⋯."

"그럼 모른 척해 주세요. 어머니는 아무것도 모르는 거라고 하면 되잖아요."

영주가 계속 난처한 표정을 지으면서 대답을 하지 못하자 그때까지 가만히 있던 서영이 입을 열었다.

"엄마, 나 오랫동안 생각하고 내린 결정이에요. 선배 믿으니까 받아들인 거고요. 나 선배한테 자격 없는 거 아는데, 이젠 나도 행복해지고 싶어. 이기적이라고 해두, 다른 사람들이 욕해도 상관없어요. 나만 생각할래요. 나 그래도 되잖아요."

재혁이 옆에서 가만히 서영의 손을 잡아 주었다. 그러자 영주는 딸의 행복을 위해 이 순간만큼은 양심을 갖다 버리고 싶은 충동을 느꼈다. 지난날 혼자서 아파하고 은수를 힘들게 키웠을 서영의 모습을 떠올리며 두 사람의 교제를 허락했다.

"아무쪼록 예쁘게 연애해."

"결혼도 할 겁니다."

영주가 소리 없이 웃었다.

"자네 한잔하고 가겠나? 좋은 날 그냥 보내기 섭섭해서 그래."

"주세요. 취하면 재워 주시고요."

"당연하지. 가만히 있어 봐."

영주가 일어나자 서영도 따라 일어났다. 그러면서 그녀가 집에 술이 있냐고 묻자 영주가 베란다를 가리켰다.

"삼촌이 어제 소주 6개짜리 사 들고 왔어. 잠 안 올 때 마시고 잔다고."

"응."

서영과 영주가 술상을 봐 오는 동안 재혁은 은수가 노는 모습을 지켜봤다. 아이는 자동차인지 로봇인지 정체를 알 수 없는 장난감을 가지고 이리저리 만지며 뭔가를 만들고 있었다.

"뭐 만드는 거야?"

"로봇으로 변신하는 건데 잘 안 돼요."

"아저씨가 해 줄까?"

"아저씨 할 줄 알아요? 우리 엄마하고 할머니는 못 하는데……. 내일 삼촌할아버지 들어와야 할 수 있어요."

"나도 삼촌할아버지처럼 잘 할 수 있어. 줘 봐."

아이가 장난감을 건네자 재혁이 진지한 표정을 지으며 하나씩 끼워 맞췄다. 그랬더니 금방 로봇으로 변신했다.

"와, 아저씨 잘한다. 되게 빨리한다."

"아저씨 손은 만능이야."

"만능이 뭐예요?"

"만능은 모든 일을 잘할……. 척척박사라는 뜻이야. 척척박사는 알지?"

"알아요. 만화에서 봤어요. 짜잔. 피용~"

곧 은수는 장난감에 흠뻑 빠져 재혁의 존재는 잊고 자신만의 세계에 빠져들었다. 잠시 후 서영이 상을 들고 오자 재혁이 얼른 일어나 그것을 받아 들었다.

"날 부르지."

"별로 안 무거워요."

"그래도……. 어머니 얼른 오세요."

"알겠네. 지금 가……."

영주가 손을 닦고 자리에 앉자 재혁이 그녀의 잔에 술을 따랐다. 그리고 반대로 영주가 그의 잔에 술을 따라 주고, 서영의 잔에도 따라 주었다.

"고맙네. 자, 우리 건배하자. 뭐라고 그럴까? 그래, 두 사람의 행복을 위하여!"

영주가 잔을 높이 들자 재혁과 서영도 잔을 들었다.

"위하여!"

세 사람은 첫 잔을 한 번에 비우고 서로를 바라보며 미소 지었다.

그들이 오랜만에 찾아온 행복을 만끽하는 사이 집 밖 한쪽에 차를 세워 둔 지민은 생각에 잠겨 눈을 감고 있었다. 하루에 한 번씩은 꼭 이곳에 와서 발 도장을 찍고 가는 것 같다. 어쩔 땐 두 번도 오곤 했다. 그녀가 원하지 않는다는 걸 알면서도 발길이 이곳으로 닿았다. 그녀를 볼 수 있는 것도 아니고 아이를 볼 수 있는 것도 아닌데, 마음이 좀 더 그들과 가까이하기를 원하고 있었다.

그럴 때마다 지민은 미쳐 버릴 것 같았다. 아무것도 할 수 없는 자신이 너무도 초라하게 느껴졌다. 바보처럼 눈물이 왈칵하고 쏟아져 나왔다. 예전엔 눈물 따위하곤 거리가 멀었다. 앞으로 얼마 못 산다고 선고를 받았을 때에도 울지 않았다. 하지만 자신이 서영을 울렸던 것처럼 그녀와 아이 때문에 이젠 그 자신이 울고 있다. 분명한 건 그는 피해자가 아니라 가해자란 것이었다. 상황이 어찌 되었든 자신이 쳐 놓은 덫에 걸린 미련한 놈일 뿐이었다.

7.
엉킨 실타래

11시쯤, 술자리를 마치고 집을 나선 재혁의 곁에 서영이 서 있다. 영주가 자고 가라고 했지만 재혁은 한사코 마다하며 자리를 털고 일어났다. 내일 출근을 하지 않으면 그렇게 했을 텐데, 내일도 주간으로 근무를 하는 날이어서 발길을 돌릴 수밖에 없었다.

"어머니 피곤하실 테니까 내일은 안 올게."

"내가 해 줄게요. 오세요. 선배, 굶고 출근하는 모습 보고 싶지 않아요."

"너도 피곤하잖아."

"괜찮아요."

"알았어. 아침에 올게. 들어가."

"조심해서 가요."

"응."

뒤돌아섰던 재혁이 빠르게 다시 돌아서 우두커니 서 있는 서영을 자신의 품에 끌어안았다.

"행복한 날만 있을 거야. 나 믿고 따라와."

"네."

"진짜 가기 싫다. 옷만 아니면 안 갔을 텐데……. 나중엔 옷도 싸 가지고 와야겠어."

"그래요."

서영이 웃으며 그의 품 안에서 벗어났다.

"가세요."

"응. 이번엔 진짜 간다. 잘 자."

"선배도요."

인사를 나눈 후 재혁은 골목길을 내려가고, 서영은 집으로 들어가는 모습을 눈으로 좇던 지민의 표정이 몹시 상기되어 있었다. 막상 두 사람이 끌어안은 모습을 보니 지민은 재혁의 얼굴을 한 대 치고 난장판을 만들고 싶은 마음이 솟구쳤다. 하지만 곧 정신을 차렸다. 자신은 선뜻 두 사람 앞에 나설 수가 없는 놈이었다. 무슨 낯으로, 무슨 자격으로……. 지민은 서영이 올라갈 때마다 켜지는 계단의 보조 등을 무심한 듯 바라보면서 오래도록 그렇게 머물러 있었다.

한 시간이 흘렀다. 지민은 그동안 두 사람의 관계를 생각하면서 둘 사이에 낀 자신의 모습도 그려 봤다. 지금 그가 둘 사이에 나서면 진흙탕이 될 뿐만 아니라 서영에게 두 번 상처를 주는 꼴이 되고, 재혁과의 오랜 우정도 산산이 부서지게 되고 만다. 하지만 그깟 우정 정도는 버려도 괜찮았다. 다만 서영의 상처가 눈에 밟혔다.

지민은 또다시 긴 한숨을 뱉어 낸 후 자신의 머리카락을 세차게 잡고는 모조리 뜯어내고 싶은 양 행동을 취하며 몸부림 쳤다. 지금의 처지만 아니라면 두 번 다시 눈앞에 나타나지 않았을 텐데……. 멀리서나마 둘의 행복을 빌어 주며 은수의 안녕을 기도했을 테데……. 재혁이라면 서영을 충분히 맡길 수 있었고, 은수에게 좋은 아빠가 되어 줄 수 있다고 믿어 의심치 않았다. 축하한다는 한마디만 해 주고 자신만 종적을 감추면 깨끗하게 끝날 일인데 그럴 수가 없었다.

미련, 그리고 용서. 그것이 가슴 깊숙한 곳에서 그의 남은 양심마저 짓밟고 있었다. 그의 마음속 한편에 자리 잡고 있는 천사를 악마가 끊임없이 내쫓고 있었다. 사라지라고, 어서 당장 꺼지라고 소리치면서 그의 마음을 들끓게 했다.

❀

그들의 시작은 불안했지만 시간이 지날수록 서영은 재혁에게 더 의지를 하게 되었다. 지민도 자취를 감췄는지 좀처럼 모습을 드러내지 않았고, 두 사람의 연애는 장애물 없이 예쁘게 이어지고 있었다. 재혁은 쉬는 날마다 은수와 함께하며 아이와 좀 더 가까워지려 노력했고, 그런 재혁의 노력에 아이도 잘 따라 주었다. 그리고 자주 집에 드나들면서 영주의 불안감도 해소시켜 주었다.

오늘은 영주가 삼계탕을 했다며 상에 올렸다. 두 마리의 닭에 푸짐하게 들어간 대추와 밤, 그리고 인삼까지. 영주가 먼저 닭다리를 뜯어 재혁에게 내밀었다.

"받아."

"잘 먹겠습니다."

재혁이 그것을 받아 들자 영주는 이번엔 서영의 것을 뜯어 접시에 놓아주었다. 그러자 그것을 가만히 지켜보고 있던 은수가 뾰로통한 표정을 지으며 서영을 바라봤다.

"참, 우리 은수는 엄마가 뜯어 줄게."

"놔둬. 여기 있어. 자, 은수도 닭다리 받아야지. 와, 제일 큰 거네?"

영주가 아이의 접시에 닭다리를 내려놓자 아이의 얼굴이 조금 펴진 듯했다.

"어머니도 드세요."

재혁의 말에 영주가 고개를 저었다.

"아냐. 하나 남은 거 자네가 더 들어. 나는 날개가 더 좋네. 이거 빈말 아니야. 어른들이 생선머리 좋아하는 거 자식들 몸통 먹이냐고 그런다지만, 진짜로 생선머리가 제일 맛있어. 식탐 많은 노인네들은 생선머리는 꼭 자신이 드신다네. 예전에 우리 시어머니도 그랬어. 어서 들어. 식으면 맛없어."

"네."

네 사람은 식사를 하며 낮에 다녀왔던 놀이공원에서 있었던 에피소드를 영주에게 들려주며 화기애애하게 저녁을 보내고 있었다. 잠시 후 초인종 소리가 들려왔다. 삼촌 영훈은 지방으로 출장을 간 상태라 올 사람이 없었다. 택배를 시킨 것도 없었기에 서영은 의구심 가득한 얼굴로 인터폰을 바라봤다. 그러고는 너무 놀라 하마터면 들고 있던 젓가락을 떨어트릴 뻔했다. 그녀가 놀란 표정으로 미동도 없이 서 있자, 영주가 누구냐고 물었다. 재혁도 그녀의 행동에 자리에서 일어나 인터폰을 바라봤다. 그였다, 바지민.

"누군데 그래?"

보다 못해 영주까지 곁으로 다가와서 인터폰을 확인하고는 불편한 심기를 드러냈다.

"저 자식이…… 여기가 어디라고 온 거야? 가만 있어 봐."

영주가 인터폰을 들고 퉁명스럽게 물었다.

"무슨 일인가?"

—잠시 드릴 말씀이 있어서 왔습니다.

"난 듣고 싶은 얘기 없네. 이만 돌아가. 다시 벨 누르면 경찰 부르겠네."

영주는 자신이 할 말만 하고 뚝 끊어 버렸다. 하지만 지민도 포기하지 않았다. 경찰 같은 건 무섭지 않았다. 쫓겨난들 그게 무슨 대수인가 싶었다. 어찌 되었든 만나서 얘기를 하고만 싶었다. 그래서 다시 초인종을 누르고 그것도 모자라 문까지 두드리며 난동 아닌 난동을 부렸다.

"잠시면 됩니다. 어머니, 서영아!"

영주는 화가 머리끝까지 났다. 옆에 재혁까지 있어 더 면목이 없을 지경이었다.

"미안하네. 자네한테 이런 꼴 보이면 안 되는데……."

서영의 표정도 굳어 있었다. 은수는 이런 상황들을 지켜보면서 아리송한 표정을 지어 보였다.

"괜찮습니다. 밖이 많이 소란스러우면 이웃에도 피해니까 문 열어 주시죠. 저 있잖아요. 괜찮을 겁니다."

재혁의 말에 영주가 말끝을 흐렸다.

"하지만……."

다시 재혁이 괜찮다며 문을 열려고 하자 이번엔 서영이 낮게 소리쳤다.

"열지 말아요. 조금만요. 조금만 있다가요."

"그래."

잠시 후 초인종 소리가 들려오자 재혁이 인터폰을 들어 입을 열었다.

"곧 열어 줄 테니까 조금만 기다려. 소란 피우지 말고."

또다시 인터폰이 끊겼다. 지민은 재혁이 서영과 함께 있다는 걸 알고는 모든 행동을 멈추었다. 미친개처럼 날뛰는 모습을 보였던 건 그에게도 수치였다. 자존심이 몹시 상했지만 그가 있다고 해서 그냥 돌아갈 수도 없었다. 어차피 재혁도 알아야 하고, 싸움을 시작하기로 한 마당이었다. 끝이 보이는 싸움이었지만 거기서 누가 이길지도 잘 알고 있었지만, 지금은 물러설 수 없었다.

'딱' 소리와 함께 현관문이 열리고 재혁의 모습이 보였다.

"들어와."

재혁의 말에 지민은 죄인처럼 고개를 숙이고 안으로 들어와 신발을 벗었다. 그러자 집으로 들어서는 지민에게 다가간 영주는 한 치의 망설임도 없이 그의 뺨을 후려갈겼다. 참을 만큼 참았다고 생각했다. 그동안 지켜보면서 애간장만 타들어 갔는데 이러고 나니까 속이 좀 후련해지는 것 같았다. 하지만 그럼에도 불구하고 그녀는 다시 한 대를 더 때리고 씩씩거리며 입을 열었다.

"네가 지금 제정신이야? 여긴 무슨 낯짝으로 찾아온 거야? 도대체!"

영주의 목소리에 힘이 잔뜩 들어가 있었다. 갑자기 지민이 무릎을 꿇자 서영이 아이가 있는 방으로 들어가 버렸다. 차마 그의 위선을 보고 있을 수가 없었기 때문이다.

"저 죄인인 거 압니다. 그래서 물러날 수 없습니다. 시작도 하지 못했습니다. 아이하고 서영이 다치지 않게 잘 살겠습니다. 한 번만 용서를 해 주시면……."

그의 말을 자르고 영주가 펄쩍 뛰었다.

"어디서 은수를 넘봐? 어디서 내 딸을 넘봐? 네까짓 게 뭔데? 그만큼 상처 주었으면 되었지, 또 뭐가 남았나? 이 얼어 죽일 놈! 어디서 그 얼굴을 들이밀고 나타나, 나타나길! 뭐? 시작도 못 해? 그 시작의 의미가 뭔데? 내 딸 더 고통스럽게 해야 한다는 소린가?"

영주가 삿대질까지 하며 쏘아붙였지만 지민은 눈 하나 깜짝하지 않았다. 마치 각오한 일이라는 듯 그가 다시 조용히 입을 열었다.

"아닙니다. 저 강제로 데리고 가지 않을 겁니다. 서영이에게 두 번 상처 주는 일 없습니다."

"지금 주고 있잖나……. 애가 자네를 원하지 않고 있는데 어떻게 한다는 말인가?"

"노력하겠습니다. 서영이 마음 다시 얻을 수 있도록 노력할 겁니다. 그것이 10년이든 20년이든 그 이상이 걸린다고 해도 기다리겠습니다."

지민은 단호한 듯했다. 영주는 그의 진심보다 딸에게 올가미를 씌우는 것 같아, 지난 5년간의 아픈 시간보다 더한 아픔이 서영을 기다리고 있는 것만 같아 마음이 놓이지 않았다. 영주는 그 순간에도 재혁이 몹시 신경 쓰였다. 이런 거머리 같은 인간 때문에 한순간에 그가 포기하고 뒤돌아설까 두렵기까지 했다. 한창 행복해하고 있는 딸의 얼굴에 다시 그림자가 드리워질지도 모른다는 생각에 머리가 쭈뼛 섰다.

"자네도 들어가 있어. 험한 꼴 보이고 싶지 않네."

그녀의 말에 재혁은 알겠다고 대답하고는 이내 방으로 들어갔다. 그러고는 한쪽에 앉아 있는 서영을 일으켜 세워 자신의 품에 끌어 앉혔다.

한창 열이 오른 영주는 바닥에 앉아 아까보단 침착한 목소리로 입을 열었다.

"됐네. 나 죽어서도 자네 면상 보고 싶지 않으니까 이만 돌아

가게. 재혁이랑 둘이 예쁘게 사귀고 있는데 괜히 헛물켜지 말고 방해도 하지 말게. 일말의 양심이라는 것이 있다면 말일세. 지켜 볼 거야. 만에 하나라도 끼어들면 그땐 너 죽고 나 죽는 거야."

그녀는 직접 현관문을 열고 지민이 가 주길 바랐다. 다행히 지민은 더 붙잡고 늘어지지 않았다. 다만 죄송하다며 다시 찾아오겠다는 말을 남기고 사라졌다.

영주는 지민이 들으라는 듯 현관문을 부서져라 '쾅' 닫고는 냉장고에서 찬물을 꺼내 벌컥 들이켰다. 몹시 갈증이 났다. 몸서리 쳐지도록 숨이 막히는 몇 분이었다. 다시는 지민의 얼굴을 마주 보고 싶지 않았다. 그 녀석의 차가운 눈빛과 차가운 얼굴은 남은 정마저 뚝뚝 떨어지게 했다. 정감미라고는 눈곱만큼도 찾을 수 없을 만큼 지민은 찔러도 피 한 방울 나오지 않을 위인 같았다.

잠시 후 재혁과 서영이 방을 나왔다. 재혁은 소파에 놓여 있는 자신의 옷을 들고는 지민과 얘기 좀 해야겠다며 곧장 밖으로 나갔다. 영주와 서영이 미처 말릴 틈도 없이 순식간이었다.

밖으로 나온 재혁은 차 안에 덩그러니 앉아 있는 지민을 발견했다. 재혁은 그의 차 앞으로 다가가 조수석의 문을 열고 올라탔다. 별안간에 문이 열리고 재혁이 올라타자 지민은 조금 당황한 듯했다. 하지만 곧 미소를 지으며 술 한잔을 할 것을 권했다.

"그러지. 네 집 근처로 가. 대리기사 부를 거 아니면……."

"그러면 우리 집으로 가자. 괜찮지?"

"좋을 대로. 술은 있어?"

"당연하지."

그렇게 두 사람은 지민의 집으로 향했다. 가는 동안 두 사람은 말이 없었다. 지민은 마음이 착잡해 아무 말도 하고 싶지 않았다. 재혁은 그런 지민을 배려해 일부러 말을 꺼내지 않은 것이다.

잠시 후 지민의 집으로 장소를 옮긴 두 사람. 곧장 집 안으로 들어선 지민이 옷도 벗지 않은 채 술부터 꺼내 들었다.

"양주 괜찮지?"

"응."

화이트 소파에 앉으며 재혁은 무덤덤하게 뱉어 냈다. 주위를 둘러보는 그의 곁으로 지민이 잔 두 개와 술병을 들고 나타났다.

"남자 혼자 사는 집 처음 봐? 너도 혼자 살잖아."

"난 이렇게 꾸며 놓고 안 살아. 우렁각시가 있는 것도 아니면서 왜 이렇게 깔끔한 거야? 블랙과 화이트의 조화라……. 모던하네."

"그만 구경하고 잔이나 받아. 참, 안주. 안주는 치즈로 하자. 잠깐만……."

서둘러 자리에서 일어난 지민이 안주를 내오는 동안 재혁의 시선이 벽에 걸려 있는 사진에 닿았다. 서영이었다. 그의 시선이 사진에 닿아 있자 지민이 쑥스러운 듯 입을 열었다.

"예쁘게 잘 나와서……. 언제 때더라. 우리 남해로 놀러 갔을 때. 그때인 거 같아."

5년 전, 전국 방방곡곡을 참 많이도 돌아다녔었다. 젊을 때 아니면 언제 다닐까 싶은 마음에 틈만 나면 배낭 하나 들쳐 메고 여행을 떠났었다. 과 친구들 중에서도 유독 여행을 좋아하는 멤버끼리 여행 동아리를 만들어 그렇게 어디든지 다녔었다. 그중에 재혁과 지민, 그리고 서영도 끼어 있었다.

재혁은 쉽사리 사진에서 눈을 떼지 못했다. 어리고 순수했던 모습이 남아 있는 사진이었다. 상처받기 전의 모습은 지금과 달라도 너무 달랐다. 순간 뭔가가 울컥 솟았다. 재혁은 빠르게 시선을 거두고 지민이 따라 주기도 전에 먼저 술 한 잔을 따라 홀짝 마셔버렸다.

"천천히 마셔. 우유 먼저 마시고."

지민이 우유를 따라 그에게 건넸다. 하지만 재혁은 그것에는 시선을 두지 않고 다시 한 잔을 따라 들이켰다.

"술 마시러 온 거잖아. 집으로 온 거는 마음대로 취해도 된다는 거고. 그냥 놔둬."

"그래, 그래도 맨 정신에 얘기하자."

"해."

"네가 하자고 온 거잖아."

"그래."

대답을 마친 재혁이 다시 한 잔을 들이켜고 쓴 표정이 미처 가시기도 전에 입을 뗐다.

"단도직입적으로 말할게. 서영이하고 나 결혼한다고 했잖아."

"그래."

"내 말 진심이야. 그냥 해 본 소리가 아니야."

"그래."

지민의 담담한 말투와 무표정이 재혁의 심기를 건드린 듯 재혁의 목소리가 한 톤 높아졌다.

"알면서 지금 해보자는 거야? 정말로?"

"네가 그랬잖아. 피 터지게 한번 싸워 보자고. 나 그 말 진심으로 들었는데? 아니었어?"

"뭐? 기어코 서영이 두 번 울게 하겠다는 거지?"

씩씩거리며 자리에서 일어난 재혁이 한숨을 푹 내쉬며 지민을 바라봤다. 그의 얼굴에 원망과 미움이 잔뜩 섞여 있었지만 지민의 얼굴은 여전히 평온했다.

"해보자. 끝까지 가 보자. 하지만 그리 길진 않을 거야. 네가 조금만 양보했으면 덜 힘들 텐데……. 어차피 마지막엔 서영이 네 여자 될 거야. 아니, 어쩜 내가 두 번 취하고 버린 여자라 그때는 네가 안 받아 줄지도 모르겠군."

지민의 마음과 다르게 제멋대로 말이 튀어나왔다. 그것은 재혁의 심기를 건드린 꼴만 되었다.

"이 자식이!"

재혁이 참지 못하고 주먹을 날리자 지민이 소파 뒤로 나뒹굴며 쓰러졌다.

"너 도대체 무슨 소리를 하는 거야? 버린다니! 너한테 서영이는 뭐야? 장난감이야?"

"나한테 서영이는……. 은수 엄마야. 이만 가."

지민이 자리를 털고 자신의 방으로 들어가 버리자 재혁은 허탈하게 주저앉으며 닫힌 방문을 노려봤다. 도대체가 조금도 그의 의도를 이해할 수가 없었다. 아무리 쓰레기라도 저렇게 악마가 될 수는 없는 노릇이었다. 재혁은 더 그곳에 있고 싶지 않았다. 그는 벌떡 일어나 다시 한 번 방문을 노려보고는 걸음을 옮겼다. 그러다 한쪽 식탁에 놓여 있는 약봉지를 발견했다. 그냥 스쳐 지나갈 수도 있는 문제였지만 양이 너무 많았다. 한 달 치는 족히 될 것 같은 양과 여러 약봉지가 박스 안에 가지런히 놓여 있었다. 그것이 재혁의 호기심을 자극했다. 그는 자연스럽게 식탁으로 걸어가 약봉지를 손에 쥐었다. 봉투에는 그가 먹고 있는 약의 이름이 상세하게 적혀 있었다. 재혁은 저도 모르게 휴대폰으로 검색을 하고 싶은 마음이 들어 주머니에서 휴대폰을 찾았다. 하지만 그 순간 방문이 열리며 지민이 모습을 보였다.

두 사람의 시선이 부딪혔다. 재혁이 약봉지를 내려놓는 타이밍보다 지민이 먼저 채 가는 속도가 더 빨랐다.

"뭐야? 약이 왜 이렇게 많아?"

"가던 길이나 가."

지민이 시선도 마주치지 않고 약을 모조리 싱크대 서랍에다 쑤셔 넣었다.

"죽을병이라도 걸렸어?"

"가라니까."

지민의 목소리에 잔뜩 날이 서 있자 재혁의 의구심도 증폭했다. 재혁이 다시 물었다.

"말해 봐. 무슨 일 있지?"

"일은 무슨……. 약 먹는 거 처음 봐?"

"응. 이렇게 약 많이 먹는 사람은 처음 봐. 그러니까 말해. 무슨 약이야?"

"……."

"설마 진짜 죽는 건 아니겠지? 너 설마……. 그래서 서영이 놓지 못하는 거냐? 끝내는 나한테 올 거라는 둥, 이상한 소리나 지껄이고……. 뭐야?"

"궁금해?"

"응."

"알면 뭐 할 건데? 나 죽는다고 하면 서영이 내 곁에 있게 허락해 줄 거야?"

"그건 서영이가 선택할 문제야."

"그냥 나 죽는다고 해 줘라. 다만 얼마라도 같이 좀 있게."

지민의 말이 끝나자마자 재혁은 문을 열고 사라졌다. 지민은 자신의 빈정거리는 말투를 듣고 빈말로 흘려들은 거라고 생각했지만, 집을 나선 재혁은 아니었다. 그는 여전히 의심을 떨쳐 버릴 수가 없었다. 주머니에서 휴대폰을 찾은 재혁이 빠르게 스캔해 두었던 약의 이름을 검색하기 시작했다. 검색 결과 재혁의 얼굴이 잔뜩 일그러졌다.

밤새 잠 한숨 이루지 못한 채 집을 나선 재혁의 발걸음이 어느 때보다도 무거웠다. 서영의 집 앞에서 그는 몇 번이나 망설이다 끝내 문 앞에 주저앉았다. 오늘은 그냥 출근하겠다는 메시지에도 서영은 극구 식사를 하고 가라며 전화까지 해 주었다. 그녀의 애원이 섞인 목소리를 듣고는 차마 거절을 할 수가 없었다. 그냥 아무렇지 않게 행동을 할 자신이 없었지만 그래도 거절을 못 했다. 다시금 그의 휴대폰이 울렸다. 시간은 7시를 가리키고 있었다. 천천히 식사를 하고 출근을 하려면 지금 그녀의 집에 들어서야 할 시간이었다. 재혁이 자리에서 주섬주섬 일어나 전화를 받았다.

"집 앞이야. 곧 들어갈게."

서영의 맑은 대답을 듣고 난 후 재혁은 서둘러 계단을 올라갔다.

초인종을 누르니 앞치마를 두른 서영이 문을 열어 주었다. '왔어요?' 하며 미소를 짓는 서영에게 답례하듯 재혁도 미소를 짓고는 안으로 들어왔다.

재혁은 식사를 하는 동안은 지민의 생각을 잊고 싶었다. 그건 서영도 마찬가지였다. 어제 재혁이 지민을 만나 무슨 얘기가 오갔는지 짐짓 궁금한 것도 사실이었지만, 묻지 않았다. 솔직히 알 필요도 없었고, 중요하지 않았다. 두 사람 다 지민의 일에 신경 쓰고 싶지 않아서 서로 일터에 관한 얘기를 하며 한시도 쉬지 않고 말을 이어 갔다.

"부장님 새로 오시잖아. 소문으로 그분이 노는 걸 꽤 좋아하신대."

"그래요? 그럼 술자리도 많아지겠어요."

"그러게…… 눈 밖에 나면 인사 조치도 마음대로 한다니까. 최대한 비위를 맞춰야 하겠지."

"휴…… 피곤해. 생각만 해도 피곤해요."

"나도. 대신 내가 스트레스 풀어 줄 테니까 걱정하지 마."

"어떻게 풀어 줄 건데요?"

"음…… 쉬는 날마다 여행 가자. 연수원 가서 푹 쉬고 오는 거야. 맛있는 것도 먹고……."

"그래요."

"일 년에 10번 이용할 수 있는데 난 한 번 갈까 말까야. 대부분 가족 단위로 가잖아."

"그건 나도 그래요. 앞으로 자주 이용해요."

"그래…… 결혼하면 더 많이."

서영이 웃었다. 그녀가 먼저 식사를 마치고 자리에서 일어났다. 그리고 어제 늦게 잠자리에 들었던 영주도 방에서 나왔다. 그녀는 재혁을 보자마자 서글서글하게 웃어 보였다.

"내가 해 줘야 하는데……."

"아닙니다."

"서영아, 설거지 놔두고 갈 준비해. 늦겠다."

영주가 서영의 앞치마를 풀어 주며 재촉했다.

"네. 선배, 새 칫솔 줄게요."

"어…… 깜박 잊고 안 챙겨 왔다."

머리를 긁적이며 서영이 건네준 칫솔을 받고 욕실로 들어간 재혁이 그동안 참았던 한숨을 뱉어 냈다. 땅이 꺼질 것 같은 한숨을 뱉었음에도 재혁의 가슴은 큰 바윗돌이 짓누르는 것 같았다.

그 시각, 영주가 방에서 핸드백을 챙기는 서영의 곁으로 다가와 지민과 재혁 사이에 무슨 말이 오갔는지 물었다.

"안 물어봤어요."

"그래?"

"궁금하지 않아요. 선배가 알아듣게 설명했겠죠. 늦겠다. 엄마, 은수 피곤한 것 같으니까 오늘은 어린이집에 보내지 말아요."

"알았어."

서영이 아이의 볼에 입맞춤을 하고 방을 나섰다.

회사로 가는 동안 재혁은 눈을 감고 있었다. 서영은 직감으로 어제 두 사람 사이에 뭔가가 있었다는 걸 눈치챘다. 재혁의 얼굴이 다른 때와 다르게 몹시 까칠했다. 일부러 내색하지 않으려고 하는 것도 눈에 보였다. 가만히 서영이 그의 마음을 물었다.

"선배?"

"응."

"어제 못 잤어요? 얼굴이 많이 까칠해요."

"그냥 뭐…… 그렇지."

재혁이 머쓱한 표정을 지으며 양손으로 얼굴을 비볐다.

"그 사람하고 무슨 일 있었어요?"

"아니, 그냥 술 한잔하면서 너랑 결혼할 거라고 했어."

"그랬더니요?"

"알잖아. 그런 거에 포기할 녀석 아니라는 거. 싸워야지."

"……."

"만약에 말이야……."

"네."

재혁은 어제의 약봉지를 떠올리고는 다시금 생각에 잠겼다.

"왜요?"

"아, 아냐. 다 도착했네. 어, 저기 문수다. 또 샘내겠는데?"

차가 멈추자 재혁이 먼저 차에서 내렸다. 그는 반갑게 김문수를 부르고는 손을 흔들어 보였다.

"또 같이 출근하셨군. 네 자전거 이참에 확 팔아 버려라. 저기 고물상 있던데 내가 대신 팔아 줄까?"

"그럴래?"

"좋은 아침이에요."

곁으로 다가온 서영이 인사를 건네자 김문수가 웃어 보였다.

"사내연애 하려면 앞으로 힘 좀 들겠어요. 빈말 아니고 이번에 새로 오시는 부장님이 엄청 깐깐하대."

"알아. 그래서 걱정이다. 네가 많이 도와줄 거지?"

"내 코가 석 자인데 도와주긴 무슨……. 알아서 연애해. 난 모른다."

"진짜? 모른 척할 거야? 너 친구 맞아?"

재혁이 그의 목덜미를 잡자 김문수가 간지럽다며 자지러졌다.

"그러니까 빨리 정정해. 도와줄 거라고!"

"알…… 알았어. 하하하. 알았다고!"

"진작 그럴 것이지."

"너도 참, 나 자라목 되라고 여길 잡고 있냐? 치사하게?"

두 사람이 티격태격하는 모습을 보면서 서영이 웃음을 참았다. 같이 입사한 동기가 이렇게 친한 것도 드물었다. 꼭 몇 십 년 된 친구처럼 두 사이엔 끈끈한 정이 있었다.

"이번에 우리 무창포 연수원 갈 건데 같이 가자."

"진짜?"

재혁의 물음에 김문수의 얼굴이 활짝 폈다.

"서영 씨, 나도 가도 되는 겁니까?"

"그럼요."

"언제 갈 건데?"

"아직 몰라. 언젠가는 가겠지."

"뭐? 정해진 것도 아냐? 야, 이참에 날을 잡자. 내가 잡아 볼게."

김문수의 얘기에 재혁이 서영을 바라봤다. 서영이 고개를 끄덕거렸다.

"그래, 잡아 봐. 주말은 피크라 잡기 힘들 텐데……. 꽃구경 간다고 다들 나들이 계획 세웠을 거고. 이번 달은 좀 무리일 것 같지 않아?"

"걱정 마. 내가 수시로 컴퓨터 볼게. 취소한 사람 분명히 있을 거야. 부장님 새로 오시기 전에 한 번 갔다 와야지. 마음의 준비

필요하잖아."

"그래."

그렇게 여행 계획을 잡은 세 사람은 즐거운 마음으로 사무실로
들어섰다.

8.
늪

스산한 봄비가 내리는 날. 서영은 쉬는 날이어서 늦게까지 침대를 벗어나지 않은 채 골똘히 생각에 잠겨 있었다. 열린 창문으로 맑은 빗소리가 들려오고, 이따금씩 옥상 위에 올려놓은 낡은 고철 따위와 부딪히며 내는 '톡톡' 소리가 깊고 강하게 다가왔다.

은수는 어린이집에 가고, 영주는 친구를 만난다며 외출을 했다. 집은 아주 고요하고, 적막감에 휩싸여 있었다. 재혁도 점심 약속이 있다며 이따 늦은 오후에 들른다고 했다. 오랜만에 혼자만의 시간을 보내고 있는 서영의 가슴에 작은 여유가 생겼다. 하지만 화장기 없는 얼굴에는 옅은 수심이 드리워져 있었다.

휴……. 가만히 한숨을 내쉬며 눈을 감고 다시 누우려고 하는 그녀를 제지한 건 휴대폰 벨소리였다. 깜짝 놀란 서영이 탁자 위에 놓여 있는 휴대폰을 들었다. 박지민, 그였다. 서영은 그대로 휴대폰의 배터리를 빼고 침대 위에 아무렇게나 내동댕이쳤다. 잠깐의 여유가 산산조각이 나 버리자 서영은 그대로 일어나 방을 빠져나왔다. 그러고는 아직 마칠 시간도 되지 않았는데 은수를 데리러 무작정 어린이집으로 향했다.

은수는 갑작스런 엄마의 방문에 뛸 듯이 기뻐했다. 안 그래도 아침에 안 간다고 투정을 부렸던 터라 그렇게 반가울 수가 없는 모양이었다.

어린이집을 나오며 서영이 은수에게 우산을 건넸다. 아이는 그것을 받아 들고 한 손은 서영의 손을 잡았다. 하지만 두 사람이 뒤를 돌아 걸어가려는 찰나, 무심하게도 모자의 앞에는 지민이 서 있었다. 그녀는 그를 본 순간 사지가 뒤틀리는 느낌이었다. 저 승사자도 그만큼 무섭지 않을 것 같았다. 사색이 된 그녀의 얼굴은 안중에도 없는 모양인지 지민의 시선은 아이에게 닿아 있었다. 그가 한 발자국 더 곁으로 다가오며 손을 뻗어 은수의 볼을 쓰다듬었다. 그리고 서영이 피할 새도 없이 그가 아이에게 말을 붙였다.

"안녕, 아저씨는 엄마 친구야. 이름이 은수지?"

"네, 문은수예요."

아이는 잔뜩 기어들어 가는 목소리로 조용히 말했다. 이어 서영이 아이를 뒤쪽으로 보내며 지민을 바라봤다.

"이렇게 불쑥 찾아오면 어떡해?"

"이쪽에 잠깐 볼일이 있었어. 그럼 은수야. 우리 다음에 또 보자."

지민은 얼굴을 붉히는 아이에게 다정다감하게 말하고는 부드러운 미소를 보냈다. 그리고 돌아서며 낮게 뱉어 냈다.

"네 심기 건드렸다면 미안해."

서영과 아이에게 돌아선 지민의 얼굴이 순식간에 굳어졌다. 아이가 자신을 너무도 닮았다. 어린 시절 자신을 쏙 빼닮았다. 어디 하나 안 닮은 구석이 없을 만큼, 유전자 검사가 필요하지 않을 정도였다. 그는 다시 한 번 아이의 모습을 눈에 담고 싶었지만 서영의 눈 밖에 나는 행동은 하고 싶지 않아 꾹 참았다. 아이는 언제든 다시 볼 수 있었다. 하지만 차마 발길이 떨어지지 않았다. 방금 전 보았던 아이의 얼굴이 먼지처럼 빠르게 사라지고 있었기 때문이다. 아이의 눈이 어떻게 생겼었는지, 코가 어떻게 생겼었는지, 머리 모양은 어땠는지 점점 기억에서 사라지고 있었다. 자신을 너무도 닮았다고는 하지만 자신의 얼굴조차도 기억이 나지 않을 정도로 정신이 멍해지고 있었다.

다시금 아이를 보고 싶었다. 그래서 뒤를 돌아보려고 했는데, 서영이 자신을 얼마나 경멸하고 소름 끼치도록 싫어하는지 그녀의 따가운 시선이 그대로 느껴졌다. 그래서 할 수가 없었다. 그것으로 만족해야 할 듯했다. 어쩔 수 없이 지민은 천천히 걸음을 옮겼지만 한 발 한 발이 마치 모래주머니를 단 것처럼 무척이나 무거웠다.

그가 차를 타고 사라질 때까지 서영은 한 발자국도 움직이지 못했다. 그러다 겨우 아이가 부르는 소리에 정신을 차렸다.

"응? 왜 은수야?"

"저 아저씨는 누구야? 엄마 회사 아저씨야?"

"아니야. 우리 뭐 먹고 들어갈까? 은수 뭐 먹고 싶은 거 없어?"

"피자."

"그래, 좋았어. 우리 둘이서 한 판 다 먹자."

"응!"

아이의 활기찬 대답에도 불구하고 서영의 가슴은 이내 무거운 돌덩이로 짓누르는 것만 같았다. 한 번 찾아온 사람이 두 번 못 찾아올까. 피는 물보다도 진하다는 말. 지금은 부정하고 싶었다.

서영과 은수는 10분 정도 걸은 후 D피자 전문점으로 들어섰다. 그녀는 아이의 손을 꼭 잡고 구석진 자리를 찾아 앉았다. 서영이 주위를 빙 둘러봤다. 오전 시간대라 손님이 거의 없었다. 곧 종업원이 다가오자 그녀는 주문을 했고, 피자가 나오는 동안 아이의 얼굴을 빤히 바라보았다. 아이는 여전히 웃는 미소로 그녀의 애간장을 녹이고 있었다. 아이는 웃는 모습까지도 그를 닮았다.

"은수야."

"응?"

"우리 피자 먹은 다음에 뭐 할까? 영화 볼까?"

"아니, 아저씨 보고 싶어."

"아저씨?"

"응. 차 아저씨."

아이는 재혁을 그렇게 부르고 있었다. 서영이 잠시 생각에 잠겼다. 아이가 크면 자신한테 뭐라고 할까. 친아빠가 주위에서 맴돌고 있는데, 그가 아닌 재혁에게 마음을 뺏긴 아이가 나중에 모든 사실을 알았을 때 자신을 원망하진 않을까. 그때도 지민이 곁에서 맴돌고 있을까. 그러면 어쩌지. 아이에게 자신은 죄인일까. 아니면 악으로부터 보호해 주는 천사일까. 악……. 지민은 그녀에게 악이란 존재였다. 하지만 아이에겐 어떻게 비칠지 그래도 아빠데……. 자신을 세상에 태어나게 해 준 사람인데……. 이렇게 아이의 선택권을 무시한 채 독단적으로 행동해도 되는 건지. 서영은 자신에게 묻고 있었다.

"엄마?"

"어? 왜 은수야?"

"아저씨 만날 수 있어?"

"응. 이따가 오신다고 했어."

"와, 신난다. 아저씨랑 로봇 만들어야지."

"그래."

잠시 후 종업원이 빨간 식탁에 주문한 피자를 내려놓았다. 종업원의 움직임을 가만히 눈으로 좇고만 있던 서영은, 그녀가 가고 나자 이내 정신을 차리고 아이의 접시에 피자 한 조각을 담아 주었다.

"우리 아들 많이 먹어."

"응."

아이는 뜨겁지도 않은지 피자를 손으로 덥석 잡고는 한입 크게 베어 먹었다. 누구처럼 아이는 밥보다 빵 종류를 더 좋아했다. 서영도 한 조각을 들고 먹기 시작했다. 한동안 두 사람은 피자와 콜라를 번갈아 먹으면서 아무런 대화도 나누지 않았다. 서영은 배가 고프지 않았지만 벌써 빠른 속도로 두 조각째 먹고 있는 중이었다. 스트레스를 심하게 받았는지 무의식적으로 음식을 흡입하고 있었다.

"엄마, 배고팠어?"

결국 은수가 얼굴을 찡그리며 입을 연 후에야 서영이 잠시 먹는 걸 멈추고 빠르게 핑계를 대며 대답을 해 주었다.

"응. 엄마가 아침 식사를 안 해서 무지 배고팠어."

그렇게 먹는 모습이 낯설었던 모양인지 아이도 더 먹지 못하고 서영을 바라보고 있었다. 그제야 서영이 아차 싶었는지 들고 있던 피자를 접시에 내려놓고 아이를 달랬다.

"엄마 천천히 먹을게. 어서 먹어."

"엄마, 그렇게 먹으면 또 아파."

"응?"

서영의 머릿속에 잠깐 그날의 영상이 스쳐 지나갔다. 대전에 있을 때, 6개월 전쯤. 그날 이모도 집을 비운 상태였고, 서영은 가끔씩 찾아오는 공허함을 견디지 못하고 아이가 보는 앞에서 미친 듯이 먹은 적이 있었다. 그날도 피자와 치킨을 과하게 시켰었다. 그리고 오늘 같은 모습을 보여 줬는데 결과는 참혹했다. 얼마 못 가 서영은 먹은 것을 모두 토해 내고 그날 밤 종일 앓아누었다. 그게 안 좋게 보였던 모양인지 아이는 그날을 기억하고 있었다.

아이가 태어난 이후, 아닌 임신한 직후, 그녀는 여자라는 이름 대신 엄마라는 이름을 받고 새로 태어났다. 그것은 많은 부분 그녀의 삶에 영향을 끼쳤고, 어느 순간 자신이 여자라는 사실을 까맣게 잊어버리게 되었다. 모든 행동 하나하나가 아이에게 맞춰졌고, 엄마로서 좋은 모습만 보여 주려고 애썼다. 그랬기에 한 번씩 아무 생각 없이 저지른 행동은 아이의 뇌리 속에 깊게 자리 잡을 수밖에 없었다.

"알았어. 엄마 칼로 잘라서 조금씩 먹을게. 그러면 되는 거지?"

"응, 콜라도 마셔."

"그래."

다시 피자를 먹기 시작한 아이가 미소 지었다. 하지만 해맑은 미소 속에 감춰진 옅은 그림자. 서영은 모든 것이 자신의 책임이고 잘못인 것만 같아 눈시울을 붉혔다. 그리고 지민에 대한 분노가 가만히 솟구쳤다. 다시 나타나지 않으면 겪지 않아도 될 죄책감이었다. 아니, 언제 겪어도 겪을 일이었지만, 지금은 너무 빨랐다. 아프고 싶지 않았다. 그가 자신에게 주는 상처를 더는 받고 싶지 않았다.

피자를 다 먹고 나오니 비가 그쳐 있었다. 시간은 두 시간을 훌쩍 넘기고 있었다. 서영은 주머니에서 휴대폰을 찾았다. 그러다 텅텅 빈 주머니를 만지작거리면서 어디다가 뒀는지 생각했다.

'아, 집에 놓고 왔지. 배터리를 분리해서 내팽개쳤었지.'

생각을 마친 그녀가 걸음을 서둘렀다. 오후에 온다고 했던 재혁이 마음에 걸려서다. 연락이 되지 않으니 걱정을 할 것은 자명한 일이었고, 역시나 영주도 신경 쓰였다.

옷이 젖는 것엔 신경도 쓰지 않고 서영이 빠르게 아이와 걸었다. 서영의 걸음이 빠르니 자연 보폭이 작은 아이는 뛸 수밖에 없었다. 그러다 미처 물웅덩이를 피하지 못하고 아이가 발을 첨벙 담그니 사방으로 물이 튀었다. 아이가 재미있다고 깔깔거리며 웃는다. 그렇게 신 난 걸음으로 집 앞 골목에 도착하니, 역시 저만치 재혁이 서 있었다. 집에 들어가지 않은 걸 보니 영주도 아직 귀가하지 않은 모양이었다.

재혁이 서영을 보더니 안도의 한숨을 내쉬었다. 걱정에 휩싸였던 표정이 한순간에 미소로 변해 갔다.

"휴대폰은?"

미처 서영이 자신의 앞에 오지도 않았는데 재혁이 물었다. 하지만 서영은 대답 대신 뛰기 시작했다. 그는 두 사람이 같이 뛰어오는 모습을 바라보면서 흐뭇한 미소를 지어 보였다. 그러다 문득 천진난만한 웃음으로 신나게 뛰어오는 아이를 보면서, 어린아이처럼 깔깔거리며 뛰어오는 서영을 보면서 지민을 떠올렸다.

'녀석이 두 사람을 버리지 않았다면 지금쯤 저들 사이엔 그 녀석이 끼어 있겠지. 아이를 가운데 놓고 양쪽에서 손을 잡고 세상에서 가장 행복한 표정을 지으며 올라오고 있겠지. 난 제삼자가 되어서 그들을 지켜보고 있겠지.'

재혁은 어쩌면 지금도 늦지 않았을지도 모르는 일이라는 생각에 제 자신도 화들짝 놀라고는 고개를 흔들었다. 이윽고 자신의 바로 앞에 도착한 서영이 숨을 몰아쉬며 웃어 보였다.

"휴대폰은 집에."

"아저씨, 나랑 같이 놀아요."

아이가 장난기 가득한 얼굴로 재혁의 손을 잡고 집으로 이끌었다.

"들어가요."

고사리 같은 손으로 아이가 잡아끌자 재혁이 질질 끌려가다시피 했다. 그가 웃으며 빠르게 서영을 향해 입을 열었다.

"그래. 참, 문수가 예약 잡았대. 이번 주라는데 갈 수 있어?"

"취소한 사람이 있었나 봐요."

"그렇대."

"가야죠. 힘들게 잡았을 텐데. 당연히 가야죠."

"준비는 나하고 문수하고 할 거니까 넌 은수랑 몸만 와."

"그럼 난 좋죠."

"들어가자."

재혁이 각각 서영과 은수의 손을 잡고 안으로 들어갔다. 그 길로 세 사람은 여느 때처럼 아이와 함께 즐거운 시간을 보내고 있었다.

※

병원 문을 나서는 지민의 안색은 한층 어두워져 있었다. 하지만 표정은 마치 겹겹이 싸여 있는 양파처럼 그 속을 통 알 수가 없었다. 열이 나는 모양인지 갑자기 그가 겉옷을 벗어 버렸다. 아직 꽃샘추위로 춥게 느껴지는 날씨이기 때문에 겉옷 속에 감춰 있던 그의 반팔 티셔츠가 왠지 모르게 서늘하게 느껴졌다. 지민이 걸음을 옮겼다. 성큼성큼 걸어가는 그의 뒷모습엔 강한 힘이 실려 있었다. 차에 오르고 시동을 켜는 그 짧은 시간 동안 그의 심기는 더더욱 불편해진 듯 차갑게 굳은 인상과 거친 손놀림이 지금 어떤 심정인지를 여실히 보여 주고 있었다.

'붕' 하고 소리를 낸 차가 앞으로 튀어 나갔다. 지민은 그 길로 도로를 누비며 거칠게 차를 몰았다. 위험하게 끼어들기를 반복하며 상대편 운전자를 당황하게 만들었다. 입을 꽉 다물었던 그가 갑자기 '왜 하필 나야? 내가 왜!' 하며 소리쳤다.

그가 목적 없이 달린 한 시간여 동안 다행스럽게도 사고는 나지 않았다. '끽' 소리를 내며 그의 아파트 앞에 차가 멈춰 섰다. 지민은 조금 나아졌는지 부드럽게 주차를 하고 차에서 내렸다. 그리고 다시 겉옷을 입고 천천히 아파트 안으로 들어섰다.

집에 들어선 지민이 불을 켜고 차 키를 소파 위에 던졌다. 그리고 바로 주방으로 들어가 냄비를 꺼내 물을 넣고 가스레인지 위에 올려놓았다. 하루 종일 아무것도 먹지 않았더니 뱃속에서 아우성이다. 지민이 선반 위에서 라면 두 개를 꺼내 봉지를 뜯어 아직 물이 끓지도 않은 냄비 속에 첨벙 던져 넣었다. 뚜껑을 닫고 기다리는 동안 그는 어떤 미동도 없었다. 가만히 앞만 바라보고 있었다.

잠시 후 물이 펄펄 끓기 시작하자 라면이 채 익기도 전에 그가 가스레인지의 불을 껐다. 그러고는 젓가락을 꺼내 선 채로 라면을 먹기 시작했다. 뜨거울 텐데도 무척 빠른 속도로 무조건 안으로 집어넣었다. 그는 입천장을 데이고도 남을 만큼 빠르고 무식한 행동으로 금세 냄비를 비워 냈다. 하지만 그것이 끝이 아니었다. 밥통에서 밥을 한 그릇 퍼서 냄비 속에 투하하고 다시 먹기 시작했다. 오랫동안 소식을 했던 그였기에 걱정이 앞서는 행동이었다. 놀란 위 따위는 안중에도 없었다. 아무 생각 없이 먹으면서 지금의 스트레스를 날리려는 심상이었다. 갑자기 밥을 먹던 지민이 별안간 웃음을 터트렸다. 그가 가만히 중얼거렸다.

"서영이도 화나면 이렇게 먹었었는데……. 서영아, 우리 둘이 싸우고 나면 항상 이렇게 먹었었잖아. 기억나?"

그렇게 말해 놓고 그가 다시 웃음을 터트렸다. 마치 한편의 사이코드라마를 보는 것 같았다. 실성한 사람처럼 웃음을 멈추지 못하던 그가 이번엔 눈물을 흘렸다. 지민은 거의 미치기 일보 직전이었다. 시영과 아기를 버린 내가로 받은 벌이라는 생각을 떨쳐 버릴 수 없으면서도 한편은 너무도 억울했다. 그들에게 사죄를 할 수 있게 다른 벌을 내려 줘도 될 텐데 하늘은 그에게 그것도 허락하지 않았다. 조금도 그들과 함께할 수 없도록 큰 벌을 내렸다. 안다, 다 안다. 그래도 억울한 마음이 더 컸다. 아이를 보고 온 뒤라 더 가슴이 미어지고 애달팠다. 차라리 안 보면 좋았을 거란 작은 후회마저 들었다.

늦은 밤, 아이의 모습이 아른거려 지민은 잠 한숨 이루지 못했다. 결국 그는 아이를 만날 수 없다는 걸 알면서도 무작정 집을 나서 서영의 집으로 향했다. 그의 머릿속이 텅 비어 있다. 자신이 지금 어디로 향하는지, 신호가 어떻게 되어 있는지, 앞에 차는 있는지, 그런 생각조차 하지 못하고 핸들이 움직이는 대로 가고 있었다. 혼이 반쯤 빠진 사람처럼 초점 없는 시선이 불안하기까지 했다.

차가 집 앞에 멈춰 서자 그가 내렸다. 그러고는 불이 모두 꺼진 서영의 집을 올려다봤다. 그러다 작은 불빛을 발견했다. 서영의 방. 그 불빛을 보자 작은 충동이 살며시 솟구쳤다. 서영이라도 보고 싶어 휴대폰을 꺼내 전화를 걸었다. 식구들이 깰까 봐 늦지 않게 전화를 받은 상대편 사람의 얼굴이 자연스럽게 그려졌다. 다행히도 영주가 아닌 서영이었다.

"집 앞이야. 잠깐만 보자. 나올 때까지 계속 전화할 거야. 전화기 꺼 놓으면 집으로 갈지도 몰라."

그녀는 아무런 대답도 하지 않았는데 지민은 협박 아닌 협박까지 하고 있었다. 전화가 끊기고 몇 분 후 서영이 모습을 보였다.

그가 먼저 걸음을 옮겨 차에 올랐다. 서영도 따라서 그의 차에 올랐다.

"은수는 자?"

"밤낮을 안 가리는군. 그래, 지금도 이 근처에 볼일이 있어서 온 거야?"

빈정거리듯 뱉어 내는 서영의 말에 지민이 피식 웃었다.

"서영아, 우리 진지하게 다시 생각해 보자. 차라리 은수를 안 봤으면 모를까. 본 이상 나도 어쩔 수 없다. 핏줄이야. 그거 무시할 수 없는 문제라고."

"내가 만든 울타리야! 당신 따위가 마음대로 들어올 수 있는 곳이 아니야. 핏줄 운운하지 마."

"네가 계속 이러면 나도 어쩔 수 없어. 강압적으로 나갈 수밖에."

"지…… 지금 나 협박해?"

"아이한테 온전한 가정 만들어 주자는 건데 그게 그렇게도 싫어? 네가 엄마라면 널 희생해서라도 그렇게 해 줘야지. 난 오로지 그거 하나뿐이야. 네가 날 사랑하든 안 하든, 받아들이든 말든 다 상관없어. 어차피 너와 난 5년 전에 끝난 사이니까. 아이만 생각하기로 했다."

서영의 주먹 쥔 손에 더 힘이 가해졌다. 몸이 떨려오자 저절로 손에 힘이 들어갔다. 별로 길지 않은 손톱이 손바닥을 파고 들어갈 정도로 강한 힘이었다. 그녀는 이대로 승발해 버리고 싶은 마음뿐이었다. 하지만 아이 때문에……. 남겨질 아이 때문에 눈물밖에 흘리지 않았다.

"네가 계속 이렇게 나온다면 난 아이 데리고 올 수밖에 없다. 소송 걸 거야."

그녀의 눈물을 보고도 그는 멈추지 않았다. 마치 그녀를 미치게 하려고 작정하고 온 사람처럼 혈안이 되어 있었다.

"미쳤어……. 당신 미쳤지? 누구 죽는 꼴 보려고 그래?"

"차라리 미쳤으면 좋겠다. 그래, 좀 더 기다려 줄게. 너 화나게 안 할게. 하지만 너무 오래 기다리게는 하지 마."

지민은 애원을 하고 있었지만, 서영은 어금니를 사리물고 부르르 떨었다. 너무 화가 나서 숨이 막힐 지경이었다. 그녀가 떨리는 몸을 이끌고 차에서 내렸다.

제대로 걷지도 못하는 그녀가 시야에서 사라질 때까지 눈을 떼지 못한 지민은 서영이 집으로 사라지자 핸들에 머리를 박고 또 박았다. 이게 아닌데, 이러려고 찾아온 것이 아닌데…… 라며 뒤늦은 후회를 해 보지만 이미 물은 엎질러지고 난 후였다.

서영은 집으로 들어가는 대신 옥상으로 올라갔다. 목구멍에 가시가 박힌 것처럼 숨이 막혀 와 도저히 집으로 들어갈 수가 없었다. 영주에게 이런 모습을 자주 보이는 것도 고역이었다. 매일같이 자신 때문에 근심하고 있는 모친이기에 더 이상 힘든 모습을 보이고 싶지 않았다. 충분히 진정을 한 후에 들어가야만 했다.

그녀는 하늘을 올려다봤다. 하지만 넓은 밤하늘은 더 숨이 막혀 왔다. 온통 어두워 끝을 알 수 없는 블랙홀에 빠져 들어가는 기분이었다. 예전엔 하늘을 보는 걸 참 좋아했었다. 그때는 별똥별도 가끔 보곤 했었고, 주로 하늘을 보면서 미래에 대한 꿈을 키워 나갔었다. 하지만 지금처럼 하늘이 무서워 보인 적은 처음인 것 같았다. 금방이라도 뭔가가 튀어나올 것만 같았다.

가슴을 진정시키기 위해 찾은 곳이 오히려 그녀의 심장을 조이고 있었다. 마음의 여유가 없다 보니 사색을 하곤 했던 공간이 공포의 장소가 되어 버린 것이다. 그러다 그녀의 눈에 유독 반짝거리는 별이 들어왔다. 서영의 시선이 오랫동안 그 별에 머물렀다. 그러다 서영은 그 별이 아빠의 별이 아닐까라는 생각을 했다. 그 별을 보고 있으니 점점 마음의 여유가 생기고 안정을 찾아가는 것 같았기 때문이다. 모를 일이다. 금방 전까진 너무도 무서웠는데 지금은 그 별을 보고 있으니 다른 세상에 와 있는 기분이 들었다. 그녀의 얼굴에 미소가 지어졌다. 그녀 혼자만의 생각일지라도 그녀는 그 별이 아빠라고 믿고 싶었다.

"아빠 도와주세요."

서영이 저도 모르게 중얼거렸다. 그러자 그 별이 대답하듯 더 환하게 빛을 뿜어냈다.

※

다음 날, 출근을 한 서영과 재혁, 그리고 김문수는 미리 작업복으로 갈아입고 새로 오는 부장을 맞이하기 위해 옷매무새를 정

갈하게 하고 조금은 긴장된 표정으로 자리에 앉아 있었다. 서영은 늦은 밤 지민과의 일 때문에 잠 한숨 자지 못해 얼굴이 푸석거리고 피부까지 까칠했다. 하지만 집을 나서고 재혁과 함께 출근을 하면서부터는 지민의 일을 훌훌 털어 버렸다. 한두 번도 아니고, 앞으로도 겪어야 할 일이었다. 그때마다 위축되고 신경 쓴다면 아마도 제명에 못 살 거란 생각에 신경 쓰지 않기로 했다. 그렇게 마음을 먹고 난 후부터는 답답한 가슴이 뻥 뚫리는 것 같았다.

이윽고 문이 열리고 새로운 얼굴이 사무실 안으로 들어서자 모두들 자리에서 일어나 그에게 고개를 숙여 보였다. 40대 중반에서 후반쯤 되어 보이는 부장은 키가 크고 단단해 보이는 체격을 갖고 있었다. 생긴 모습은 핸섬했지만 풍기는 이미지가 무척이나 차가웠고 깐깐해 보여 소문이 사실이라는 것을 실감할 수 있었다.

"박수현입니다."

짤막한 인사를 마치고 그가 자신의 자리로 돌아갔다. 그제야 직원들이 그날의 업무를 위해 하나둘 자리를 피해 사무실을 나섰다. 재혁과 서영, 그리고 김문수도 그 뒤를 따랐다. 세 사람은 계단을 내려오며 서로를 바라보았다. 눈빛만으로도 부장에 대해 어떻게 생각하고 있는지 서로들 읽을 수 있는 것 같았다.

"대박!"

김문수가 짧게 말하고는 먼저 앞장서서 걸어갔다.

오늘은 6개월마다 있는 주기 검수 날이었다. 서영은 하루 종일 기계와 씨름을 하고 나면 갈증은 예삿일이고 금방 허기가 졌다.

오늘은 일이 많아 더 그런 날이었다. 그래서 이미 생수를 한 병 다 비운 상태였다. 그녀는 새로운 생수를 한 병 따서 입안으로 털어 넣었다. 꼬르륵 소리를 잠재우기 위한 방법이 그것밖에 없었다. 다른 때보다 점심 식사도 충분히 했는데 모를 일이다. 아직 퇴근을 하려면 두 시간이 더 남았다.

"천고마비 계절도 아닌데 왜 이래?"

서영은 자신의 배를 한 번 손으로 튕기더니 다시 연장을 집어들었다. 바쁘게 움직이는 손놀림과는 달리 서영의 뇌는 점점 지쳐가고 있었다. 두 시간이 마치 두 달처럼 길게 느껴졌다. 그렇게 느껴 본 적도 없는 것 같았다. 결국 그녀는 참지 못하고 음료수를 뽑으러 자리를 이탈했다. 뛰어가면 2분도 채 걸리지 않을 거라는 계산을 하고 전력질주를 했다. 휴게실로 냉큼 올라가는 동안 주머니에서 동전을 찾아 손에 쥐었다. 그리고 바로 문을 열고 들어가 조금도 지체하지 않고 기계에 동전을 넣고 버튼을 눌렀다. 덜컥 소리와 함께 음료수가 나오자 서영이 자세를 낮춰 그것을 뺐다. 그 순간 아무도 없던 휴게실에 언제 왔는지 새로 온 부장이 떡하니 서 있었다. 서영은 깜짝 놀라 하마터면 들고 있던 음료수를 놓칠 뻔했다. 부장이 먼저 입을 열었다.

"근무시간 아닙니까?"

"네? 아, 맞습니다. 잠깐 목이 말라서요."

"그래요. 어서 마시고 가 보세요."

"네. 그럼……."

그녀가 그를 비켜 휴게실 문을 열고 나오려는데 뒤에서 다시 부장의 목소리가 들려왔다.

"보수과, 문서영 씨 맞죠?"

"네."

"그래요. 일 보세요."

서영은 계단을 내려오면서 싸늘해진 간담을 쓸어내렸다. 하지만 다시 한숨을 내쉬었다. 그녀는 졸지에 그에게 눈 밖에 났다는 생각에 들고 있던 음료수를 원망스런 얼굴로 바라보았다. 그전의 부장은 이런 일로 뭐라고 할 사람이 아니었다. 오히려 안쓰러운 표정으로 격려를 해 주면 해 줬지, 저런 담담한 표정으로 간담을 쓸어버리는 포스하곤 거리가 먼 사람이었다.

"기어코 일이 터지려고 하는구나. 오늘따라 왜 못 참았어. 아……."

서영은 울고 싶었다. 상사의 눈 밖에 나는 일은 직장 생활에 무척 많은 영향을 끼친다. 대전 본사에 있을 때도 그런 적이 있었는데, 그녀가 아닌 다른 동료의 일이었지만 옆에서 지켜보면서 무척 안타까워했었다. 결국 그녀가 더 이상 참지 못하고 회사를 관두는 것으로 일단락되었지만, 그 일로 다른 직원들은 물론 서영까지 그 부장이 다른 곳으로 발령이 나길 하루도 원하지 않은 날이 없을 정도였다. 하지만 그보다 서영이 먼저 서울로 발령이 나서 그곳을 떠나왔다.

그곳 직원들의 얼굴이 지금도 선하다. 서울로 올라간 것도 모자라 악덕 상사의 그늘에서 벗어났다는 사실에 모두들 부러워했었다. 그녀의 자유가 자신들의 자유인 것처럼 함께 기뻐해 주며,

마지막 술잔을 기울이면서 늦게까지 밤이슬을 맞았었다. 참, 엊그제 일 같은데 새삼스럽게 그날의 일이 떠오르자 살며시 입가에 미소가 지어졌다. 하지만 그것도 잠시, 다시 빠르게 현실로 돌아온 서영은 이내 울상을 지으며 일터로 향했다.

그날 퇴근 무렵, 부장이 서영을 부르자 영문을 모르는 재혁과 문수는 의아한 표정을 지었다. 상사가 개인적으로 찾는 일은 극히 드물었다. 한 팀으로 일이 진행되기 때문에 용건이 있으면 팀 전체를 부르거나 최고참을 부르기 마련이었다.

부장의 앞에 선 서영이 고개를 조아리며 찾은 용건을 물었다. 부장이 무표정으로 그녀에게 서류철을 내밀었다.

"이거 한번 검토해 봐요."

서영은 아무 말 없이 그가 내민 봉투에서 서류를 꺼내 훑어보다 깜짝 놀랐다.

"이건……."

"맞아요. 관리부에 자리가 하나 비는 모양입니다. 이참에 그쪽으로 가는 건 어떻겠어요? 아무래도 여긴 일도 힘들고, 여자가 하기엔 무리지요. 솔직히 서영 씨 보고 깜짝 놀랐습니다. 근 10년 동안 보수과에서 여직원은 본 적이 없거든. 좋은 기회인 거 같은데 생각 좀 해 보겠어요?"

서영은 기막혀 말이 나오지 않았다. 단 한 번의 자리 이탈로 이런 처사가 내려진다는 건 절대로 용납을 할 수 없는 부분이었다. 자신이 여자라서 일에 차질이 생긴 것도 아니고, 그녀가 스스로 힘에 부친다고 말한 적도 없었다. 그녀는 이 일이 즐거웠고 적성에 맞았다. 부장은 오늘 하루 단 몇 분 자신을 만났을 뿐이었다.

"저는 일이 힘들다고 생각해 본 적이 한 번도 없습니다. 본사에 있을 때도 아무 문제없었고요. 혹 아까의 일 때문에 그런 것이라면."

"아닙니다."

부장이 딱 잘라 말하며 불편한 심기를 드러냈다. 서영은 부장이 그것이 이유 중에 하나면서 아닌 척, 자신을 성군인 척 잡아떼고 있다고 생각했다.

"다시는 자리 이탈하는 일 없을 겁니다."

서영도 자신의 생각을 굽히지 않았다.

"오해라니까요. 오늘 종일 직원들 파악하려고 인사카드 들여다봤습니다. 그러다 서영 씨, 보니까 걱정이 돼서 배려 차원에서 말해 본 것뿐입니다. 애도 있던데……."

그 순간 서영의 가슴이 철렁 내려앉았다. 서영은 이모의 만류에도 아이를 자신의 호적에 올렸다. 그것이 사회생활에 영향을 끼칠 거라는 걸, 사람들의 선입견에 상처를 받으리란 걸 알면서도 고집을 꺾지 않았다. 서영은 보란 듯이 잘 키우고 싶었다. 그녀가 원해서 미혼모가 된 것도 아니었고, 그렇다고 이미 생긴 아이를 잃을 수도 없었으며 다른 곳에 입양을 보내고 싶지도 않았다. 어른들의 잘못으로 아무 죄 없는 아이가 태어난 순간부터 그림자처럼 살게 할 수는 없었다. 그녀가 당당해야 아이도 당당하게 자랄

수 있다고 생각했다.

예상대로 면접에서 그녀는 그 문제에 대해서 설명을 해야만 했다. 면접관들은 우수한 성적으로 졸업한 엘리트가 왜 그 지경이 되었는지 몹시 궁금한 눈치였다. 그녀의 상황을 안타깝게 생각하며 진지한 자세로 대하려 하는 면접관이 있는 반면 그녀의 과거를 단순히 호기심으로 궁금해하는 이도 있었다. 서영은 그들의 속내를 알면서도 모든 것을 다 털어놓았다. 첫 번째 난관을 뚫고 나가야 아이를 키울 수 있었기 때문이다. 다행히 진실한 마음으로 자신을 대해 주었던 면접관들이 그녀의 능력을 더 높이 사서 합격시켰다. 하지만 직속 상사가 바뀔 때마다 그 문제는 고개를 들고 그녀를 벼랑 끝으로 내몰았다. 물론 그 순간마다 위기를 모면할 수 있었던 건 그녀의 근무 성적 때문이었다. 근무 성적과 능력이 다른 직원에 비해 월등히 우수하기 때문에 그 문제는 자연히 덮어질 수밖에 없었다.

어디를 가든 누구를 만나든 그녀는 언제나 미혼모라는 꼬리표를 달고 있었다. 서울로 발령이 나서도 그 문제가 한 번은 또다시 고개를 내밀 거라고 예상했지만, 다행히 먼저 있던 부장도 그녀의 지난 5년간의 근무 성적을 보고 그 문제를 덮어 주었다. 오히려 그녀가 짊어진 어깨의 짐이 무겁겠다면서 측은한 마음으로 지켜봐 준 사람이었다. 하지만 이 남자는 그렇게 마음이 넓은 사람 같지 않았다. 또다시 그 문제에 직면하는 순간이었다. 서영의 낯빛이 흐려지자 부장이 빠르게 말을 이었다.

"아이 키우려면 3교대는 무리일 것 같고. 어리던데 밤에 엄마

찾지 않아요? 그래, 누가 아기 봐줍니까?"

"엄마······. 어머니요."

서영의 목소리가 떨려 왔다.

"그래요······. 아무튼 남자가 해도 힘이 드는 일이니까. 생각 좀 해 보세요."

"전 힘들지 않습니다. 괜찮아요."

"힘이 안 들 수가 없습니다. 내가 해 봐서 알아요. 그리고 다시 말하지만 아까 근무지 이탈한 것 때문에 이러는 게 아니라, 아이가 있으니까 배려 차원에서 제안을 해 본 겁니다. 아무려면 내가 그런 옹졸한 사람으로 보입니까?"

"죄송합니다."

서영은 예의를 차리기 위해 죄송하다고 했지만 사실 그의 진심이 뭔지 알 수 없었다. 부장이 그녀에게 다시 한 번 생각하라며 이만 가 보라고 했다.

자리로 돌아온 서영이 아랫입술을 지그시 깨물자 재혁이 걱정스런 눈빛을 보냈다. 서영은 그대로 재혁을 지나쳐 가방을 들고 먼저 사무실을 빠져나갔다. 그 뒤로 재혁이 따르고 서영은 얼마 못 가 재혁의 손에 붙잡혔다.

"왜 그래?"

"가면서 얘기해요. 선배가 운전해 줄래요?"

그녀가 주머니에서 차 키를 내밀어 건넸다.

"그래."

먼저 앞장서서 걸어가는 서영의 뒷모습이 쓸쓸하다 못해 금방이라도 픽 쓰러질 것만 같았다.

두 사람은 차에 올라 집으로 가는 동안에도 대화를 나누지 않았다. 재혁은 서영이 먼저 말해 주길 기다리고 있었지만 서영은 쉽게 입을 열지 않았다. 그녀가 시트에 몸을 깊게 파묻고 눈을 감은 뒤에는 아예 포기하고 운전에만 신경 썼다.

차가 서영의 집 앞에 멈춰 섰다.

"다 왔는데?"

눈을 감고 있던 서영이 몸을 일으켜 안전벨트를 풀었다.

"밥 먹고 가요."

"그럴까?"

"그래요."

서영이 먼저 차 문을 열었다. 하지만 곧 다시 문을 닫고 내리려는 재혁을 제지시켰다.

"나 어쩜 다른 곳으로 발령 날지도 몰라요."

"왜?"

"부장님 눈 밖에 난 것 같아요. 아까 자리 이탈을 했었거든요."

"왜?"

"음료수 마시려고 휴게실 갔었거든요."

"그것 때문에 발령이 난다고? 아무리 소문이 무성해도 설마 그럴까?"

서영은 방금 전 부장에게 받은 제의를 털어놓았다. 그 얘길 듣고 재혁도 기막히긴 마찬가지였다. 그는 이럴 때 어떻게 해야 할지 감이 잡히지 않았다.

"까짓것 너랑 나랑 둘이 관두면 되지. 우리 이참에 전파사나 차릴까? 기계는 우리가 도사잖아."

"그럴까요?"

그의 농담에 서영도 허탈하게 웃으며 맞장구쳐 줬다. 그녀 역시 방법이 없다는 걸 알고 있었다. 다시 눈 밖에 나는 행동을 하지 말아야 하며 앞으로 회사 생활이 무척이나 힘들 거라는 걸 염두에 두고 마음이나 단단히 먹는 일, 그것이 고작이었다.

"어차피 우리 결혼하면 난 그만둬야 하겠죠. 지금도 못 쫓아내서 안달인데 결혼하면 오죽하겠어요. 지금은 반공무원이지만 민영화가 되면 내 미래 장담 못 하잖아요."

"그렇겠지. 시대가 변해서 여직원에 대한 복지가 잘되어 있다고 하지만 이곳은 예외잖아."

"잘되어 있는 회사가 몇 프로나 되겠어요. 은행 다니는 내 친구도 간신히 버티고 있어요. 대놓고 그만두라면서 협박 아닌 협박까지 했다는데⋯⋯. 출산 휴가 끝나고 가 보니까 다른 곳으로 발령이 나 있더래요. 그것도 악덕상사 밑으로요. 그래도 애가 워낙 자기 고집도 있고, 인내심이 많아서 견딜 수 있는 거 같아요."

"우리 서영이는 고집 없잖아?"

"없긴 왜 없어요? 여기 입사할 때 내 꿈이 뭐였는지 알아요?"

"뭔데?"

"꼭 승진해서 처장도 되고 부장도 되는 거예요. 더 나아가서⋯⋯."

"그럼 난 그만두고 우리 애나 봐야겠다. 마누라가 잘나가는데

나라도 살림해야지. 고등학교 동창 녀석, 와이프가 7급 공무원이
거든. 녀석보다 능력도 월등하고 월급도 두 배로 받아. 아니, 두
배가 뭐야……. 암튼 그 녀석이 알아서 살림 다 할 수밖에 없다고
하더군."

"선배가 그러는 모습도 보고 싶은데요?"

"그래, 기대할 테니까 열심히 앞만 보고 달려. 뒤는 내가 봐줄
게."

"그 말 변하지 말아요."

"그럼!"

"아, 배고프다. 밥 많이 먹고 힘내야지. 들어가요."

"OK."

두 사람은 아까와 다르게 화기애애한 분위기로 집으로 들어섰
다. 서영이 먼저 계단을 올라가고, 그 뒤를 재혁이 따랐다. 그들
이 3층 집에 다다랐을 때쯤 안에서 화가 난 영주의 목소리가 들
려왔다. 간간이 삼촌 영훈의 목소리도 들렸다.

"무슨 일이지. 두 분이 싸우시나."

서영이 재빨리 문을 열고 들어가자 한 사람 더, 박지민이 저만
치에 앉아 있었다. 그를 보자 서영의 입에서 절로 실소가 터져 나
왔다. 하루가 멀다 하고 찾아오는 인간. 이젠 가족을 상대로 싸울
생각인 모양이었다.

영주와 영훈이 서영과 재혁을 보고는 자리에서 일어났다.

"왔는가?"

영훈이 먼저 인사를 해 보이자 재혁이 빠르게 손을 내밀어 그

의 손을 맞잡았다.

"삼촌 얼굴 보기 너무 힘듭니다."

"당연하지. 서영이하고 나하고 근무시간이 같으면 되겠나?"

"오늘은 어떻게?"

"나 출근하려는데 저 자식이 떡하니 찾아왔잖아. 그래서 출근
도 못 하고 있어."

"삼촌, 이만 출근하세요."

서영이 소파에서 그의 옷을 빠르게 집어 들어 건넸다. 서영은
영훈이 성격을 참지 못하고 지민에게 손을 댈까 봐 걱정이 되어
서다. 몇 번 손을 봐준다고 벼르고 있었던 참이라 걱정이 안 될
수 없었다. 그의 얼굴을 보니 아직 불상사는 일어나지 않은 것 같
았다. 그녀가 이렇게 안절부절못하는 건 그의 안위가 아니라 은수
때문이었다. 아이에게 좋지 않은 모습을 보여 주고 싶지 않아서
다.

"엄마, 은수는요?"

"자."

"안 깼을까요?"

서영이 아이 걱정에 방문을 열고 들어갔다. 그녀 생각대로 아
이는 일어나 앉아 눈물을 흘리고 있었다.

"엄마!"

아이의 흐느낌이 통곡으로 변해 버렸다.

"은수야, 엄마 여기 있어. 놀랐지?"

"할머니, 삼촌할아버지가 화냈어. 나 무서워. 엉엉."

방 안에서 들리는 아이 울음소리에 지민의 얼굴이 그쪽을 향했다. 그는 아이가 언제부터 이 소란을 듣고 있었을까 심히 걱정이되었다. 그가 온 지 약 30분쯤 되었고, 언성이 높아진 건 15분 전쯤이었으니까 꽤 오랜 시간 동안 소란 속에 고스란히 노출이 되어 있었을 것으로 생각되었다. 혼자서 얼마나 무서웠을까. 불도켜지 않은 컴컴한 방에서 얼마나 무서웠을까. 앞으로 지민은 아이를 생각해 다시는 집으로 찾아오지 말아야겠다고 생각했다. 본의아니게 아이에게 공포심을 주는 것 같아서 여간 미안한 게 아니었다.

"이만 가 보겠습니다. 그리고 다시는 이렇게 불쑥 찾아오지 않겠습니다. 제가 생각이 짧았습니다. 그럼……."

지민이 집을 나서자 재혁이 그 뒤를 따랐다. 재혁은 지민이 차에 오르는 순간까지도 그의 뒤에 서 있었다.

"언제 한번 시간 좀 내."

재혁의 말에 지민이 그를 가만히 바라봤다.

"왜?"

"할 말 있다."

재혁은 그사이 더 안 좋아진 지민의 얼굴 혈색을 보고 미간을살짝 찌푸렸다. 지민은 대답도 하지 않고 문을 쾅 닫고 시동을 걸었다.

곧 차가 출발하자 재혁이 한 발 뒤로 물러났다. 그는 멀어져가는 차를 바라보며 다시금 한숨을 내쉬고, 모레라도 지민의 집에 찾아가야겠다고 생각했다. 확실하게 그의 생각을 듣고 싶었

고, 살 수 있는 건지, 아니면 삶의 끝자락을 향해 가는 건지 그
래서 미련을 못 버리고 마지막 기회를 잡고 싶은 것인지 묻고 싶
었다.

9.
멈추지 않는 시간

'딩동' 아침 일찍 초인종 소리가 요란하게 울린다. 잠에 취해 있는 지민의 미간이 살짝 찌푸려진다. 현실과 꿈속의 경계에 서 있던 그는 소리의 정체를 알아채지 못하고 있었다. 꿈인 것도 같았고 현실인 것도 같았다. 그러다 불쑥 눈이 떠졌다. 그 순간 '딩동' 소리가 선명하게 그의 귓가에 들려왔다.

지민이 고개를 들어 눈살을 찌푸리며 탁자 위에 놓인 시계를 들여다봤다. 9시 30분. 이 이른 시간에 올 사람이 없다고 생각한 그는 다시 베개에 얼굴을 파묻고 눈을 감았다. 하지만 초인종은 다시 울리고, 여간해서 멈출 생각을 하지 않자 지민이 신경질적으로 벌떡 일어나 방문을 열고 나오면서 누구냐고 소리쳤다.

—나다.

지민은 재혁의 목소리를 듣고 발걸음을 멈추었다. 아침 일찍부터 찾아온 것도 그렇고, 일전에 할 말이 있다고 했던 것이 떠올라 쉽게 문을 열 수가 없었다. 혹시 자신의 병에 관해 녀석이 눈치를 채고 그러는 건 아닌가 싶어 더더욱 머뭇거릴 수밖에 없었다. 지민의 시선이 빠르게 식탁으로 옮겨졌다. 그는 널브러져 있는 약봉지를 보고는 서둘러 걸어가 그것을 싱크대 서랍에 아무렇게나 쑤셔 넣었다.

─밖에 세워 둘 거냐. 얼른 열어.

다시 재혁이 문을 두드리며 재촉했다. 정말 아침부터 혼이 쏙 빠져나가는 것 같았다.

"무슨 일인데?"

아무렇지도 않은 척 지민이 침착하게 물었다.

─할 말 있다고 했잖아. 죽 사 왔다. 아침 먹자.

"생각 없어. 그냥 가."

─야! 문 안 열면 계속 소란 피운다.

또다시 재혁이 문을 쾅쾅 두드리자 지민이 결국 문을 열어 주었다. 문이 채 열리기도 전에 재혁이 그를 밀치고 안으로 들어왔다.

"회사는 안 가고 여긴 왜 왔어?"

"야간 근무 마치고 바로 여기로 온 거야……. 그러는 넌?"

"쉬는 날이야."

지민이 건성으로 뱉은 말에 재혁이 코웃음을 쳤다.

"쉬는 날은 무슨. 넌 매일 쉬냐? 밥이나 먹자."

"너랑 밥 먹을 기분 아니야. 용건만 말해."

"나는 밥 먹어야 해. 그럼 가서 씻고 오든가. 난 먹고 있을게."

재혁이 자신이 사 온 죽을 꺼내 놓자 지민은 그대로 욕실로 들어가 칫솔을 꺼내 들었다. 그러고는 씁쓸한 표정을 지으며 녀석의 의중이 궁금해 미간을 찌푸렸다. 지민이 빠르게 양치질을 마치고 밖으로 나왔다.

"무슨 일인데?"

"반도 못 먹었어."

지민의 초조함과는 달리 재혁은 죽을 입으로 호호 불며 먹고 있다. 천하태평이다.

"너 내 속 긁으러 왔냐?"

지민이 소파에 털썩 앉으며 불편한 심기를 드러냈다.

"뭐 걸리는 거 있냐? 있으면 먼저 털어놓든가."

"있긴 뭐가 있다고 그래?"

지민의 목소리에 날이 잔뜩 서 있자 재혁이 숟가락을 놓고 소파에 가서 앉았다. 그러고는 지민을 향해 입을 열었다. 열려고 하는 순간까지는 심장이 뛰고 말을 꺼낼 수나 있을까 싶었는데 한 번 터진 입은 멈출 줄 몰랐다.

"그 약…… 내가 알아보니까 항암제더라. 위암에 먹는 약."

"무슨 약."

"시치미는……. 이젠 좀 털어놔."

"털어봐. 나올 게 있나. 그만 가. 나 더 잘 거야."

그가 일어나서 도망가려고 하자 재혁이 빠르게 그를 다시 소파에 앉혔다. 그 바람에 지민이 휘청거리며 나자빠지듯 소파로 떨어졌다.

"잘하면 한 대 치겠다."

"대답이나 해. 살 수는 있어? 몇 기야?"

"더 이상 묻지 마."

지민이 푹 파묻혀 있던 몸을 일으켜 다시 자리를 잡고 앉으며 뱉어 냈다.

"내가 알아야 뭘 도와주든 말든 할 거 아냐!"

그때까지 조용하게 묻던 재혁이 별안간 소리쳤다. 그가 눈에 불을 켜고 소리치자 지민은 그 이후로 입을 다물어 버렸다.

"살 수는 있는지……. 가망이 없다면 얼마나 남은 것인지 다 털어놔."

재혁은 차마 지민을 바라볼 수 없었다. 마음을 다 잡고 오긴 했지만 그의 얼굴을 본 순간 알 수 없는 기분들이 묘하게 섞여 감정을 흐리게 만들었다. 적어도 재혁은 냉정하게 상황을 판단해야만 했다. 그것이 서영을 위해서도, 지민을 위해서도, 자신을 위해서도…… 모두에게 이로울 거라 믿었다.

"지민아, 제발 좀 털어놔. 너한테 무슨 문제가 있는지……. 응?"

재혁이 거의 애원을 하자 지민의 마음도 흔들렸다. 그는 이번에도 말하지 않으면 재혁이 또다시 집요하게 물고 늘어지리란 걸 잘 알았다. 그리고 서영의 마음을 돌릴 방법이 없어 재혁이라도 잡고 애원을 해야만 하는 상황이었다. 그래서 털어놓기로 마음먹고 천천히 입을 열었다.

"위암이야. 길어야 3개월. 이미 다른 장기에도 퍼졌어. 손을 쓸수가 없대. 전혀 호전을 보이지 않아."

말을 마친 지민이 머리에 손을 얹어 가만히 쓰고 있던 가발을 벗었다. 그러자 그의 병을 여실히 알려 주는 모습이 드러났다. 5년 전에는 머리숱도 많고 머릿결도 좋았던 것으로 기억한다. 그의 습관 중에 하나가 흘러내린 앞머리를 손으로 쓸어 올리는 거였다. 잠시 재혁의 머릿속에 그때의 영상이 주마등처럼 스쳐 지나갔다. 하지만 이제 그의 머리에는 머리카락이 한 올도 남아 있지 않았다. 지민이 어색하게 머리를 손으로 쓰다듬고는 다시 가발을 썼다.

"감쪽같지. 진짜 머리카락으로 만든 거야. 이거 잘 때도 쓰고잔다. 봐, 여기 뻗치기도 했어. 진짜 우리나라 기술 끝내죠. 안 그러냐? 나도 가끔 착각한다니까. 진짜 내 머리인 줄 알아."

지민의 말에 재혁이 그의 머리를 바라보며 속으로 깊은 한숨을 내쉬었다.

"언제부터 아팠던 거야?"

"꽤 되었지. 난 그냥 속이 쓰려서 위장 장애가 있는 줄 알았어. 진즉에 갔어야 했는데 피 토하고 나서 갔으니 말 다한 거지. 처음엔 결핵인 줄 알았다."

덤덤하게 말하는 지민을 보면서 재혁은 또다시 한숨을 쉬었다.

"그래서 서영이 곁에서 맴돈 거였어? 좀 솔직해지지 그랬어."

"나보고 구걸이라도 했어야 한단 소리야?"

지민이 펄쩍 뛰었다. 그보다 재혁이 더 큰소리쳤다.

"그래! 네가 원하는 게 뭔데? 죽기 전에 은수하고 서영이한테 사죄하려는 거잖아. 그런 놈이 더 미친놈처럼 달려들기나 하고. 잘했다, 아주 잘했다!"

안쓰러운 마음과는 달리 재혁의 입에서는 질책이 쏟아져 나왔다. 그의 잘못도 아닌데 병을 그렇게 키우고 있던 녀석의 미련함에 화가 치밀어 올랐다.

"옛날엔 서영이한테 간도 빼 줄 것처럼 굴었잖아. 이미 갖다 버린 자존심을 왜 지금에 와서 들먹거려? 넌 원래 자존심이 없는 놈이었어. 괜히 위선 떨지 마."

재혁의 질책에 내내 덤덤했던 지민이 흐느끼기 시작했다.

"나 살고 싶다⋯⋯. 정말 이대로 죽고 싶지 않아⋯⋯. 은수 보니까 가슴이 터질 것 같더라. 아이 얼굴이 어떻게 생겼는지 지금은 기억이 하나도 안 나. 그래서 더 미칠 것 같다. 그런데 서영이 눈 밖에 날까 봐 곁에 못 가겠어. 서영이가 또 숨어 버릴까 봐. 매일 악몽을 꿔. 서영이가 아이하고 다시 멀리 사라져 버리는 꿈."

지민이 눈물을 떨어트리며 울음을 토해 냈다. 그것을 보고 있는 재혁의 가슴도 멍울졌다. 죽음의 문턱에서 힘겹게 싸우고 있는 그의 얼굴 위로 서영과 은수의 얼굴이 스쳐 지나갔다. 재혁은 어떻게 해야 할지 난감했다.

지민은 지금 이 순간에도 살아 보려고 안간힘을 쓰고 있다. 처음 시한부 판정을 받았을 땐 그냥 죽으면 된다고 생각했고, 삶에 애착 따윈 없었다. 하지만 꿈에서 가끔 만나는 서영과 아이. 핏줄의 진한 고리는 쉽게 포기가 되지 않았다. 그래서 암에 좋은 음식을 모조리 찾아 섭취하면서 항암제 치료도 빼놓지 않았다. 뭐든 다 동원해서 살기 위해 노력했다. 하지만 무심하게도 하늘은 그에게 긴 시간을 허락하지 않았다. 그의 노력에도 불구하고 호전의 기미는 없었다. 그래서 이제 그의 자존심은 저 밑바닥까지 떨어진 상태였다. 아니, 자존심 따윈 없었다. 재혁에게 매달려서라도 시간을 얻어야만 했다.

"재혁아, 나 좀 도와줘. 제발……."

재혁은 지민이 자신의 다리를 붙잡고 눈물로 호소하는 모습을 멍하니 바라보면서 미간을 잔뜩 찌푸렸다.

❋

카디건을 여미고 길가를 걷는 재혁의 발걸음이 한없이 무겁다. 한적한 도로를 누비는 차가 이따금씩 지나가는 것을 제외하고는 너무도 적막할 정도로 길가에 인적이 없다. 하늘은 파랗고 양 길가에 일렬로 서 있는 나무는 싱싱하기만 한데 방금 전 만나고 온 지민은 시든 꽃과도 같았다. 생명의 줄기라고는 하나도 찾아볼 수 없을 정도로 빛을 잃어 가고 있었다. 그의 한숨 소리에 땅이 꺼질 것만 같다. 가만히 걷던 재혁이 걸음을 멈추었다. 좀 전에는 간간이 살바람이 불어 카디건까지 여몄는데 갑자기 덥게 느껴졌기 때문이다. 하지만 그것은 날씨 탓이 아니었다. 지민의 걱정에 심장에서 보내는 뜨거운 기운이었다. 그는 카디건을 벗고 다시 걷기 시작했다.

'따르릉' 고요한 적막감을 깬 그의 휴대폰이 바지 주머니에서 요란하게 울린다. 재혁이 서둘러 휴대폰을 꺼내 들었다. 제주도에 사는 매형이었다. 그 순간 그의 뇌리에 누나가 떠올랐다. 이맘때쯤 아이가 태어난다고 했던 거 같은데……. 그렇다면 그 전화가 아닐까 싶은 마음에 얼른 버튼을 눌렀다.

"여보세요."

—처남! 아들이야. 아들!

매형의 굵은 목소리가 전화선을 타고 울려 퍼졌다.

"정말요? 매형, 정말 축하합니다."

—우리 가문의 기적이야. 딸 둘에 아들 낳기가 어디 쉽겠어? 안 그래?

"그럼요. 아, 정말 축하합니다."

재혁의 목소리가 잠겼다. 그가 다시 말을 이었다.

"매형, 죄송합니다. 제가 너무 무심했어요. 조카 태어날 때 된 줄도 모르고 먼저 전화드렸어야 했는데……."

—바쁘잖아. 시간 되면 내려와. 내가 거하게 한 턱 쏠게.

"네, 한번 제주도에 다녀갈게요. 누나한테 안부 전해 주세요."

—그래, 수고해.

전화를 끊은 재혁이 낮은 한숨을 뱉어 냈다. 감격스러우면서도 한편으론 서글픈 생각이 들어 마음속에 작은 소용돌이가 일었다.

같은 하늘 아래 살면서 누군가는 죽고, 누군가는 탄생한다. 탄생도, 죽음도 원해서 이루어지는 게 아니다. 내 의지와는 상관없이 누군가에 의해서 정해진 룰이었다. 그것은 바꿀 수도 바꿀 방법도 알 수 없는 신들만의 세계였다. 우리들이 미처 알 수 없는 세상은 그렇게 돌고 돌아가고 있었다.

재혁은 종교를 갖고 있지 않았다. 그것이 지금은 안타깝게 느껴지기까지 했다. 교회라도 다니면 예수님을 붙잡고 그의 생명을 앗아 가지 말라고 울며 매달리기라도 했을지 몰랐다. 아니면 절에 가서 삼천 배를 하면서 부처님께 그를 살려 달라고 했을지도 몰랐다. 적어도 그가 죄를 씻을 수 있게 기회라도 주셔야 한다고. 하지만 지금 그가 붙잡고 매달릴 사람은 따로 있었다. 문서영, 그녀였다. 그를 용서해 주라고. 쉽지는 않겠지만 마지막이라도 그에게 시간을 허락해 주면 안 되겠느냐고, 그가 편하게 눈을 감을 수 있게 작은 동정심이라도 허락해 주면 안 되겠느냐고 말이다.

어쩜 두 사람의 이별은 오해에서 비롯된 것일지도 모른다. 그녀가 조금만 늦게 대전으로 내려갔더라면, 그가 그날 당장 늦은 밤이라도 그녀를 찾아가 용서를 빌었더라면, 누구든 간에 그날 두 사람 중 한 사람만이라도 그 시간을 비껴갔더라면 두 사람은 오랫동안 헤어져 있지 않아도 되었을지도 몰랐다. 그가 용서를 구하러 갔으니 서영은 무조건 받아 줬을 것이다. 뱃속의 아기를 생각해서라도 두 사람은 두 손을 꼭 잡고 놓지 않았을 것이다.

생각이 거기까지 미치자 그의 마음이 조급해졌다. 다시금 그에게 남은 시간이 별로 없다는 걸 깨닫고는 걸음을 서둘렀다. 아니, 걷기에는 서영의 집이 너무 멀었다. 그는 돌아서서 택시를 잡기 위해 손을 뻗었다.

서영의 집 앞에 앉아 있던 재혁은 그녀가 계단을 내려오는 소리도 못 듣고 고개를 파묻고 있었다. 야근을 하고 잠 한숨 자지 못한 탓도 있었지만 지민의 일로 심신이 모두 녹초가 되었기 때문이다.

"선배?"

"어? 내가 잠이 들었었네. 5분밖에 안 지났는데."

그가 눈을 비비고 자리를 털고 일어났다. 그러고는 서영을 보고 환하게 웃어 보였다.

"그러니까 들어오라고 했잖아요. 무슨 일인데 밖에서 보자는 거예요?"

"데이트하자고."

"데이트요?"

재혁이 먼저 그녀의 손을 잡고 앞장서서 걸었다.

"사실은 마트 가자고. 문수가 일이 있어서 나보고 장을 보라잖아. 아무래도 네가 같이 가야 빠진 것 없이 잘 살 수 있을 거 같아서."

"가요."

"내가 운전할까?"

"그럴래요?"

재혁은 막상 서영의 얼굴을 보니 머릿속이 텅 비어 버린 것 같았다. 어떻게 말을 꺼내야 서영의 마음을 움직일 수 있을까 고민스러웠다. 어쩜 그녀를 녀석에게 보내고 싶지 않은 마음이 더 큰

것일 수도 있었다. 그 자신이 서영을 보낼 마음의 준비가 아직 되지 않았다는 것이 맞을 것이다.

"어느 마트로 갈 거예요?"

"어? 음⋯⋯. P마트로 가지 뭐. 대형마트는 너무 복잡하잖아. 지금은 우리 둘이 손 꼭 잡고 그냥 편하게 장 보고 싶다."

"그래요."

두 사람은 차에 올라 곧장 마트로 향했다. 재혁은 한 손으로 핸들을 잡고 남은 한 손은 서영의 손을 꼭 잡고 놓지 않았다. 마트에 도착해서도 두 손은 어지간해서 떨어질 줄 몰랐다. 오늘따라 재혁이 손잡는 것에 집착을 하고 있었다. 평소 재혁의 모습이 아니어서 서영도 살짝 당황하고 있었다. 그러자 재혁이 눈치를 채고 빠르게 핑계를 댔다.

"요즘 옆구리가 무지 시리다. 맘 같아서는 우리 집으로 보쌈이라도 해 가고 싶은데 그러면 안 되니까 만났을 때 이렇게 원 없이 손이라도 잡아 보려는 거야. 불편하면 거두어 갈게."

"아니에요. 선배, 하고 싶은 대로 해요. 상관없으니까."

"너도 좋다고 하면 안 돼?"

재혁이 속상한 듯 묻자 서영이 당황하며 '사실은 나도 좋아요.' 하며 더 그의 손을 꽉 쥐었다. 서영의 웃는 얼굴에서 살짝 5년 전의 모습이 보이자 재혁의 가슴이 뭉클했다. 그때는 그 녀석 때문에 환하게 웃었었는데, 지금은 자신 때문에 그녀가 환하게 웃고 있다. 그때는 그녀를 웃게 해 주고 싶어도 그에겐 기회조차 없었다. 친구의 여자였기 때문에, 그녀를 마음속에 두었다는 것을 죄스러워하면서도 너무 사랑스러워 자신의 마음을 들키게 하지 않으려고 부단히도 애를 썼었다. 그런데 지금은 그녀가 자신 때문에 웃고 있었다. 벙어리 냉가슴으로 고생하던 그 시절은 아득하게 저 멀리 사라져 버리고, 그녀가 자신의 여자가 되어 이렇게 옆에 있었다.

"사랑해."

그의 갑작스런 고백에 서영이 피식 하고 웃었다.

"남들이 보면 서영 바보라고 하겠어요."

"서영 바보면 어때? 와, 서영 바보 좋다. 딸 바보 아빠도 있잖아. 나 지금부터 서영 바보 할래."

재혁이 신난 얼굴로 그녀의 손을 잡고 앞장서서 걸었다. 그는 아까보다 기분이 더 좋아졌는지 내내 싱글벙글이다. 덩달아 서영의 얼굴에 핀 미소가 없어질 줄 몰랐다.

✵

주말여행에 나선 세 사람, 은수와 서영은 뒷자리에 앉고 재혁이 운전을 하며 고속도로를 달린다. 김문수는 무창포 연수원에서 만나기로 약속하고 먼저 출발을 했다. 세 시간 정도 걸릴 거라고 예상을 했지만 생각보다 길이 막혀 그보다 더 시간이 걸렸다. 꽃 구경하러 떠나는 여행객들이 많은 탓이었다. 먼저 도착한 김문수가 주차장으로 나와 그들을 맞았다.

"오래 걸렸네. 밥은 내가 다 해 놨어. 가서 고기만 구우면 돼.

서영 씨, 오느냐고 힘들었죠?"

"아니에요."

"짐 이리 줘."

그가 트렁크에서 짐을 꺼내는 재혁의 손에서 가방을 받아들다 뒷좌석에 앉아 있는 은수를 발견했다.

"어? 꼬맹이가 있네? 네 조카야? 아니, 제주도에 있다고 그랬지. 그럼 서영 씨 조카예요?"

"아뇨. 제 아들이에요."

"아들…… 이요?"

"뭐해? 이것도 받아야지."

재혁이 어리둥절하게 서 있는 문수에게 가방 하나를 더 던져 품에 안겼다. 그는 두 사람이 태연하게 들어가는 뒷모습을 한참 바라보다가 그 뒤를 따랐다. 그의 머릿속은 온통 물음표였으나 재혁이 금방 다시 돌아와 그의 곁에 서서 입을 열었다.

"내 아들이야."

"뭐? 야, 진짜……. 뭐야. 굳이 얘기할 필요는 없으니까 거짓말 안 해도 돼."

"나중에 차차 알게 될 거야. 서영이 신경 쓰이게 안 할 거지? 은수한테도 잘해 줘."

"알았다. 신경 쓰지 않을 테니 서영 씨도 부담스러워하지 말라고 해. 얼굴 보니 부담스러워하는 건 같지 않지만……."

"그랬으면 여행도 안 왔겠지. 그만큼 네가 편하다는 증거다."

"안다니까 자꾸 그러네. 들어가자."

숙소로 들어선 그들은 가방을 한쪽으로 정리하고 식사부터 하기 위해 준비를 서둘렀다. 휴게소에서 간단하게 요기는 했으나 점심 식사 시간이 이미 오래 지났기 때문에 몹시 허기졌다. 재혁이 방바닥에 신문지를 펴고 그 위에 불판을 올려놓았다.

"지금은 삼겹살 먹고 저녁엔 나가서 먹는 거지?"

김문수가 묻자 재혁이 고개를 끄덕거리며 아이스박스 안에서 진공 포장된 고기를 꺼내 놓았다.

"지금 몇 시야? 2시네. 어떻게 술은 저녁에 먹을까?"

재혁의 물음에 김문수가 고개를 저으며 박스 안에서 소주를 꺼냈다.

"삼겹살엔 소주. 셋이 조금만 마시면 되잖아."

"그래, 그럼 얼른 고기 굽자. 우리 은수 배고프겠다. 은수야, 아저씨가 고기 맛있게 구워 줄게."

"네."

아이는 옆에 앉아 재혁과 문수를 번갈아 바라보고 있었다. 서영은 숙소에 비치되어 있는 젓가락과 숟가락, 그리고 밥그릇을 깨끗이 씻어 준비하고 있었다.

재혁이 불판에 고기를 올려놓자 지글지글 고기 굽는 소리가 들려오며 금방 삼겹살이 오그라들었다. 아이는 신기한 듯 그것을 보면서 이따금씩 문수를 흘끔 쳐다봤다. 그것을 눈치챈 문수가 환하게 웃으며 아이에게 말을 붙였다.

"아저씨는 엄마 회사 동료야. 여기 아저씨랑 친구고……. 아저씨 무서운 사람 아니다. 아저씨 진짜 재미있는 사람이야."

아이가 희미하게 웃어 보였다. 오랫동안 서영과 이모의 품 안에만 있던 아이는 요 근래 삼촌할아버지를 포함해 남자 어른을 네 명이나 만났다. 아이에겐 무척 신기한 일이었다. 그리고 아이도 사내 녀석이라 남자들 속에 섞여 있는 것을 싫어하지 않는 듯했다. 아직 어렸지만 아이는 무척 활동적이고 활달했다. 아이의 잠재의식 속에 숨겨져 있던 힘이 어느 때부턴가 모습을 드러내기 시작했다.

"그럼 아저씨도 로봇 조립할 줄 알아요?"

"당연하지!"

"칼싸움도요?"

"그럼! 말만 해. 내가 태권도도 가르쳐 줄까? 아저씨 태권도 잘해."

그의 말에 재혁이 피식 웃었다. 그러자 김문수가 황당하다는 듯 다시 말을 이었다.

"내가 왜 키가 안 컸는데. 운동을 해서 그래. 내가 태권도만 잘하는 줄 아냐? 무술도 유단자야. 너도 봐서 알잖아. 내가 못하는 운동이 어디 있냐?"

"누가 뭐래? 고기 탄다. 먹자."

"진짜라니까. 은수야, 아저씨가 밥 다 먹고 보여 줄게."

"네!"

밥까지 모두 준비가 되자 세 사람은 잔에 술을 채우고 먼저 한 잔을 비웠다. 그렇게 시작된 식사는 오랜 시간 이어졌다. 밥 반공기와 고기 몇 점을 먹고 배를 채운 아이는 어른들의 얘기가 지루

했는지 자리를 이탈해 옆방으로 건너가 자신의 가방에서 장난감을 꺼내 놓았다. 아이는 두 개의 로봇을 들고 서로 부딪히며 입으로 '피용' 소리를 내며 혼자만의 세계에 빠져 들어갔다.

"은수가 참 잘생겼어요. 아빠 닮았나 봐요. 서영 씨 닮은 거 같지 않은데?"

지민을 모르는 문수는 충분히 그렇게 질문할 수 있었다. 재혁은 불편했지만 서영은 오히려 담담한 표정을 지으며 자신이 미혼모라는 사실을 밝혔다.

"그, 그래요. 미안해요. 내가 실수를 했네."

"아니에요. 대학 다닐 때······."

"굳이 말 안 해도 됩니다. 저 그런 거 신경 안 써요."

"두 사람 절친인데 숨기고 싶지 않아요. 그리고 미혼모라는 사실 숨길 필요 없잖아요. 떠벌리고 다닐 것도 못 되지만요."

문수가 가만히 고개를 끄덕거렸다.

"자, 한 잔 더 받아. 밖에 나와서 먹으니까 진짜 맛있다. 이렇게 나와서 먹어 본 지도 꽤 오래된 거 같네."

재혁이 문수의 빈 잔에 술을 채워 주었다. 그리고 다시 김문수가 재혁의 잔에 술을 따라 주었다. 조금만 마시자고 했던 두 사람은 마음과는 달리 술맛이 달자 벌써 두 병째 비우고 있었다. 보다 못한 서영이 두 사람을 말렸다.

"그만 마시면 안 돼요? 지금 취하면 어떡해요? 우리 나가서 저녁 먹기로 했잖아요."

"그래. 그럼 1차는 여기서 끝. 배도 부르겠다, 이만 먹고 나가

자. 우리 은수도 심심하겠다. 은수야, 밖에 나가자."

재혁이 부르자 아이가 냉큼 달려 나왔다.

"서영아, 은수 옷 입혀. 여긴 우리가 빨리 치울 테니까."

"그래요. 자, 이것부터 치웁시다."

두 남자가 빠르게 움직이니까 치우는 데에도 별로 시간이 들지 않았다. 그사이 서영은 아이의 옷을 입히고 나갈 채비를 마쳤다.

숙소에서 5분 거리에 있는 바닷가로 걸어가는 동안 김문수가 은수를 맡았다. 어느새 친해진 두 사람은 뜀뛰기를 하며 재미난 장난까지 치고 있었다.

"문수 씨도 아이 잘 봐주네요."

"조카가 무려 8명이래. 저 녀석은 결혼하면 아이 잘 봐줄 거야."

"식구가 많네요."

"왜? 부러워?"

재혁의 물음에 서영이 고개를 끄덕거렸다. 그녀는 혼자 자라기도 했지만 아빠를 너무 일찍 잃어 외로움이 더 컸다고 고백했다.

"우리 은수도 그러면 어쩌죠? 혹시 지금 그런 마음을 갖고 있는 건 아닐까요?"

"어쩜 그럴 수도 있겠지만! 앞으로는 아니잖아. 내가 있으니까 걱정 붙들어 매. 와! 바다다."

재혁이 어린아이처럼 환하게 웃는다. 그는 여전히 순수한 사람이었다. 앞으로 더 시간이 지나도 변함이 없을 것 같았다. 타고난

인성이 바르듯, 어느샌가 서영은 아이가 재혁을 꼭 닮아 순수하게
자랐으면 좋겠다고 생각했다. 그러다가 문득 자신이 너무 앞서간
다는 생각에 다시 마음을 고쳐먹었다. 넓은 바다를 보면서 지금은
욕심을 내지 않겠노라고, 그가 곁에 있는 것만으로도 감사한 일이
라면서 가만히 고개를 숙였다.

바닷가에는 비교적 많은 사람들이 저들만의 즐거운 시간을 보
내고 있었다. 대부분 가족 단위의 사람들이었다. 먼저 앞서 간 은
수는 벌써 바닷물에 빠져들 기세다. 어느새 두 사람이 달려와 재
혁과 서영의 앞에 섰다.

"은수 데리고 오토바이 타고 올게요."

"오토바이요?"

서영이 빠르게 해변을 훑었다. 그러자 저만치에 오토바이가 즐
비하게 서 있었다. 몇몇 사람들은 이미 바람을 가르며 신나게 해
변을 달리고 있었다.

"위험하지 않아요. 내가 잘 붙들고 탈 테니까. 그럼 다녀옵니
다."

"엄마 파이팅!"

"어? 응. 그래, 은수 파이팅! 다녀와."

서영의 시선이 내내 은수에게 꽂혀 있다. 그녀는 김문수가 돈
을 지불하고 아이와 함께 오토바이에 오르는 모습을 지켜봤다. 아
이는 신기한 듯 오토바이에서 시선을 떼지 못했다. 잠시 후 '붕'
소리와 함께 오토바이가 모래를 헤치고 앞으로 달려 나갔다. 저
멀리에서도 아이의 '까르르' 거리는 웃음소리가 들릴 정도였다.

오토바이가 유턴을 하자 아이의 얼굴을 볼 수 있었다. 아이는 처음 해 보는 경험에 몹시 흥분한 것 같았다. 아이가 서영을 향해 손을 흔들어 보인다. 그녀도 같이 손을 흔들어 주었다. 재혁은 가만히 그 모습을 지켜보면서 그녀 모르게 한숨을 쉬었다. 그의 시선이 서산에 걸린 노을에 닿았다. 울긋불긋한 노을이 회색 하늘을 잔뜩 물들이고, 금방이라도 불기둥을 쏟아 낼 것만 같다.

"서영아, 노을 좀 봐."

"어머, 너무 예뻐요."

서영이 감탄사를 연발한다. 그녀는 이렇게 예쁜 노을은 처음 본다며 시선을 떼지 못했다. 어느새 주머니에서 카메라를 꺼낸 재혁이 셔터를 눌러 그녀의 모습을 담았다. '찰칵' 소리에 서영이 정신을 차리고 그를 바라봤다. 그녀가 제지하기도 전에 다시 한 번 '찰칵' 소리가 났다.

"와, 사진 잘 나오겠는데? 봐, 표정이 인상적이지?"

그가 사진을 보여 주자 서영이 가만히 그것을 바라보다 이내 사진기를 뺏어 저만치에 있는 은수의 모습을 카메라에 담기 시작했다. 그녀는 아이가 코앞으로 다가올 때까지 기다리다가 셔터를 눌렀다. 그리고 이내 찍힌 사진을 확인해 보는 그녀, 표정이 살아 있다. 재혁은 그 모습을 보면서 그녀가 이젠 여자라는 위치보다 엄마라는 위치에 더 가깝다고 생각했다. 평소 모습과는 달리 아이와 함께 있을 때는 영락없이 엄마였다. 지난 5년간의 시간이 그녀의 삶을 바꾸었다는 걸 실감할 수 있었다.

해가 지평선 너머로 사라지자 어스름한 땅거미가 깔렸다. 그 많던 사람들도 어느새 자취를 감추고 해변엔 몇 사람 남지 않았다. 김문수와 은수도 오토바이를 반납하고 다시 그들 곁에 섰다.

"아저씨가 사람 없다고 특별히 10분 더 태워 준 거래. 오늘 우리 은수 오토바이 원 없이 타 봤다. 그치?"

"네!"

아이의 작고 맑은 목소리가 우렁차게 울려 퍼진다.

"아직 저녁은 이르고 우리 불꽃놀이 할까? 내가 마트 가서 사 올게. 기다려."

미처 잡을 새도 없이 김문수가 또다시 사라졌다. 바람같이 사라졌던 그가 바람같이 나타나 사 온 불꽃놀이 세트를 꺼내 놓았다.

"은수는 위험하니까 이걸로……. 서영 씨도 이걸로 해요. 스파클라가 하트 모양도 있더라."

"많이도 사 왔네. 이 폭죽 다 얼마야?"

"언제 이거 또 해 보겠냐? 우리가 언제 또 바닷가에 와 보겠어? 은수 있는데 꼭 그럴래?"

김문수의 질책에 재혁이 미안한 표정을 지으며 폭죽 하나를 손에 들었다.

"알았어. 즐길게. 고맙다, 친구야. 자, 은수야, 가자."

한적한 곳을 찾아 선 그들은 저마다 손에 든 폭죽에 불을 붙이고 동심의 세계에 빠져 들어갔다. 처음에 겁을 먹던 아이도 어느

새 즐거워하며 그들의 대열에 합류했다. 그들의 폭죽이 밤하늘을 아름답게 수놓았다. 하지만 불꽃은 너무 빨리 사그라지고 없었다. 언제나처럼 해변에서 하는 불꽃놀이는 뒷마무리가 늘 아쉽기 마련이다.

"놀이 공원에서 몇 백 발씩 쏘는 불꽃놀이가 진짜 쇼지. 너무 심심하다."

김문수의 아쉬움이 담긴 웃음소리에 재혁이 아이와 눈높이를 맞춰 앉았다.

"은수야, 더 하고 싶어?"

"아니요."

"무서웠어?"

"재미있었어요. 배고파요."

"그래, 우리 맛있는 조개구이 먹으러 가자."

그들은 멀리 갈 것도 없이 바로 보이는 식당으로 들어갔다. 식당 안에는 사람들이 옹기종기 모여 앉아 맛있는 식사를 하고 있었다. 사람들의 식탁에 놓여 있는 조개구이를 보니 벌써부터 군침이 돌았다. 재혁이 조개구이를 대자로 주문하자, 5분도 채 안 돼서 조개가 가득 들은 솥을 들고 주인아주머니가 나타났다.

"조개 입 벌어지면 다 익은 거니까 드세요. 그리고 이 가리비는 양념한 거니까 매콤합니다. 그럼 맛있게 드세요."

그녀가 가고 나자 김문수와 재혁이 조개를 불판 위에 올려놓았다. 아이는 오늘 종일 신기한 체험을 해서 그런지 두 눈이 초롱초롱 빛이 났다. 익어 가는 조개가 탁탁 튀자 아이도 움찔거렸고,

그것이 입을 벌리자 아이의 입도 자연스럽게 벌어졌다.

"우와, 조개 입 벌렸다. 엄마, 이거 입 벌렸어."

"응. 다 익은 거야."

"뜨거우니까 아저씨가 해 줄게. 호호 불어서 우리 은수 입에 쏙 넣어 줄게."

재혁이 익은 조개를 꺼내 준비하는 동안 서영은 조개탕에 국을 말아 아이의 입에 한 숟가락 집어넣었다. 아이는 그것을 받아먹으면서도 시선은 조개에 머물러 있었다. 이윽고 잘 익은 조개가 쏙 하고 모양을 드러내자 뜨거운 김이 올라온다. 재혁이 그것을 호호 불어 식힌 다음 아이의 입속에 넣어 주었다.

"어때? 맛있지?"

"네, 맛있어요. 오징어 같아요."

"그래, 많이 먹어. 또 해 줄게."

조개구이를 먹으면서 그들은 술 한잔도 곁들었다. 김문수가 워낙 애주가라 그냥 지나칠 수 없었다. 서영과 재혁은 아이를 생각해 평소의 반만 마셨다. 덕분에 김문수만 알딸딸하게 취해 가고 있었다.

"나 밥도 먹을 거야. 밥도 시켜 줘."

"응."

김문수는 술기운에 밥 한 공기를 다 비운 뒤에야 숟가락을 내려놓았다. 그는 자신이 많이 취했다는 걸 인지하고서는 이만 숙소로 가 보겠다며 일어났다. 은수도 잠이 온다면서 그를 따라 나섰다.

"엄마가 재워 줄게."

서영이 빠르게 자리에서 일어나려고 하자 김문수가 그녀를 도로 자리에 앉혔다.

"아니요, 서영 씨. 두 사람 즐거운 시간 더 보내다가 들어와요. 조개도 많이 남았는데, 내가 은수 잘 재울게요."

"은수야, 엄마 없어도 돼?"

"응, 아저씨랑 같이 잘게. 나 많이 졸려."

"그래, 엄마 금방 들어갈게."

"응, 이 조개 다 먹고 들어와."

"그래."

서영은 두 사람이 가는 모습을 바라보면서 미간을 살짝 찌푸렸다. 평소 엄마만 찾는 아이가 잘 잘 수 있을까 의문스러웠다. 거기다 오늘 처음 만나는 김문수를 따라 나서는 것도 신기했다.

"아이가 이젠 적응하나 보다. 은수도 남자니까 잘 따르는 걸 거야. 너무 걱정하지 마. 울면 전화하겠지."

"네."

"자, 한 잔만 더 받아."

재혁이 남은 술을 그녀의 잔에 따라 주었다. 그들은 마지막 잔을 앞에 놓고 잘 익은 조개를 마저 먹으면서 둘만의 시간을 보냈다. 재혁은 몇 번이나 지민 생각이 났지만 그녀에게 털어놓지 않았다. 오랜 생각 끝에 자신을 통해서가 아닌 지민 스스로 밝힐 문제라고 결론을 내렸다. 자신은 두 사람 사이에선 제삼자에 불과했다. 그가 지금 할 수 있는 일은 지민을 설득해 서영에게 모든 것을 털어놓게 하는 일이고, 그다음 자신이 할 일은 서영을 설득하는 일이었다.

식사를 마치고 해변을 걷는 두 사람, 재혁이 먼저 그녀의 손을 잡았다. 완연한 봄이라서 그런지 바닷바람도 그리 차게 느껴지지 않았다. 두 사람은 파도가 철썩거리며 밀려왔다 사라지는 모습을 눈에 담으면서 천천히 걸음을 옮겼다. 그러다 먼저 입을 연 건 재혁이었다.

"우리 또 시간 맞으면 제주도에 갔다 오자."

"제주도요? 아, 아버님이 계신다고 그랬죠?"

"응. 누나가 이번에 셋째도 낳았고 해서……. 겸사겸사."

"네에……."

"그리고 네 소개도 해 드려야지. 아버지 나 장가 안 간다고 늘 걱정이시잖아."

그 말에 서영의 낯빛이 어두워졌다. 그녀의 얼굴이 왜 어두워졌는지 재혁도 알고 있었다. 그가 걸음을 멈추고 서영을 돌려세워 자신을 바라보게 했다.

"은수 걱정은 하지 마. 가족은 내가 설득할 테니까. 너 상처 주지 않을 거야. 아버지도, 누나도 이해하실 거야."

"알았어요."

"나 믿어."

"네."

"춥다. 술이 깨려는 모양이야. 들어가자."

벌써 시간이 11시를 향해 가고 있었다. 두 사람이 숙소에 들어섰을 땐 김문수의 코고는 소리가 힘차게 울려 퍼지고 있었다. 무척 피곤했던 모양인지 아이도 대자로 뻗어 이불도 덮지 않고 곤히 잠들어 있었다. 서영이 가만히 이불을 덮어 주고 거실로 나왔다.

"씻어. 참……. 잠자리가……. 일단 씻어. 난 여기서 씻을게."

욕실과 화장실이 분리되어 있어 두 사람이 씻는 데에는 아무런 지장이 없었다. 간단하게 세수와 양치질을 마친 두 사람이 나란히 수건을 들고 거실에 섰다. 두 사람은 똑같은 걱정을 하고 있었다. 숙소엔 방이 두 개였다. 한 방은 이미 김문수와 은수가 차지해 버렸으니 남은 방은 하나. 재혁이 방을 양보하고 김문수와 함께 자도 될 문제였지만 그는 그러고 싶지 않았다. 그의 마음속에 다른 마음이 들어 있었다. 서영도 비좁은 방에 세 사람을 함께 눕게 하고 싶지 않았다. 그렇다고 자신이 아이 옆에 누울 수도 없었다.

"아, 은수를 데리고 나와야겠어요. 선배가 좀 안아 주실래요?"

"그래, 근데 졸려?"

"네? 아니요."

"그럼 우리 좀 더 놀다 자자. 나도 잠 안 와."

"그래요. 우리 뭐 하고 놀까요? 맞고라도 칠까요?"

서영의 우스갯소리에도 불구하고 재혁은 진지했다. 갑자기 그가 서영의 손을 잡아끌고 방으로 들어갔다. 그러고는 그녀를 자신의 앞에 세우고 입을 열었다.

"사랑해."

지민이 손을 뻗어 그녀의 흘러내린 앞머리를 쓸어 올려 주었다. 그리고 오래도록 그녀를 자신의 두 눈에 담아 두었다. 서영도 그의 눈을 정면으로 응시하고 그의 눈빛 속에 비친 자신을 보면서 가만히 있었다.

"우리 오늘 밤 그냥 보내지 말자."

"……."

"무슨 뜻인지 알아?"

서영이 가만히 눈을 깜박이며 고개를 살짝 끄덕였다.

재혁은 오늘 밤, 그녀를 그냥 보내고 싶지 않았다. 오늘 밤이 지나면 언제 다시 기회가 찾아올지 모를 일이다. 다시 서울로 올라가면 지민을 만나야 했다. 그에게 남은 시간이 별로 없기 때문에 더 미룰 시간이 없었다. 그래서 오늘 밤, 더 애가 탔다. 다시 서영이 자신에게 돌아올 수 있도록 그녀에게 흔적을 남겨 두고 싶었다. 자신의 따뜻한 품을 기억하고 오늘 밤을 기억하면서 그녀가 어디에서든 자신을 잊지 않기를 바랐다. 때문에 그의 욕망은 자꾸 커져만 갔다. 몇 분 흐르지 않았는데 벌써 그의 손과 마음은 그녀를 몇 번씩 취한 것 같았다. 이것이 서영에게 상처를 주는 건 아닌지. 자신에게 마이너스가 되는 행동은 아닌지 생각할 겨를도 없이, 그것보다 욕망이란 간절한 바람이 더 불쑥 고개를 쳐들고 있었다. 하지만 그 자신도 모르게 미안하다는 말이 살며시 튀어나왔다.

"미안해. 용서해 줘."

그러자 서영이 고개를 저으며 그를 먼저 자신의 품에 끌어안았다. 그녀의 손길이 가만히 느껴졌다.

재혁은 그녀의 품에 있으니 꼭 모친 품에 있는 것처럼 따뜻함을 느꼈다. 그러자 방금 전까지 솟구쳤던 욕망이 어느샌가 사그라지고 없었다.

"따뜻하다. 엄마 품처럼……. 우리 서영이는 참 다양해."

"뭐가요?"

"때론 연인 같고, 때론 친구 같고, 때론 아이 같고, 때론 엄마 같으니까."

"그중에 뭐가 제일 마음에 들어요?"

"음……. 다……. 근데 지금은 엄마가 제일 좋다. 나 이대로 자고 싶다. 자도 되는 거지?"

"그래요."

자신의 품속에 있는 재혁의 등을 연신 쓰다듬어 주며 서영이 가만히 미소 지었다. 그러다 살며시 웃음도 새어 나왔다. 그 웃음에 맞춰 재혁도 피식거렸다.

"왜 웃어? 기대했던 거야?"

재혁의 물음에 서영의 웃음소리가 더 커졌다. 그가 파묻고 있던 고개를 들어 그녀를 바라봤다.

"왜 그래……. 진짜야?"

"선배, 거짓말이었어요?"

"아니, 그건 아니지만……. 갑자기 피곤이 몰려오잖아. 네 품이 너무 따뜻해서 그런 거야."

"용기가 없는 건 아니고요?"

"뭐? 와……. 문서영. 은근히 사람 무시하네? 그럼 진짜 한다. 해?"

재혁이 벌떡 일어나 그녀의 겨드랑이를 간질이며 못살게 굴자 서영이 자지러지며 발을 동동 굴렸다. 그녀는 필사적으로 저항하며 그를 밀쳐 내지만 그의 손아귀 힘을 당해 낼 재간이 없었다. 그 순간 작은 방의 문이 벌컥 열리며 자고 있던 김문수와 은수가 나란히 걸어 나와 그들 곁에 섰다.

"둘이 안 자고 뭐해? 달밤에 체조하냐?"

술이 덜 깬 김문수가 비틀거리며 물었다.

"어? 우리가 잠 깨운 거야? 술 많이 취해서 못 일어날 줄 알았는데?"

"그래서 오늘 밤 각시라도 치르려고 했던 거냐? 그래서 나 일부러 술 많이 먹인 거지?"

재혁과 서영이 동시에 손사래를 치며 서둘러 자리에서 일어나 앉았다.

"엄마?"

은수가 눈을 비비며 두 사람을 바라봤다.

"은수 이리 와. 엄마가 재워 줄게."

은수가 다가와 서영의 품에 안겼다. 그러자 김문수가 재혁의 팔을 붙잡고 방으로 끌어당겼다. 방으로 들어온 김문수는 다시 이불을 뒤집어쓰고 잠에 빠졌으나 재혁은 김문수의 코고는 소리를 들으며 오랫동안 잠을 이루지 못했다. 그는 이리저리 뒤척이다 결국 자리에서 일어났다. 잠이 오지 않는데 억지로 자 보려고 하는 것도 고역이었다. 술을 조금 더 마시고 자면 도움이 될 것 같아 거실로 나왔는데, 서영이 자고 있는 방의 문틈으로 불빛이 새어 나왔다. 그리고 그녀의 노랫소리가 작게 들려왔다. 재혁은 저도 모르게 방문 앞으로 다가갔다. 그러고는 손잡이를 잡고 천천히 돌려 방문을 열었다. 마치 뭔가에 홀린 듯 지금 자신의 행동이 부적절히다는 것을 인지하면서도 멈출 수 없었다.

서영이 아이를 품에 안은 채 재우고 있었다. 재혁이 조심스럽게 문을 열었으나 고요한 새벽이라 작은 인기척에도 그녀는 금방 알아차릴 수 있었다. 그녀의 시선이 문 앞에 서 있는 재혁에게 닿았다. 그녀가 빠르게 입을 열었다.

"선배? 안 잤어요?"

"어? 아, 문수 녀석이 코를 심하게 곯잖아. 은수도 안 자는 거야?"

"자요. 내려놓아야 하는데 품에 안고 있는 게 좋아서요."

서영이 희미하게 웃으며 아이를 품에서 내려놓았다. 그녀는 옆에 있던 이불을 아이의 목까지 덮어 주고 자리에서 일어났다. 그녀가 문 앞으로 다가오자 재혁도 뒷걸음치며 물러났다.

"왜? 안 잘 거야?"

"선배 안 졸린 거 같아서 놀아 주려고요."

"아냐. 피곤한데 그냥 자."

"사실은 그런 날 있잖아요. 몸은 너무 피곤해서 자고 싶은데 잘 수 없는 거⋯⋯."

"그럴 땐 술 한잔이 필요하지. 나도 마침 술이 생각나서 나온 거였어. 잘됐다. 혼자 안 마셔도 되고⋯⋯."

재혁이 냉장고에서 맥주 캔을 꺼내며 부드럽게 웃어 보이자 서영도 미소 지었다. 그녀는 그의 행동을 눈으로 좇으며 지난날을 회상했다.

예전에도 재혁은 부드러웠던 것으로 기억한다. 지민이 거친 성격과 부드러운 성격을 동시에 갖고 있는 반면 재혁은 늘 부드러운 성격이었다. 화를 낸 적도, 남에게 싫은 소리를 한 적도, 이윤을 추구하기보다 손해를 보는 쪽으로, 늘 좋은 게 좋은 거라고 다른 사람들을 잘 도와주는 성격이었다. 그래서 그날 지민의 얼굴에 주먹을 날리던 재혁의 모습을 보고 서영은 소스라치게 놀랐다. 다른 생각조차 할 수 없는 상황이어서 아주 잠깐 놀라고 말았지만, 다시 그를 만나고 나니 재혁이 자신을 향해 환하게 웃을 때마다 불현듯 그날의 영상이 떠오르곤 했다. 오늘은 더 나아가 재혁의 부축을 받으며 집으로 향하던 그 시각이 또렷이 기억이 났다.

서영의 눈에서는 마를 새 없이 눈물이 쏟아져 나왔다. 재혁은 어쩔 줄 몰라 하며 그녀의 등을 토닥여 주는 것으로 그가 할 수 있는 선에서 위로를 건넸지만, 서영은 그때 알지 못했다. 아니, 외면했다. 그의 일그러진 미간이 좀처럼 펴지지 않았다는 거. 서영을 들여보내고 나서도 한동안 집 앞에서 서성이던 거.

집으로 곧장 들어가지 않고 옥상으로 올라갔던 서영은 두 시간 가까이 그곳에 머물다가 내려왔다. 그리고 계단 창문을 통해 우두커니 서 있는 재혁을 발견했다. 서영은 다시 내려가 그를 돌려보내야 함에도 불구하고 그냥 집으로 들어갔었다. 그때는 그의 걱정은 안중에도 없었고, 오로지 그녀 자신과 아이 생각뿐이었다. 잠시 재혁에게 털어놓고 방법을 찾아보는 것은 어떨까 하는 마음이 들긴 했으나, 몇 초 후 도리질을 했다. 슬픔은 온전히 그녀의 것이었다. 누구하고 나눌 수 있을 만큼의 여유가 없었다.

서영은 미안함이 밀려오자 가만히 그의 곁으로 다가가 품에 안겼다. 재혁은 깜짝 놀라 뒷걸음치다 냉장고 문에 부딪혔다.

"서영아……."

"미안해요."

"뭐가?"

"그냥 다……."

"그런 소리 마."

"선배도 많이 힘들었을 텐데……."

"……."

재혁은 서영이 무슨 말을 하는지 곧바로 알아차리지 못했다. 그러다 그녀가 미안하다는 말을 연신 뱉고 난 후에야 그날의 일을 얘기한다는 것을 알아차렸다.

"그때 일을 말하는 거야?"

"네."

"난 또……. 난 벌써 잊었다니까. 너도 잊어. 우리 지금만 생각하자."

"……."

"서영이가 내 곁에 있으니까 그거면 된 거야."

재혁이 가만히 그녀의 등을 쓸어 주자 서영이 더 품으로 파고 들었다.

10.
그의 그림자

새로운 부장이 오고 난 후 처음으로 회식이 잡혔다. 장소는 길이 막히지 않으면 한 시간, 막히면 두 시간쯤 걸리는 용인의 닭갈비집. 늘 회사 근처에서 회식을 해 오던 직원들은 부장의 선택에 화색이 돌았다. 돌고 돌아 열두 번도 더 찍었을 식당. 직원들 한 사람, 한 사람 얼굴을 모두 기억하고 있는 사장님들. 그래서 이모, 삼촌 같은 분들……. 하지만 음식 맛에 질리기 시작할 무렵이었다.

한편으론 너무 멀리 잡은 건 아닐까라고 생각하는 직원들도 있었다. 식당 음식 맛이 다 거기서 거기일 텐데 굳이 멀리까지 가서 시간 낭비를 해야 하겠냐는 것이었다. 보통 회식을 마치고 나면 12시를 넘기기 때문에 그 거리는 부담이 되지 않을 수 없었다. 그렇다고 다음 날이 쉬는 날도 아니었지만 누구 하나 반기를 들지는 못했다.

이윽고 퇴근을 하고 모인 직원들은 극과 극으로 갈린 그들만의 의견을 최대한 반영해 한 차에 몰아서 타기로 했다. 술을 잘 못 마시는 직원들이 대표로 기사 노릇을 해 주기로 한 것. 부장도 거기까진 터치하지 않았다. 대리기사를 불러서라도 술 한잔을 기울이라고 하면 어쩌나 했는데, 그는 시원하게 허락했다. 서영도 운전대를 잡았다. 술자리를 좋아하긴 하지만 회식 자리에서만큼은 술을 피하고 싶어 그녀가 먼저 손을 번쩍 들어 기사를 자처했다.

서영의 차에는 재혁, 문수, 그리고 다른 직원 두 명이 함께했다. 서영은 부장이 알려 준 주소를 내비게이션에 찍고 출발을 하려 했으나, 잠시 후 부장이 곁으로 다가와 말을 붙였다.

"거기 차재혁 씨가 다른 차에 좀 탈래요? 내가 서영 씨 차에 타고 싶은데……."

그의 말에 재혁이 잠시 머뭇거리다 서둘러 안전벨트를 풀었다. 그러자 뒤에 타고 있던 김문수가 재빠르게 입을 열었다.

"부장님, 저랑 바꾸시면 안 될까요? 저는 이 차가 좀 불편해서요."

"그래요. 조수석엔 내가 앉겠습니다."

기어코 서영의 옆자리에 앉아야겠다는 부장의 단호함에 재혁이 조수석 문을 열고 내렸다. 김문수 외에 두 사람의 교제 사실을 다른 사람이 알게 하고 싶지 않은 재혁과 서영이었다. 그래서 재혁은 아무런 반문도 하지 않은 채 차에서 내렸다. 그의 시선이 먼저 내린 김문수와 딱 부딪혔다. 김문수는 애써 아무렇지 않은 척 굴며 뒤차로 뛰어가 올랐고, 재혁도 뒷좌석에 올랐다. 차에 오른 부장이 서영에게 출발할 것을 지시했다.

서영의 차가 먼저 선두로 출발하자 그 뒤로 4대의 차가 따라붙었다. 부장과 함께 탄 직원들은 말을 아끼고 스마트폰을 꺼내 저마다 그 속에 빠져 들어갔고, 재혁만이 서영을 주시했다. 그의 머릿속에 일전에 언제 퇴출당할지 모른다고 했던 서영의 말이 불현듯 떠올랐다. 재혁은 그런 뜻을 내비쳤던 부장이 서영의 차에 오른 것과 그녀의 옆자리를 고수한 이유가 무엇 때문인지 궁금해지기 시작했다. 잠시 후 한참 앞만 보고 입을 다물고 있던 부장이 한마디 던졌다.

"서영 씨, 기계만 잘 다루는 줄 알았더니 운전 솜씨도 대단하네요. 승차감이 아주 좋아요. 성적이 좋은 이유를 알겠군요."

부장의 칭찬에 서영이 잠시 움찔거렸다. 그러다 어색하게 고맙다는 말을 건넸다. 그 뒤로 부장의 목소리가 쉬지 않고 재혁의 귓속을 파고 들어갔다. 회사 얘기를 꺼내다가 간간이 사적인 질문도 던졌다.

재혁이 곰곰이 생각했다. '부장이 서영에게 관심이 있는 건가?', '그래서 편한 자리로 옮겨 주려고 했던 건가?', '가만 부장이 결혼을 했던가', '아니, 노총각이라고 했던가', '아닌가? 이혼남이던가. 뭐라고 했었지?' 하며 김문수에게 예전에 들었던 얘기를 떠올렸다. 하지만 정확하게 기억이 나지 않아 김문수에게 문자를 보냈다. 그러자 그에게 답장이 왔다.

부장님 노총각이야. 근데 왜?

문자를 본 순간 재혁의 등골이 오싹해졌다. 어이없는 웃음이
새어 나오려고 하자 간신히 입을 틀어막았다. 그러고는 다시 부장
의 목소리에 귀를 기울였다.

"일전에 내가 했던 말은 잊어요. 얼마 동안 겪어 보니까 서영
씨는 다른 부서에 뺏기고 싶지 않은 부하 직원입니다. 다른 부서
에 가기엔 능력이 너무 아까운 직원이지요. 내가 이곳에 근무하는
동안은 다른 곳에 발령도 보내지 않을 겁니다."

"……."

서영은 담담한 표정으로 묵묵히 듣고만 있었다. 대신 뒷좌석에
앉은 재혁의 속은 부글거리며 끓고 있었다. 부장의 나이가 45세.
서영과 무려 16년이나 차이가 난다. 세상에 저런 도둑놈이 다 있
나 싶은 것이, 도저히 참기가 힘이 들었다. 넘볼 것이 따로 있지,
서영이 능력이 뛰어나고 매력이 넘치는 여자라고 해도, 그의 위치
가 대단한 자리라고 해도 쉽게 넘볼 수는 없다 생각했다. 그리고
서영은 자신의 여자였다. 그 순간 부장이 또다시 입을 열었다.

"집안에 일 생기면 말해요. 내가 편의를 봐줄 테니까."

"괜찮습니다. 공정하게 대해 주세요. 오히려 불편해집니다."

서영의 대답에 재혁이 살짝 미소를 지었다. 역시 내 여자라는
생각도 잠시, 다시금 부장이 '살다 보면 피치 못할 사정이라는 게
있잖아요. 언제든 말해요.' 라는 말에 얼굴을 붉혔다.

다시금 차 안은 고요한 정적이 흘렀다. 내비게이션이 안내하는

대로 운전을 하는 서영의 마음은 초조하기만 했다. 부장의 관심이 부담스럽기만 했다. 또 어떤 말이 나올지 걱정이었다. 재혁도 신경 쓰였다. 잠시 후 입을 다물고 있던 부장이 이번엔 재혁에게 말을 붙였다.

"차재혁 씨는 결혼 안 해요?"

"네? 아…… 해야죠."

"두 사람은 했죠?"

재혁의 옆에 앉은 직원들이 동시에 '네.'라고 대답했다.

"차재혁 씨도 적은 나이가 아니던데 나처럼 될까 봐 걱정입니다."

"부장님이 눈이 높은가 봅니다."

옆 직원의 질문에 부장이 낮게 웃었다.

"눈이 높은 게 아니라 매력적인 여자를 못 만났습니다. 내가 10년만 젊었어도, 아니, 5년만 젊었어도 서영 씨한테 프러포즈라도 했을 텐데…… 그게 참 아쉽네요. 하하."

부장의 말에 뒷자리에 앉은 직원들이 어색하게 웃었다.

그리고 부장의 말을 가질 수 없는 여자라는 것을 깨달았다는 것으로 해석할 수 있어 재혁도 웃을 수 있었다.

"서영 씨, 우리 부서에도 괜찮은 남자 꽤 있으니까 멀리서 찾지 말고 가까이에서 찾아요. 뒷자리에 차재혁 씨도 괜찮고요. 참, 두 사람 같은 대학 출신이던데, 서로 알죠?"

"두 사람이 같은 대학 출신이라고요?"

"금시초문인데…… 두 사람 알고 있었어?"

두 직원의 질문에 재혁과 서영의 얼굴이 당혹감으로 역력했다. 너무 갑작스런 질문에 몇 초간 정적이 흘렀다. 먼저 입을 연 건 재혁이었다.

"당연히 알죠. 근데 굳이 밝힐 필요 없을 거 같아서 말 안 했어요. 김문수 씨는 알아요."

"그랬어? 그러면서 왜 처음엔 모르는 척했대? 두 사람 그랬잖아. 아니야?"

"자, 그 문제는 중요한 거 아니니까 덮어 둡시다. 저기 다 왔네요. 내릴 준비해요."

부장의 말에 직원들이 입을 다물었다. 사실 그들도 두 사람이 같은 대학 출신이라는 것에 크게 관심을 둘 이유가 없었다. 다른 사람의 개인사엔 관심이 없는 사람들이었다.

닭갈비 집은 한적한 곳에 위치하고 있었다. 100평쯤 되어 보이는 주차장을 끼고 2층으로 지어진 건물은 한옥풍으로 고풍스러웠다. 닭갈비란 메뉴가 전혀 어울릴 것 같지 않은 모습이었다. 하지만 간판은 하얀색 바탕에 검은색 흘림체로 'ㄱ닭갈비' 라고 또렷하게 쓰여 있었다. 평일임에도 불구하고 주차장에는 다른 차가 빼곡히 주차되어 있었다.

"들어갑시다."

주차를 마치고 난 후 부장이 먼저 선두로 계단을 올라가자 그 뒤를 직원들이 따랐다. 맨 뒤로 올라가던 김문수가 앞서 올라가는 재혁의 팔을 붙잡았다. 그러고는 입모양으로 '부장님은 왜?' 라고 묻자 재혁이 나중에 얘기한다면서 다시 위로 올라갔다.

그들이 식당 안으로 들어서자 사장으로 보이는 여자가 부장을 보고 반갑게 맞아 주었다.

"왔어요? 오빠는 다른 곳으로 발령 나더니 얼굴 보기 힘들어."

'오빠'라는 말에 직원들의 표정이 어리둥절해졌다. 일면식이 있는 곳인가 싶었는데 부장이 빠르게 그들의 궁금증을 해결해 주었다.

"내 동생이 하는 식당입니다."

직원들이 저마다 고개를 끄덕이며 동생이라는 여자와 인사를 나누었다.

"어서들 안으로 들어오세요. 룸으로 다 준비해 놓았습니다."

여자의 안내를 받으며 룸으로 들어선 그들은 거하게 차려진 상을 보고 깜짝 놀랐다. 닭갈비를 하는 식당에서 밑반찬이 이렇게 많이 나오는 곳이 또 있을까 싶었다.

"반찬 가짓수가 엄청 많은데요?"

김문수의 질문에 여자가 원래 나오는 가짓수라고 했다.

"한정식집도 이것보단 적게 나오겠는데요?"

"그래서 저희 집이 단골이 많답니다. 닭갈비 내올게요. 오빠, 술은 어떻게 내올까요?"

"소주랑 맥주랑 섞어서……."

"네, 바로 올릴게요."

여자가 뒤돌아 나가려고 하다 문 쪽에 앉은 서영에게 시선이 닿았다. 서영도 그녀에게 시선이 닿아 있었다. 어디서 많이 본 얼굴이었다. 빨리 기억은 나지 않지만 분명 어디서 본 얼굴이었다. 여자도 그렇게 생각하는 듯했다. 하지만 여자는 아는 체를 하지 않고 그대로 문을 열고 나갔다. 그 뒤로도 서영은 생각을 해내려 고 머리를 짜냈다. 너무 궁금해 기억을 하고 싶었지만 쉽게 생각 이 나지 않았다.

잠시 후 닭갈비가 불판 위에 올려졌다. 여느 닭갈비집과 달리 들어가는 재료가 상당히 많았다. 이곳 식당은 손님들을 위해 재료 를 아끼지 않고 있었다. 그것이 문전성시를 이루는 이유였다.

"동생이 손맛이 좋아요. 여기가 3대째 이어져 오는 집입니다. 동생이 시어머님한테 전수받아서 하고 있는데 진짜 혼자 먹기 아 까워서 여기로 온 겁니다."

"와, 정말 끝내주는데요. 냄새부터가 다릅니다."

"맘껏 들어요. 술도 맘껏 들고요."

부장이 모두에게 한 잔씩 따라 주면서 격려도 아끼지 않았다. 그는 소문과 달리 정감미가 있었다. 식사를 하는 동안 부장은 별 다른 말을 하지 않았다. 직원들이 편하게 식사를 할 수 있도록 배 려했다. 오늘은 스트레스를 풀기 위해 좋은 음식을 먹고, 좋은 술 을 마시기 위해 만든 자리였다.

한창 식사를 하던 중 서영이 화장실에 가기 위해 룸을 나왔다. 그녀는 화장실 표지판이 있는 곳으로 걸어가다 사장과 부딪혔다. 사장이 먼저 가만히 웃어 주었다. 서영도 똑같이 미소로 답했다. 잠시 후 화장실을 찾은 서영의 뒤를 따라 사장도 들어와 말을 붙 였다.

"우리 어디서 본 것 같지 않아요? 저 혹시 모르세요?"

"글쎄요. 저도 뵌 것 같은데 잘 기억이……."

"그죠? 분명히 본 적이 있는데……. 어디지……."

동생이 이리저리 눈을 굴리며 생각을 하다 갑자기 손바닥을 딱 쳤다.

"지민이…… 박지민. 맞죠? 지민이 여자 친구죠?"

"네?"

그 순간 서영도 그녀의 모습을 떠올릴 수 있었다. 식당이었다. 언젠가 지민이 사촌 누나가 맛있는 닭갈비집을 한다면서 데리고 갔던 그곳에서 딱 한 번 본 얼굴. 그녀였다. 장소가 다른 곳이어서 쉽게 생각을 할 수 없었다.

"그땐 이곳이 아니었는데……."

"맞아요. 거기 불이 나는 바람에 할 수 없이 여기로 이전했어요."

"네에……."

"지민이 하고는 어떻게……."

"연락…… 안 해요."

서영이 얼굴을 붉혔다.

"아……. 헤어졌구나. 나도 지민이 5년 전에 보고 못 봤어요. 그때 가게 온 뒤로 본 적이 없어요. 외국 갔다는 얘기만 들었지."

"네……."

"에구. 왜 헤어졌을까……. 잘 어울렸는데 인연이 아니었나 보네. 암튼 또 보니까 반갑네요."

"네, 저도요."

"남녀가 사귀다가 헤어질 수도 있는 거죠. 나 의식하지 말아요. 신경 쓰지 않으니까. 들어가 봐요. 음식 다 식겠어요."

"네, 그럼."

화장실을 나오는 서영의 등줄기로 식은땀이 흐르는 것 같았다. 그러다 문득 이 여자와 부장이 남매 사이라는 걸 깨달았다. 그렇다면 부장도 지민을 알고 있다는 얘기였다. 문득 뇌리에 스치는 것이 있었다. 언젠가 지민이 그런 말을 한 적이 있었다. 철도청에 입사하는 것이 꿈이라는 그녀에게, 철도청에 근무하는 사촌 형이 있다면서 나중에 낙하산으로 집어넣어 줄 거라고 우스갯소리를 한 적이 있었다. 그렇다면 설마 그 사촌 형이라는 사람이 부장이었단 말인가. 서영의 애간장이 녹아내려 갔다.

생각이 거기까지 미치자 설마 부장도 자신과 지민의 관계를 알고 있는 건 아닌가 싶었다. 그렇다면 은수의 존재도 알고 있을까. 그래서 그렇게 관심을 보였던 걸까. 여자가 지민을 5년 전에 보고는 못 봤다고 했는데…… . 그렇다면 부장도 그를 못 만나지 않았을까. 그렇다면 얼마나 좋을까. 그와 엉킨 실타래를 풀지도 못하고 있는 상황에 그의 가족과 또다시 얽힌다면 그것만큼 끔찍한 악몽도 없을 것 같았다.

서영은 다시 룸으로 들어갈 수 없을 것 같았다. 다시 부장의 얼굴을 볼 자신이 없었다. 결국 그녀는 룸으로 들어가는 대신 밖으로 나와 재혁에게 문자를 보냈다.

문자를 받은 재혁이 화들짝 놀랐지만 내색하지 않았다. 갑자기 겉옷도 놔두고 차 키만 달라고 하는 소리에 무슨 일인지 걱정이 되었다. 재혁이 가만히 자리에서 일어났다. 부장과 직원들은 술잔을 기울이며 얘기를 나누고 있었다. 그가 옷에서 뭘 꺼내는 척하면서 서영의 겉옷 주머니에서 키를 꺼내 손에 쥐었다. 눈치를 챈 사람은 아무도 없었다.

재혁이 밖으로 나오자 서영이 차 앞에 서 있었다. 그가 빠르게 계단을 내려가 그녀의 곁에 섰다.

"왜 그래?"

"나 먼저 갈게요."

"왜?"

재혁이 놀라 물었지만 서영은 입을 다물었다. 말하고 싶은 기분이 아니었다.

"먼저 간다고 전해 주세요. 내 겉옷하고 가방은 선배가 챙겨 줘요."

"서영아……."

"미안해요. 나중에 얘기할게요. 집에 도착하면 문자 보낼게요."

서영은 뭐가 급한지 도망치는 사람처럼 빠르게 차에 올라 그대로 출발을 했다. 재혁이 당혹스런 얼굴로 멀어져 가는 차를 바라보고 있을 때, 뒤에서 부장이 그를 불렀다. 재혁이 깜짝 놀라 뒤돌아섰다.

"서영 씨, 갔어요?"

"아, 네……. 집에 급한 일이……."

"알았어요. 담배나 한 대 피우고 들어가려고……. 담배 피워요?"

"안 피웁니다."

부장이 고개를 끄덕거렸다. 주머니에서 담배를 꺼내 불을 붙이는 부장의 몸이 약간 비틀거렸다. 취기가 오른 모양이었다. 담배를 한 모금 깊게 빨아들인 그가 재혁을 향해 입을 열었다.

"박지민 알죠?"

그의 물음에 재혁이 두 눈을 동그랗게 떴다. 그가 어떻게 지민을 알고 있는지 머릿속이 복잡하기만 했다.

"지민이 내 사촌 동생이에요."

"사…… 사촌 동생이요?"

"다 압니다. 얼마 전에 지민이한테 다 들었어요. 과거 지민과 서영 씨의 관계도. 지금 두 사람이 사귄다는 사실도……. 지민이 상황도 다 압니다. 놀랐죠? 더는 숨길 이유가 없어서…… 아니, 이젠 시간이 별로 없어서."

공교롭게도 부장이 첫 출근한 날, 회사 정문 앞에서 서영을 보기 위해 회사를 찾아온 지민을 우연히 만났다. 그렇게 해서 자연스럽게 그녀의 존재를 알게 되었다. 지민이 얼마 남지 않은 삶을 살고 있다는 걸 알고 있었기 때문에 그녀와 아이의 존재는 그 역시도 그냥 지나칠 수 없는 문제였다. 그랬기 때문에 부담스런 관심을 보였던 것이고, 지민과 좋은 방향으로 재회를 할 수만 있다면 두 손 걷어 도와줄 생각이었다. 하지만 지금 그녀의 곁에는 재혁이 있었다. 부장 역시도 지민과 생각이 다르지 않았다. 지민은 곧 떠날 사람이었다. 재혁 같은 친구가 서영의 곁에 있다면 지민도 한결 편한 마음으로 떠날 수 있을 거란 생각이었다.

"지민이 말로는 재혁 씨가 도와준다고 했다는데……."

"지민이가 스스로 밝힐 문제라서 기다리고 있습니다."

"괜찮겠습니까?"

"뭘 말입니까?"

"어떤 식으로 눈감아 줄지, 어느 선까지 허락을 할 건지……. 죽기 전까지 함께할 수 있도록 도와줄 거잖아요. 아닙니까?"

"네, 서영이가 할 수 있는 선까지만요. 하지만 서영이가 싫다고 하면 저도 어쩔 수 없습니다."

"어제 녀석을 만났는데 약을 안 먹고 있더군요. 스스로 포기한 것 같아요."

부장의 말에 재혁이 크게 한숨을 쉬었다.

"세상 참 좁지요? 인연이 이렇게도 엮이는구나. 서영 씨하고 재혁 씨 보면서 가끔 그런 생각합니다. 지민이 보면 답이 안 나오고요. 사실은 두 사람 사귀는 거 몰랐을 때 내가 나서서 지민이하고 서영 씨 어떻게 해서든 다시 연결시키려고 했어요. 근데 지민이가 그러더군요. 좋은 사람이 곁에 있다고……. 차재혁 씨가 있다고요."

"그래요……."

"먼저 가도 됩니다. 뒤따라가세요. 서영 씨, 아마 많이 놀랐을 겁니다. 피하고 싶어 하는 마음 충분히 이해해요. 가서 오해 좀 풀어 주세요. 내일 좋은 얼굴로 볼 수 있게. 여기 택시비요."

그가 지갑에서 지폐를 꺼내 건넸다.

"아닙니다."

재혁이 극구 사양했지만 부장도 만만치 않았다. 그는 이제부터 직원보단 동생 친구로 생각을 하겠다면서 어려워하지 말라는 말을 덧붙이며 고집을 꺾지 않았다. 결국 재혁의 손에 지폐가 쥐어졌다.

"어서 옷 챙겨서 따라가요."

"그럼 먼저 가 보겠습니다."

"그래요."

안으로 들어간 재혁이 옷을 챙겨 나오는 동안 부장은 동생을 시켜 택시를 부르게 했다. 그가 채비를 다 마치고 나올 때쯤 택시도 모습을 보였다. 재혁은 부장의 배웅을 받으며 택시에 올랐고, 그렇게 부장에게서 멀어졌다.

택시가 어찌나 빨리 차를 모는지 재혁은 천국과 지옥을 번갈아 다녀온 것 같았다. 시속 120킬로미터는 기본이고, 140킬로미터까지도 밟았다. 정말 총알택시가 따로 없었으나 택시 기사는 그의 요구에도 속도를 줄일 줄 몰랐다. 때문에 서영보다 먼저 그녀의 집 앞에 도착할 수 있었다. 그는 문 앞에 쭈그리고 앉아 그녀가 오길 기다렸다. 그의 머릿속은 하얀 백지 상태였다. 아무 생각도 떠오르지 않았다. 그녀를 만나 무슨 말을 할지, 부장과 무슨 얘기를 했는지 아무것도 기억이 나지 않았다.

그렇게 20여 분쯤 지났을까. 라이트 불빛에 고개를 떨어뜨렸던 재혁이 고개를 들었다. 자리에서 일어나 확인하니 서영의 차였다. 집 앞에 주차를 마치고 내린 서영이 깜짝 놀라 그를 바라봤다.

"어떻게 된 거예요? 어떻게 왔어요?"

"비행기 타고 왔어."

"농담하지 말고요."

"택시⋯⋯. 부장님이 너 따라가라고 택시비까지 쥐여 주셨다."

"그래요."

부장 얘기에 서영의 낯빛이 또 어두워졌다.

"부장님 다 알고 계시더라."

"그래요."

"크게 걱정할 일은 없어. 부장님이 눈감아 주신대."

"우리가 사귀는 것도 알아요?"

"응."

"피곤해요, 선배. 나 들어가서 자면 안 돼요?"

"서영아."

"네."

"지민이가⋯⋯."

"⋯⋯."

재혁이 마른침을 삼켰다. 서영은 그의 다음 말을 기다리고 있었지만 그는 또다시 꿀 먹은 벙어리가 되었다.

"아냐. 나중에⋯⋯. 그럼 들어가 자. 우리 내일 만나자. 나 픽업하러 와."

"알았어요."

결국 오늘도 말을 꺼내지 못했다. 재혁은 들어가는 서영의 뒷모습을 가만히 지켜보면서 아랫입술을 지그시 깨물었다.

재혁은 그 길로 지민의 집을 찾았다. 부장에게서 약을 끊었다는 말을 들었기 때문이다. 하지만 여러 번 초인종을 눌러도 인기척이 없자 그에게 전화를 걸었다. 전화 역시 꺼져 있다는 멘트가 흘러나왔다. 분명히 집에 들어서기 전 창밖의 불빛을 보았다. 집에 있다는 것이 분명하다는 증거였다.

"술 먹고 자나."

혼잣말을 중얼거리고 다시 초인종을 누른 재혁은 제발 문이 열리기만을 기다렸다. 하지만 역시나 반응이 없다. 그렇게까지 했는데도 아무런 응답이 없자 불현듯 불길한 생각이 들었다. 녀석에게무슨 변고가 생긴 건 아닐까 하는 생각에 마음이 다급해졌다. 머릿속으로 많은 생각들이 스쳐 지나갔다. 열쇠수리공을 불러야 하는지, 119에 전화를 해야 하는지, 갈팡질팡하는 사이 문이 열리고지민이 모습을 보였다. 푸석한 얼굴로 눈을 찡그린 채 비틀거리면서 재혁을 바라봤다.

"또 너냐……. 넌 밤낮도 없어?"

지민이 신경질을 부렸다. 재혁은 지민이 무사하다는 생각에 잠깐 안도의 한숨을 쉬고는 거칠게 문을 밀치고 안으로 들어와 소리를 버럭 질렀다.

"난 또 무슨 일 난 줄 알았잖아! 왜 이렇게 문을 안 열어? 술을얼마나 퍼마셔서 그걸 못 들어?"

"시끄러. 지금 몇 시인 줄 알아?"

"몇 시가 무슨 대수야? 너 약도 끊었다며?"

재혁이 한 대 칠 기세로 무섭게 달려들자 지민이 뒤로 물러서
며 대답했다.

"누, 누가 그래?"

"부장님! 박수현 부장님이 네 사촌 형이라며! 다 알고 왔어. 서
영이한테는 언제 말할 거야? 네가 말해야지. 다른 사람 다 아는데
정작 알아야 할 사람이 모르고 있잖아."

"신경 꺼. 내가 알아서 해."

"그럼 도와 달라는 소릴 하지 말던가."

"누가 언제 도와 달라고 했어?"

지민이 신경질적으로 쏘아붙였다. 그날은 다리 붙잡고 애원하
더니 오늘은 완전 다른 사람이었다. 부장 말대로 끈을 놓아 버릴
생각인 모양이었다.

"내가 어떻게 되든 말든 신경 끄고 살아. 다시는 나 찾아오지
마! 너 소원이었잖아. 서영이하고 결혼해. 여태 안 하고 뭐했어?"

이젠 지민의 목소리가 더 컸다. 재혁은 다 큰 녀석을, 삶의 끈
을 놓아 버린 녀석을 설득하는 일이 힘에 부쳤으나 그냥 두고 갈
수가 없었다. 차마 발길이 떨어지지 않았다. 이대로 가면 그의 노
랗게 뜬 얼굴과 가죽만 남은 몸이 계속 마음에 남아 있을 것 같았
다.

"자신한테 좀 솔직해져 봐. 너 이대로 못 가잖아."

"……."

"내일이라도 말해."

"알아서 할게. 가."

풀이 죽은 목소리로 뱉어 낸 지민이 그대로 방으로 들어가 버렸다. 재혁은 굳게 닫힌 문을 한참 보더니 그대로 소파에 벌러덩 누웠다. 다시 집으로 돌아갈 힘이 남지 않았다. 눈꺼풀도 무거웠고 잠이 쏟아졌다. 그렇게 그는 그곳에서 잠에 빠졌다.

이튿날, 재혁이 전화벨 소리에 눈을 번쩍 떴다. 그는 빠르게 집 안을 훑고는 이곳이 어딘지 생각을 더듬었다. 지민의 집이었다. 새벽에 분명 자신을 픽업하러 오라고 서영에게 말했는데, 시계를 보니 8시를 훌쩍 넘기고 있었다. 전화는 서영이었다.

"어, 서영아. 그래, 나 지금 일어났다. 먼저 가. 난 택시 타고 갈게. 그래, 응."

전화를 끊은 재혁이 서둘러 자리를 털고 일어났다. 그러고는 그대로 욕실로 들어가 씻고 나왔다. 칫솔을 찾았지만 새 칫솔이 어디에도 보이지 않자 결국 곤히 자고 있는 지민을 깨울 수밖에 없었다. 문을 열고 들어가니 앙상한 등을 보인 채 엎드려 자고 있는 지민의 모습이 눈에 들어왔다. 인기척 소리에 잠이 깼는지 지민이 고개를 들어 문 쪽을 바라봤다.

"너 안 갔냐?"

"여기서 잠들었다. 나 칫솔 좀…… 출근 늦었어."

"아, 자식……."

베개에 얼굴을 파묻은 지민이 짜증스런 목소리로 새 칫솔의 위치를 알려 주었다.

"고맙다. 오늘 7시 퇴근이야. 회사 주차장에서 기다려. 오늘은 말하자. 알았지?"

"……."

"기다린다. 서영이 붙잡고 있을게. 와라."

지민은 그렇게 일방적으로 약속을 정하고 사라져 버린 재혁에게 화가 치밀어 오르면서도 이미 마음은 그곳에 가 있었다.

오늘은 종일 부장이 모습을 보이지 않았다. 그는 서영이 불편할 것을 배려해 자신의 방에서 나오지 않았다. 때문에 서영도 그와 부딪히지 않아 마음이 한결 편안했다. 시간이 필요했다. 아직 복잡하게 얽힌 관계가 받아들여지지 않아 그가 몹시 불편한 상태였다.

퇴근 무렵. 회사 주차장에서 지민이 서영을 기다리고 있었다. 재혁에게는 미리 연락을 해 둔 상태였다.

두 사람이 함께 주차장에 모습을 보였다. 운전석에 앉으려는 서영을 제지하고 재혁이 그녀에게서 키를 건네받았다.

"선배가 운전하려고요?"

"서영아."

"왜요?"

"지민이가 찾아왔어. 너한테 할 말이 있대."

"선배."

서영의 얼굴이 싸늘하게 굳었다.

"마지막이라고 생각하고 만나. 여기서 기다릴게. 저쪽이야."

재혁의 손짓에도 서영은 고개를 돌릴 생각을 하지 않았다. 그녀는 재혁의 마음이 궁금했다.

"그 사람이랑 저하고 만나는 거 싫잖아요. 싫어해야 하잖아요."

"싫어. 하지만 오늘이 마지막이 될 수도 있어서 그래."

"그게 무슨 말이에요?"

"직접 들어. 기다릴게. 다녀와."

재혁이 먼저 차에 올라 문을 닫았다. 서영이 고개를 돌려 뒤에 주차되어 있는 지민의 차를 발견했다. 그리고 운전석에 앉아 있는 지민의 모습도 어렴풋이 볼 수 있었다. 서영은 망설였다. 무슨 말을 하려고 이곳까지 찾아왔는지, 재혁은 또 왜 그러는지, 그의 말이 무슨 뜻인지 알 수가 없어 가슴이 답답했다. 하지만 재혁은 쉽게 문을 열고 나올 생각을 하지 않았다. 그녀를 애써 외면한 채 앞만 보고 있었다. 결국 서영이 발걸음을 옮겨 지민의 차에 올라탔다. 며칠 만에 더 수척해진 지민의 얼굴은 보기에도 환자 같았다. 서영은 그의 모습을 보고 깜짝 놀랐다. 하마터면 왜 그러냐고 물을 뻔했다.

"고맙다. 이렇게 또 만나 줘서."

"선배가 기다려. 용건만 빨리 말해."

"그래, 말할게."

하지만 지민은 빨리 말하지 못했다. 입에서만 자꾸만 맴돌고 밖으로 나올 생각을 하지 않았다. 그녀에게 자신의 죽음을 알리는 것이 이토록 힘겨울 줄 몰랐다. 아니, 정확히 말해 자존심이 무척이나 상했다. 몹쓸 자존심이 또다시 불쑥 얼굴을 내밀어 그를 말리고 있었다. '빌어먹을 자존심!' 속으로 한바탕 욕을 뱉고 난 후 그가 천천히 입을 열었다.

"나 죽는대. 얼마 못 살아. 그래서 그래."

그의 목소리가 몹시 떨리고 있다는 걸 알면서도 서영은 그것을 외면하고 싶었다.

"구질구질해! 그렇게 해서라도 매달리고 싶어?"

"그래, 그렇게 해서라도 매달리고 싶다."

지민의 목소리에 힘이 하나도 없다. 그가 뱉어 낸 한숨 소리가 서영의 귓가에 머물렀다. 다시 그의 얼굴을 바라봤다. 몰라보게 수척해진 얼굴, 앙상하게 마른 몸, 까만 피부색. 그녀의 온몸이 사시나무처럼 떨려 왔다. 거짓말은 아닌 듯했다.

"어디가 아픈 건데?"

"암이래. 위암 말기."

잠시 화가 치밀어 올랐다. 사람의 동정심이란……. 못난 사람이 얼마 못 산다는 말에 그녀도 사람인지라 주저할 수밖에 없었다.

"다만 얼마 동안이라도 은수하고 추억 쌓고 싶어서 그랬다. 내 욕심이 너무 과했지. 인정해."

"……."

"얼어 죽을 자존심에 죽는다는 소리 하고 싶지 않았다. 그런데…… 시간이 별로 없대. 나 이제 욕심 없어. 결혼도 포기했고, 아이 데리고 간다는 것도 거짓말이었다. 내가 무슨 자격이 있어. 나 자격 없는 거 알아. 그래도 매일 은수 얼굴만 보게 해 주면 안 될까? 그것도 안 되면 일주일에 한 번이라도……."

서영이 대답 대신 실소를 터트렸다. 도대체 이 말을 믿어야 하는 건지, 이 말이 진실이라면 자신이 어떻게 대답을 해 줘야 하는지 그녀 자신도 알 수가 없었다. 그녀는 그대로 차에서 내렸다. 지민도 붙잡지 못했다. 시간이 필요한 문제였다. 자신은 모든 것을 털어놓았으니 이젠 심판만 기다리면 된다. 모든 것은 그녀에게 달렸다.

재혁의 옆자리에 올라탄 서영이 가만히 물었다.

"정말이에요?"

"응."

"언제 알았어요?"

"얼마 되지 않았어. 부장님도 다 알고 계셔. 그래서 너한테 살갑게 대해 주셨던 거야."

서영이 어이없게 웃었다.

"그 녀석 충분히 죗값 치르고 있어. 난 상관없으니까 네가 하고 싶은 대로 해. 난 언제나 그 자리에 그대로 서 있을 테니까 언제든 돌아와. 그러면 돼."

"선배……."

"이제 두 달 남았대. 하루가 다르게 야위어 가. 저렇게 혼자 앓다가 죽으면 네 맘도 편하지 않을 거잖아. 널 위해서야. 너 자책하지 말라고 배려하는 거야. 배려."

재혁이 웃으며 서영의 볼을 쓰다듬었다.

"선배는 어떻게 그럴 수 있어요? 그게 가능해요?"

"너 아픈 것보다 차라리 내가 아픈 게 나아. 괜찮아……."

"선배."

"저 녀석 약도 끊었대."

서영의 한숨 소리에 재혁의 마음도 한없이 바닥으로 가라앉았다. 세상엔 쉬운 일이 하나도 없었다. 언제쯤 재혁은 마음 놓고 그녀를 가질 수 있을까. 내 여자라고 생각했는데 아직 아닌 모양이었다. 아직은 그녀의 남자가 될 수 없었다.

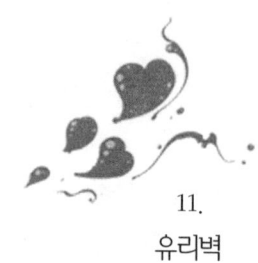

11.
유리벽

암담했다. 눈앞에 뿌연 먼지가 잔뜩 쌓인 것처럼 시야가 어두워졌다. 한 치 앞도 내다볼 수 없을 만큼 절망적이었다. 서영은 자신이 지금 꿈을 꾸고 있는 거라고 생각했다. 정신이 몽롱하니까 지금의 상황이 현실인지, 꿈인지 알 수가 없었다. 지난밤에 악몽을 꾼 것도 아닌데 온몸이 떨려 올 정도로 두려웠다. 좀 전에 지민을 만났던 일도, 재혁과 나눈 짧은 대화도 아득하게 먼 기억일 뿐이었다.

"서영아, 그만 가자."

재혁의 목소리에 서영이 정신을 차리고 고개를 돌려 그를 바라봤다. 그가 말을 붙이지 않았다면 아마 자신은 영영 정신을 차리지 못했을지도 모른다고 생각했다. 다시 정적이 흐르자 또다시 암흑 속에 빠지는 기분이었다. 그녀가 재빨리 입을 열었다.

"우리 바다 보러 가요."

"그래."

서영의 요구에 재혁이 일 초의 망설임도 없이 바로 대답했다. 지금 달리면 밤 12시쯤 도착한다. 내일은 야간 근무라 서울에 5시까지 도착하면 된다. 시동을 거는 그의 머릿속에 빠르게 계획이 잡히고 있었다.

좀처럼 움직이지 않던 그들의 차가 주차장을 빠져나가자 지민도 시동을 걸었다. 그는 이제 집으로 돌아가 기다리는 일만 남았다.

시내를 빠져나와 고속도로로 진입하는 동안 재혁과 서영은 대화를 나누지 않았다. 대신 재혁이 음악을 크게 틀어 놓았다. 지금은 아무 생각 하지 말고 머릿속을 비우자는 것이 그의 생각이었다. 그러다 휴게소의 이정표가 보이자 저도 모르게 말이 튀어나왔다.

"마실 것 좀 사 갈까?"

그의 갑작스런 질문에 딴생각을 하던 서영이 깜짝 놀라 빠르게 대답했다.

"아, 아뇨. 난 괜찮아요. 선배 필요하면 사요."

"아냐. 나도 괜찮아."

또다시 침묵. 그렇게 동해 바다로 가는 동안 각자의 생각에 빠져 있던 두 사람은 강원도에 들어서서도 여전히 말이 없었다. 시간은 12시 11분을 막 지나고 있었다.

오랜 시간 운전을 했더니 피곤이 몰려왔다. 재혁은 무거운 어깨를 한 번 으쓱하더니 목 운동을 하면서 방이라도 잡아야겠다는 생각을 했다. 하지만 서영은 그럴 마음이 전혀 없어 보였다. 얼굴을 살짝 보니 수심만 가득해 보였다. 하지만 재혁은 자신보다 서영이 편안하게 쉴 수 있는 공간이 더 필요하다고 판단했다. 결국 같은 자리만 몇 바퀴 돌던 재혁이 먼저 입을 열었다.

"서영아, 어쩔까? 그냥 차에 있을 거야? 내 생각엔 방을 잡는 게 나을 것 같은데……. 해 뜨려면 아직 시간이 많이 남았어. 두 개 잡으면 되잖아."

"선배 마음대로 해요."

"피곤하지?"

"조금요."

"가만……. 음……. 저기로 하자."

그의 말에도 서영은 눈 하나 깜짝 하지 않았다. 그가 건물 앞에 차를 세우자 서영이 문을 열고 내렸다. 그러고는 곧바로 보이는 맞은편 편의점으로 들어갔다. 재혁은 그 모습을 가만히 지켜보고 있었다. 잠시 후 서영이 비닐봉지를 들고 나왔다. 자세히 보니 캔 맥주가 들어 있었다.

"들어갈까?"

"네, 방은 하나만 잡아요. 나 졸리지 않아요."

"그럼 어디 술집이라도 갈까?"

"그건 싫어요. 들어가요."

서영이 그의 손을 잡고 이끌었다. 건물 안으로 들어간 두 사람, 재혁이 카운터로 다가가 어색하게 방 하나를 달라고 했다.

계단을 올라가는 두 사람의 마음은 착잡하기만 했다. 서영은 어떻게 해야 할지 답을 알 수가 없어 답답했고, 재혁은 그녀가 어떤 선택을 할지 알 수가 없어 답답했다. 둘 다 지민 때문에 고민을 안고 있지만 긴 시간 동안 누구 하나 먼저 얘기를 꺼내지는 못했다. 쉽게 꺼낼 수도, 쉽게 결정할 수도 없는 문제이기 때문이었다.

잠시 후 방으로 들어선 서영이 방에 처져 있는 커튼을 걷었다. 바다가 보이는 방이었지만 어두워서 밖이 하나도 보이지 않았다.

"날이 밝아야 보일 거야. 전망은 좋대. 해 뜨는 것도 볼 수 있고."

그가 먼저 서영이 사 온 맥주를 꺼내 시원하게 땄다. 그러고는 그녀에게 건넸다.

"한 잔 마시고 푹 자. 난 바닥에서 잘게."

"나 안 잘 거예요."

"그래."

재혁도 맥주를 꺼내 시원하게 목을 축이고 보이지 않는 창밖을 뚫어지게 바라봤다. 바다 대신 자신의 옆자리에 앉은 그녀의 모습이 선명하게 보였다. 서영도 같은 시선으로 그를 바라보고 있었다. 고요한 정적. 어색한 감정. 불편한 시선. 재혁이 빠르게 자리에서 이탈해 그녀를 등지고 섰다. 괜히 애꿎은 머리만 긁적거렸다. 등 뒤로 서영이 맥주를 마시는 소리가 들려왔다. 입도 안 떼고 한 번에 마시는지 꿀꺽거리는 소리가 쉬지 않고 들려왔다. 재혁이 가만히 뒤돌아서자 그제야 서영이 입을 뗐다.

"원 샷. 하나 더⋯⋯."

그녀가 스스로 하나를 더 꺼내 들었다. 재혁은 말리지 않았다. 오늘은 취하고 싶은 날이었다. 자신보다 서영이 더 취하고 싶은 날. 그가 다시 자리로 돌아와 어색하게 그녀의 맥주 캔에 건배를 했다.

"이번엔 천천히 마시기."

"맘대로 마시기."

다시금 쉬지 않고 마시는 그녀. 멀뚱히 바라보던 재혁도 이내 자신의 맥주 캔을 비우기 시작했다. 그렇게 각자 세 개씩 비운 두 사람. 먼저 서영이 입을 열었다.

"내가 그 사람한테 뭘 해 줘야 하는 거죠? 선배는 내가 그 사람한테 어떻게 해 주길 바라는 거예요?"

단도직입적으로 묻는 서영의 질문에 재혁이 살짝 당황했다. 하지만 그는 자신의 입장이 아닌 지민의 입장에 서서 대답했다.

"가기 전에 너하고 은수하고 함께 시간 보내고 싶어 하는 거잖아."

"은수한테는 뭐라고 말해요? 아빠라고 말해요? 이 사람이 네 아빠다. 근데 조금 있으면 하늘나라로 간다. 이렇게요? 그동안 아빠 얼굴 한 번 보지 못한 아이한테, 아빠가 뭔지 알지도 못하는 아이한테 그 사람을 아빠라고 소개하라고요? 버린 것도 모자라서 이제 영영 만날 수 없는 곳으로 간다는 사람을 아빠라고 알려야 해요? 그게 답이에요?"

분노에 찬 얼굴로 쉬지 않고 뱉어 내는 서영의 눈에 눈물이 글썽거렸다.

"알리고 싶지 않으면 알리지 마. 그건 그녀석도 바라지 않을 거야. 친구라고 하면 되잖아. 나처럼……."

"그렇게 쉬운 문제가 아니라고요. 나한테는 쉽지 않아요."

결국 눈물을 쏟아 내는 서영은 재혁을 원망스럽게 바라봤다.

"왜 그 사람 편에 서는 거예요? 그냥 외면하지 그랬어요. 나 선배 여자잖아요. 늘 해바라기해 왔다면서 왜 그러는 거예요? 도대체 왜요?"

지민보다 재혁에게 더 화가 나 있는 서영이었다. 그녀는 눈물을 주체하지 못하고 봇물처럼 쏟아 내고 있었다. 재혁은 그저 바라만 볼 수밖에 없었다.

"사랑한다면 그렇게 못 해요. 절대로 그럴 수 없다고요. 내가 간다고 해도 붙잡고 놓지 말아야 하는 게 정상 아닌가요?"

"나도 너 보내고 싶지 않아. 그 녀석이 죽는다는 소리만 안 했어도 네 옆에 얼씬도 못 하게 흠씬 두들겨 패 줬을 거야……."

"……."

"그래, 가지 마. 가기 싫으면 가지 마. 모든 결정권은 너한테 있다고 생각했어. 그래야 후회가 없다고 생각했어. 가지 마. 너 이렇게 싫으면 안 가는 게 맞는 거야."

재혁이 곁으로 다가와 앉아 있는 서영을 일으켜 세워 자신의 품에 안았다. 그러고는 미안하다고 하면서 그녀의 머리를 쓰다듬어 주었다. 서영은 그의 품 안에서도 눈물을 멈추지 못했다. 더 그의 품에 파고들면서 아픈 감정을 추스르고 있었다. 그녀의 눈물이 절망이 되어 그의 가슴속에 파묻혔다.

울다 지친 그녀가 잠에 취하면서 몸에 자연스럽게 힘이 빠졌다. 자신의 허리를 감싸고 있던 그녀의 두 팔에 힘이 빠지자 재혁이 빠르게 눈치를 채고는 그녀를 안아 침대에 눕혔다. 그러고는 이불을 덮어 주고 가만히 옆에 앉아 그녀의 얼굴을 바라봤다. 아직 마르지 않은 눈물이 그녀의 얼굴 곳곳에 흔적을 남겨 놓았다. 그가 가만히 손을 뻗어 그녀의 눈물을 닦아 주었다. 그러고는 흘러내린 머리카락을 머리 뒤로 쓸어 올려 주었다. 그의 손길이 닿는데도 서영은 알지 못했다. 이미 깊은 잠에 빠져 있었다.

재혁의 손이 그녀의 얼굴에 아직 머물러 있었다. 재혁은 그녀의 얼굴을 부드럽게 쓰다듬어 주면서 여전히 눈을 떼지 못했다. 이렇게 가까이서 오랫동안 그녀의 얼굴을 보는 것도 처음인 것 같았다. 재혁의 손이 그녀의 눈썹에 머물렀다. 가지런하게 뻗은 다듬지 않은 눈썹은 그녀의 인상을 더 부드럽게 만들었다. 오뚝하게 솟은 콧날은 지적은 이미지를……. 앵두 같은 입술은 단아하면서도 강한 아집을 머금고 있었다.

살며시 그 입술이 탐났다. 재혁의 손가락이 오랫동안 그녀의 입술에 머물렀다. 그러다 저도 모르게 그녀의 입술에 자신의 입술을 포개었다. 심장이 터지는 것 같았지만 행위를 멈출 수 없는 건, 자제해야 한다는 이성보다 그녀를 갖고 싶은 욕망이 더 컸기 때문이다. 그녀가 움찔거렸다. 재혁이 깜짝 놀라 고개를 들어 그녀를 벗어나려는 순간, 서영이 그의 목에 팔을 두르고 그를 도망가지 못하도록 막았다. 그를 자신의 품에 더 끌어당겨 안고 다시금 입술을 포개었다. 다시 포개어진 입술은 아까보다 더 대담하게 서로를 탐하기 시작했다.

재혁과 서영의 숨소리가 거칠어졌다. 누구랄 것도 없이 감정에 치우쳐 터지는 심장 소리를 고스란히 들으며 윗옷을 벗기 시작했다. 재혁의 티셔츠가 먼저 바닥에 떨어졌다. 그 위로 서영의 옷과 속옷, 그리고 재혁의 옷이 차례대로 포개어져 갔다.

뜨거운 신음 소리는 하얀 김이 되어 창문을 하얀 유리벽으로 만들었다, 두 사람의 사랑의 행위가 끝날 때쯤 동이 트면서 푸르스름한 빛줄기가 어렴풋이 방 안으로 새어 들어왔다.

❀

커튼을 치지 않고 잠이 든 두 사람은 창문으로 들어오는 햇살에 잠에서 깨어났다. 먼저 자리에서 일어나 앉은 건 재혁이었다. 서영은 눈을 찡그리며 베개에 얼굴을 파묻고 밖에 시선을 두었다.

이미 해는 중천에 뜨고 창문 밖 바다는 그들의 보이지 않는 마음 한구석을 대변하듯 심하게 요동치고 있었다. 바위에 부딪히며 튀어 오르는 파도가 이내 흩어지고, 또다시 밀려오며 부딪히는 모습을 가만히 바라보면서 서영은 늦은 밤 재혁과 나눈 행위를 떠올렸다. 재혁도 마찬가지였다. 그의 시선이 서영의 하얀 속살이 드러난 어깨에 머물렀다. 사랑의 행위를 나눌 때는 덥석 안아도 어색하지 않았는데, 지금은 손끝 하나 건드릴 수 없었다. 그의 심장만 가만히 콩닥거렸다.

"선배."

그녀의 잠긴 목소리가 속삭이듯 들려왔다.

"어? 왜?"

"나 싫어요. 그 사람, 그냥 외면할래요."

"그래."

"나요."

"응."

"선배하고 빨리 결혼하고 싶어요. 선배는요?"

재혁은 대답하기 전 여전히 등을 돌린 채 묻는 서영의 얼굴을 보고 싶었다. 그녀의 얼굴을 보기 전까진 지금까지 한 말이 진실인지, 아니면 그 녀석을 외면하기 위한 도피인지 알 수 없을 것 같았다.

"나 좀 봐."

그의 말에도 서영은 움직이지 못했다.

"나 좀 보래도. 나 너 얼굴 보고 말할 거야."

"그냥 대답해 줘요."

그녀의 목소리가 아까보다 더 잠겼다. 재혁은 직감으로 그녀가 울고 있다는 걸 깨달았다.

"대답은 나중에 할게. 네 마음 확실히 정리되면 그때 다시 얘기하자. 대신 너무 늦지 않게 정리했으면 좋겠다. 배고프다. 체크아웃하고 나가자."

그가 자리를 털고 일어났다.

"나 먼저 씻을게."

재혁이 빠르게 욕실로 들어갔다. 서영은 여전히 움직이지 않은 채 하염없이 눈물만 흘렸다. 자신의 눈물이 베개를 흠뻑 적시고 있었지만 그녀는 조금도 움직일 수 없었다.

한참 후 그가 씻고 나오자 서영이 그제야 몸을 일으켰다. 그녀는 시트로 몸을 감싸고 얼굴을 푹 숙인 채 욕실로 들어갔고, 재혁도 드라이기로 머리를 말리며 무거운 마음을 날려 버릴 심산으로 손으로 심하게 머리카락을 털었다. 생각 같아선 모조리 뽑아 버리고 싶을 정도로 가슴이 답답했다.

오후 늦게까지 동해에 있던 두 사람은 출근 시간에 늦지 않게 서울에 도착했다. 함께 있는 동안 어떠한 결론도 내릴 수 없었기에 여전히 마음은 무거웠다.

"옷 갈아입고 와. 나도 갈아입고 금방 다시 올게."

"네."

재혁이 차에서 내려 자신을 바라보는 서영에게 손을 흔들어 보였다. 그녀도 답례로 미소 지으며 손을 흔들었다.

그녀는 차가 출발하자 이내 집으로 들어섰다. 문을 열고 들어서니 영주가 근심 가득한 얼굴로 그녀를 기다리고 있었다.

"전화기도 꺼 놓고 도대체 무슨 일이야?"

"엄마, 나중에 말씀드릴게요. 별일은 없었어요. 저 옷 갈아입고 출근해야 해요."

"재혁이랑 같이 있었어?"

"네."

"난 또 그 녀석이 너 붙잡고 안 놓아주는 줄 알았지. 엄마 애간 장 다 녹았어."

"죄송해요. 은수는요?"

"삼촌하고 마트 갔다. 밥은?"

"먹었어요."

서영이 서둘러 방으로 들어가자 영주가 따라 들어와 다시 입을 열었다.

"어디 갔었어?"

"바다 보고 왔어요."

"얼마 전에 갔다 왔는데 또 갔다 왔어?"

"동해 바다 보고 왔어요."

"그래."

영주가 할 말이 있는 듯 머리를 긁적거렸다. 그녀는 서영이 옷을 갈아입는 모습을 가만히 보고만 있다가 다 입을 때쯤 다시 입을 열었다.

"이럴 게 아니라 재혁이랑 결혼식을 올리는 게 어떻겠니?"

"……."

"외박 같은 거 하지 말고 정식으로 식 올려. 엄마는 그랬으면 좋겠다."

영주는 서영이 가볍게 행동하지 않기를 바랐다. 지민과의 일로 미혼모가 된 것도 가슴이 아픈데, 만약 재혁과의 사이에서도 그릇 된 결과가 나오지 않을까 심히 걱정스러웠다.

"사람 앞일은 아무도 모르는 거잖아. 재혁이하고 꼭 결혼한다는 보장도 없고. 그 집안에서 아직 너 모르잖아. 은수 있다고 하면 어떻게 나오실지 알 수도 없고. 두 번 실수하지 마. 응?"

"알았어요."

방을 나서는 등 뒤로 영주의 목소리가 또 들려왔다.

"남자 믿지 마."

서영이 고개를 돌려 어색하게 웃어 보였다.

"선배는 달라요."

"지……. 이니다."

영주는 '지민이도 그랬다.' 라는 말을 하고 싶었지만 말문을 닫아 버렸다. 그 녀석 얘기를 꺼낸들 무슨 소용이 있을까 싶었다. 아니, 그녀까지 서영 가슴에 난 상처를 덧나게 하고 싶지 않았다.

방을 나온 서영은 그대로 집을 나섰다. 좀 걷고 싶었다. 그래서 재혁에게 문자를 보내 바로 회사로 출근하라고 했다. 재혁도 그녀의 마음을 읽었는지 그러겠다며 문자를 보냈다.

가벼운 옷차림으로 걷는데도 그녀의 몸은 한없이 무거웠다. 마음이 무거우니 마치 몇 겹의 옷을 껴입고 걷는 것처럼 비둔하고 불편했다. 머리 좀 식히고 마음을 다잡기 위해 택한 방법은 하나도 소용이 없었다. 그녀는 시계를 들여다봤다. 저녁 6시 20분을 가리키고 있었다. 7시까지 출근을 해야만 했기에 계속 걷는 건 무리가 있었다. 그래서 바로 보이는 택시를 잡아타고 회사로 향했다. 차라리 일을 하는 것이 나을 것 같았다.

회사 앞에 택시가 멈추자 언제 본 것인지 재혁이 서둘러 문을 열어 주었다.

"선배?"

서영이 놀라서 내렸다.

"사무실에 올라갔더니 너 아직 안 왔더라고. 가만히 생각했지. 우리 서영이가 뭘 타고 오려나. 그래서 내가 막 텔레파시를 보냈거든. 그랬더니 '택' 자가 머릿속을 빙빙 떠다니잖아. 역시 우린 통한다니까."

그의 말에 서영은 웃지 않을 수 없었다.

"들어가자. 참, 일할 때는 다른 생각하지 말고 집중해. 그때처럼 또 다치지 말고."

"네."

"그래, 오늘도 파이팅!"

서영이 가만히 웃어 보였다.

"기운이 하나도 없으니까 문서영 안 같다. 우리 서영이는 강하고 씩씩한 여자인데……."

"알았어요. 기운 차릴게요."

"그럼 올라갑시다."

사무실로 올라간 두 사람은 김문수와 함께 휴게실을 찾았다. 아직 10분 정도 여유가 있어 커피를 마시기 위해서였다. 김문수가 커피를 뽑아 차례대로 건넸다. 그 순간 휴게실 문이 열리면서 부장이 모습을 보였다.

"안녕하십니까?"

김문수와 재혁이 인사를 건네고 서영은 고개를 숙여 보였다. 그날 이후 부장의 얼굴을 정면으로 본 것은 오늘이 처음이었다.

순간 긴장이 되자 절로 시선이 땅으로 떨어졌다.

"커피 타임이군요. 가만 나도 한 잔……."

"제가 드리겠습니다. 오늘은 제가 쏘는 날이거든요."

김문수의 말에 부장이 시원하게 웃어 보였다. 그가 커피를 뽑는 사이 부장의 시선이 서영과 재혁에게 닿았다.

"두 사람하고 잠깐 얘기 좀 하고 싶은데……."

그의 말에 김문수가 빠르게 눈치를 채고는 자신은 사무실에 가보겠다며 휴게실을 빠져나갔다. 그가 가고 나자 부장이 두 사람에게 앉을 것을 권했다. 서영은 한동안 아무 말 없던 그가 불쑥 대화를 청하자 덜컥 겁부터 났다. 분명 지민의 얘기일 텐데……. 부장이 지민처럼 아이를 앞세워 자신의 발목을 잡는 것은 아닌지, 아니면 그가 이미 죽은 것은 아닌지, 별의별 생각이 다 들었다. 그 순간 재혁이 그녀의 손을 잡아 의자에 앉혔다. 두 사람의 모습을 가만히 지켜보던 부장이 커피 한 모금을 마시고 난 후 빠르게 입을 열었다.

"오늘 지민이하고 병원에 다녀왔습니다. 그 녀석 부모님이 모두 안 계신 건 알고 계시죠? 그래서 제가 보호자 자격으로 갔다 왔는데……."

그가 말끝을 흐리며 머뭇거렸다. 하지만 오래지 않아 다시 그의 목소리가 들려왔다.

"상태가 아주 안 좋아요. 병원에서는 공기 좋은 곳에 가서 요양을 하는 게 어떻겠냐고 권하더군요. 말이 요양이지 마지막 여행을 다녀오란 소리 같더군요. 그래서 말인데……. 서영 씨가 마음을 좀 돌리고 사는 동안만이라도 곁에 있어 주면……."

서영은 그가 죽지 않고 아직 살아 있다는 것에 잠시 안도를 했지만 부장의 말에 금세 화가 솟구쳤다.

"전 그럴 마음 조금도 없습니다. 좀 더 일찍 알았더라면 제 마음이 흔들렸을지도 모르죠. 하지만 두 달이 채 남지 않은 사람한테 미련 두고 싶지 않아요. 차라리 안 보면, 은수하고 정 안 붙이면 떠나기가 더 쉬울 것 같은데요. 독하다고 말씀하셔도 어쩔 수가 없습니다. 제가 내린 결론입니다. 제 마음 변하지 않습니다. 이만 일어나겠습니다."

서영이 휴게실을 나서자 부장이 재혁을 바라봤다. 재혁도 고개를 저었다. 서영의 뜻에 따르겠다는 대답이었다.

"자식……. 얼마나 상처를 줬으면 죽는다고 해도 눈 하나 깜짝하지 않을까……. 하긴 어쩜 서영 씨 생각이 맞을지도 모르죠. 어차피 오래 살지도 못하는데 정은 붙여서 뭐 합니까? 녀석이 좀 더 빨리 무릎을 꿇고 매달렸어야지요. 그래도 참 애석하네요."

"말씀 끝나셨으면 저도 가 보겠습니다."

"그래요. 어서 가 보세요."

재혁이 빠르게 서영의 뒤를 쫓았다. 서영이 안전모를 쓰고 검수고로 향하는 모습이 눈에 띄자 뛰어가며 그녀를 불렀다. 곧 서영이 뒤돌아섰다.

"같이 가자."

"선배."

"응."

"그 사람 가기 전에 한 번은 은수 보여 주고 싶어요. 그 이상은 못 해요."

"알았어. 때가 되면 알려 줄게."

"선배하고 결혼하고 싶다는 거 진심이에요. 그 사람 때문에 도망치려는 거 아니에요. 저 그 사람한테 조금도 미련 남지 않았어요."

서영이 시선을 피하지 않은 채 그의 대답을 기다렸다.

재혁은 그녀의 눈동자에 진심이 가득 담겨 있다는 걸 느낄 수 있었다. 자신을 믿고, 의지하고, 사랑하고 있다는 걸 말하지 않아도 알 수 있었다.

"그래, 서두르자. 이번 주 쉬는 날 제주도 가자. 내가 비행기표 예약할게."

재혁이 환하게 웃으며 미소 지었다. 서영도 웃을 수 있었다.

"서영이 진짜 내 여자 되는 거네. 참 오래도 걸렸다."

"이따가 봐요."

"그래."

각자의 일터로 향한 두 사람은 그날 아무 생각도 하지 않은 채 일에만 전념했다. 마음을 그렇게 정리하고 나니 한결 머릿속이 가벼워졌다. 바퀴를 세척하는 재혁의 마음도 깨끗이 씻겨 나가는 기분이다.

서영도 볼트를 조일 때마다 마음이 다잡히고 있었다. 그녀는 다른 사람들이 자신을 독하다고 욕해도 상관없었다. 지난 5년 동안 그녀가 어떻게 살아왔는지 안다면 그 누구도 그렇게 말할 수 없다고 생각했다. 옛 정에 이끌려 다니고 싶지 않았다. 지민에게는 남은 정도 없었다. 버려진 그날 그를 깨끗이 지워 버렸다. 그는 없는 사람이라고, 그와의 사랑은 없었다고 마음에 못을 박듯 그렇게 찔린 상처에 묻어 버렸다. 다만 아이가 그를 너무도 닮아, 아이 아빠가 박지민이라는 사실은 지워지지 않은 채로 가슴에 박혀 있었을 뿐이다.

❋

재혁은 인터넷으로 비행기 표를 예약하려다가 문득 부친과 먼저 통화를 하는 것이 우선일 것 같다는 생각을 했다. 그녀에 대해서 전혀 모르는 것보다 알고 있는 것이 낫다는 결론을 내리고 제주도 부친에게 연락을 했다. 제일 중요한 사항, 은수의 존재를 밝히기 위해서였다. 반대에 부딪혀도 그 사실을 덮은 채 허락을 받으러 갈 수는 없었다. 미리 알리지 않은 채 허락을 받으러 갔다가 부친이 서영에게 상처를 입히지는 않을까 염려가 되었다. 신호음이 들리고 곧 부친의 목소리가 들려왔다.

"아버지, 접니다."

─응, 그래. 잘 지내고 있냐? 밥은 챙겨 먹고 있어?

"그럼요. 잘 챙겨 먹고 있습니다."

─밥 먹는 것도 귀찮다는 녀석이 어떻게 잘 먹고 있다는 거냐? 제주도에도 한번 안 내려오고. 그렇게 바쁘냐? 일보다 건강이 우선이야, 이 녀석아.

부친의 걱정에 재혁이 서영의 얘기를 꺼내기로 마음먹었다. 그
는 먼저 결혼할 여자가 있다는 말을 꺼냈다. 그러자 부친의 목소
리가 커지면서 무척 반겼다.

─그래, 회사에서 만났어? 언제 얼굴 보여 줄 거냐?

"회사에서도 만났고⋯⋯. 암튼 자세한 건 이번 주에 제주도에
가서 말씀드릴게요."

─그래, 내려오너라. 얼굴 보고 싶다.

"근데 아버지⋯⋯."

─그래.

"결혼할 여자한테요⋯⋯."

재혁은 떨리는 가슴으로 천천히 은수의 존재를 밝혔다. 그러자
한동안 부친은 아무 말도 하지 않았다. 재혁은 혹시 전화가 끊겼
나 싶어 확인을 해 봤는데 아직 끊어지진 않았다. 그래서 아버지
라고 부르면서 잘 연결이 되고 있는지 확인을 해 보고 싶은 마음
이 굴뚝같았으나, 입이 떨어지지 않았다. 하는 수 없이 부친의 목
소리가 들릴 때까지 기다릴 수밖에 없었다. 한참 후 부친이 입을
열었다.

─꼭 결혼할 거냐?

"네, 꼭 할 겁니다."

─내가 반대해도?

"허락해 주실 겁니다."

─왜 그 지경이 되었는데?

부친은 서영에 대해서 상세히 알고 싶은 모양이었다. 그래서

그날 밤 재혁은 오랫동안 부친과 통화를 하면서 서영과의 만남에서부터 지금까지의 상황을 모두 숨김없이 털어놓았다. 얘기를 다 들은 부친이 가만히 서영의 얼굴을 떠올렸다. 5년 전 몇 번 본 적 없지만 또렷이 기억이 났다. 그녀와 함께 지민의 얼굴도······.

—인사 올 거 없다.

부친이 딱 잘라 말하자 재혁의 가슴이 쿵 하고 내려앉았다.

"아버지."

—일단 거기 정리부터 끝나고 보자. 아이 아빠가 그 지경이라는데 무슨 결혼이냐? 사정이 어찌 되었든 간에 그렇게 하면 못 쓴다. 내가 상처받았다고 다시 갚아 주는 것도 악행이야. 마음을 그렇게 쓰면 안 된다. 아무튼 제주도에 내려오지 마. 와도 안 본다. 이만 끊자.

전화가 끊어졌다. 재혁은 아버지의 뜻을 이해했지만 서영에게 어떻게 말해야 할지 난처했다. 아버지의 뜻대로라면 일차적으로 지민을 떠나보낸 후에 결혼 허락을 받으러 오라는 얘기였다. 그것도 허락을 할지 안 할지 알 수가 없는 일이었다. 그날 밤, 재혁은 오랫동안 잠을 이루지 못했다.

다음 날 오전, 서영과 점심 약속을 한 재혁이 집을 나서려는데 휴대폰이 울렸다. 전화를 건 사람은 부장이었다.

"네, 차재혁입니다."

—어, 나 박 부장일세. 여기로 좀 와 주겠나. 지민이가 입원을 했어. 약을 끊으니까 두 달도 못 버틸 모양이야.

"알겠습니다."

─서영 씨 좀 데리고 와 주면 안 되겠나. 녀석이 사경을 헤매면서도 계속 서영 씨하고 은수만 찾아.

"일단 말은 전하겠습니다."

전화를 끊고 집을 나선 재혁은 아파트 앞에서 기다리는 서영의 차에 올라탔다. 뒤에 타고 있던 은수가 재혁을 보더니 반갑게 아는 체를 했다.

"아저씨, 우리 어디 가요?"

"음. 은수 좋아하는 피자 먹고 공원 가서 산책하려고. 은수 유치원 안 가서 어떡해?"

"괜찮아요. 나는 엄마랑 아저씨랑 같이 있는 게 더 좋아요."

"그래? 우리 하이 파이프 한번 할까?"

"네."

아이가 오른손을 펴서 내밀자 재혁이 시원하게 하이 파이프를 했다. 그는 돌아서 앉으며 서영을 바라봤다. 그러고는 빠르게 지민의 소식을 알렸다. 이젠 숨길 것도 없고, 하루는 허락한다고 했던 그녀였기에 지금이 그 시기인 것 같았다.

"병원부터 가는 게 어떨까?"

"그래요. 어느 병원이에요?"

너무도 담담하게 묻는 서영의 얼굴에서는 아무런 감정도 읽을 수 없었다. 그녀는 자신 스스로가 허락한 하루를 보내기 위해 그를 찾아가는 것뿐이었다. 생각보다 시기가 너무 빨라 당황스러운 건 사실이지만 어찌 되었든 그 이상도 그 이하도 아닌, 딱 거기까지가 그녀가 할 수 있는 최대의 배려였다.

병원에 도착하자 은수가 고개를 갸우뚱거리며 입을 열었다.

"여긴 왜 왔어요?"

"누구 좀 만나고 가려고. 피자는 좀 있다가 먹자."

재혁이 설명을 하고는 아이를 번쩍 안아 들었다. 세 사람은 지
민이 입원해 있는 9층으로 향했다. 그들이 막 병실 앞에 도착하자
부장이 문을 열고 나오다가 깜짝 놀라며 반겼다.

"아, 와 줘서 정말 고마워요. 서영 씨, 이 아이가 은수입니까?"

"네. 은수야, 인사해야지."

"안녕하세요."

"그래, 그 녀석 참 똘똘하게 생겼네."

부장이 안쓰러운 얼굴로 은수를 바라봤다. 그도 지민과 많이
닮은 은수를 보니 더 안타까운 듯했다. 부장이 손을 뻗어 한번 안
아 보기를 원하자, 재혁의 그의 품에 은수를 안겨 주었다. 낯선
사람에게 안긴 은수의 미간이 살짝 찌푸려져 있기는 했지만 그의
품을 거부하진 않았다. 한동안 아이를 안고 있던 부장이 다시 재
혁에게 넘겨 주면서 촉촉해진 눈가를 훔쳤다.

"깨어 있나요?"

서영이 물었다.

"의식이 완전히 돌아오진 않았어요. 그래도 목소리는 듣는 것
같았습니다. 아마 서영 씨 목소리 들으면 눈 뜰 겁니다. 들어가
보세요."

부장이 문을 열자 세 사람이 안으로 들어갔다. 1인실을 쓰고 있는 지민이 저만치 침대에 누워 눈을 감은 채 있었다. 링거를 꽂고 있는 가느다란 팔뚝이 축 처진 채 늘어져 있었다. 재혁이 먼저 다가갔다. 그사이 그는 너무도 살이 빠져 하마터면 못 알아볼 뻔했다. 가죽만 남은 그의 얼굴엔 핏기조차 없었다. 재혁이 그에게 천천히 말을 붙였다. 서영은 쉽게 다가설 수 없어 뒤에 서 있었다.

　"지민아, 나 왔어. 서영이랑 은수도 왔어. 듣고 있어?"

　재혁의 말에 지민이 신음 소리를 냈다. 그는 가까스로 손가락을 움직이며 눈을 뜨려고 애썼다. 하지만 쉽게 되지 않는 모양인지 거의 울음소리에 가까운 신음 소리를 내기만 했다. 그 모습을 보고 겁을 먹은 아이가 서영의 품에 파고들었다.

　"엄마, 무서워."

　아이의 목소리에 지민이 두 눈을 떴다. 바로 사물이 확인되지 않는지 몇 번이고 두 눈을 껌벅이면서 뻐근한 눈을 이완시키려 했다. 한참을 그렇게 하던 그가 고개를 돌려 저만치 서 있는 아이와 서영을 발견했다. 그러고는 눈물을 왈칵 쏟으면서 손을 뻗었다. 하지만 다시금 힘이 없는 손은 축 늘어질 뿐이었다. 그 모습을 보고 서영이 화가 난 표정으로 질책하듯 소리쳤다.

　"아이가 당신을 무서워해. 그런 모습이라면 그 누구도 무서워할 거야. 정신 똑바로 차리고 다시 일어나. 그리고 연락해. 하루 동안은 당신 곁에 있을 테니까. 딱 하루야. 더는 바라지 마."

　서영이 아이를 데리고 방을 나가 버리자 지민이 목 놓아 울기 시작했다.

"서영이 말 기억하고 일어나. 너한테 주는 한 번의 기회야. 그 기회마저 잃지 마. 일어나라. 친구야."

재혁이 그의 손을 한 번 잡아 준 후 병실을 빠져나와 서영을 찾았다. 서영은 창가 쪽에 등지고 서서 눈물을 흘리고 있었다. 아이는 그런 서영의 옷자락을 잡으며 눈치만 보고 있었다.

"은수 생각해서 울지 마. 그만 가자."

재혁의 손에 이끌려 그곳을 빠져나오는 서영의 가슴이 무겁게 아파 왔다.

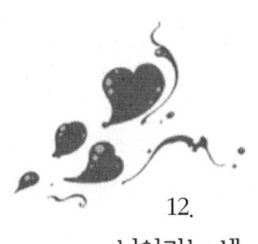

12.
날아가는 새

피자를 먹으며 아이가 서영과 재혁을 번갈아 바라봤다. 아이는 두 사람이 피자를 먹는 둥 마는 둥 하는 모습과 잔뜩 굳은 얼굴을 보며 신경을 쓰고 있었다. 거기다 아까 본 지민의 모습이 무척 낯설고 무서웠는지 아이는 그 장면을 쉽게 떨쳐 낼 수 없었다.

"엄마?"

"응? 왜……. 피자 더 줄까?"

서영이 빠르게 정신을 차리고 자세를 고쳐 앉았다.

"엄마하고 아저씨는 왜 안 먹어? 아까 그 아저씨 때문에 그래? 그 아저씨 많이 아파?"

"으응. 조금 아픈 거야."

서영 대신 재혁이 대답을 해 주었다.

"그 아저씨 불쌍해."

아이의 말에 서영과 재혁이 깜짝 놀랐다. 아이도 뭔가 당기는 것이 있는 모양인지, 아니면 순수한 마음으로 그렇게 본 것인지 알 수가 없었지만 두 사람은 아이를 의식하지 않을 수 없었다. 아이가 다음 말을 해 주길 기다렸지만 다시 입을 다문 채 말이 없었다. 이번엔 서영이가 입을 열었다.

"은수야, 그 아저씨 안 아프면 우리 보러 갈까?"

"응, 엄마 친구잖아. 나 그 아저씨 봤잖아. 그때 유치원 앞에서……."

아이는 한 번 본 그를 기억까지 하고 있었다. 서영이 가만히 고개를 끄덕였다. 순간 가슴속에서 울컥한 감정이 솟구쳐 올랐다. 그러면서 다짐했다. '끝까지 밝히지 말자. 그가 아빠라는 사실은 평생 묻어 두자. 아이의 마음속에 그를 각인시키지 말자.' 라고 말이다. 다시 아이의 목소리가 들려 왔다.

"엄마, 나 유치원 안 갈래."

"왜?"

"애들이 놀려."

"애들이?"

"응. 계속 놀려."

"뭐라고 놀리는데?"

"너는 왜 아빠가 없느냐면서 이혼했냐고 물어봐. 엄마, 이혼이 뭐야? 나도 아빠가 있어? 우리 아빠는 어디 있어?"

아이는 그동안 혼자 끌어안고 있던 고민을 순식간에 털어놓았다. 서영은 언젠가 아이가 크면 아빠의 존재를 물을 거라고 예상했었다. 그때는 단지 '아빠는 없어. 너는 처음부터 아빠가 없었어.' 라고 말해 줘야 하는지. 아니면 사고로 하늘나라로 먼저 갔다고 해야 하는지 잠시 두 대답을 가지고 고민을 했었다. 하지만 이렇게 빨리 아빠의 존재를 물을 줄은 몰랐다. 서영이 당황하자 이번에도 재혁이 대답을 해 주었다.

"은수야, 은수 아빠는 이 아저씨야. 엄마랑 아저씨랑 곧 결혼할 거거든. 그럼 은수한테도 아빠가 생기는 거야. 친구들이 또 놀리면 나도 아빠 있다고 해. 아니, 내일 아저씨랑 같이 유치원 갈까?"

"진짜요?"

"그래, 가자. 내일 쉬니까 아저씨가 데려다 줄게."

"와, 신난다."

"그리고 이제부턴 아빠라고 불러도 좋아."

아이가 장난기 가득한 얼굴로 웃으면서 심하게 도리질을 했다. 한 번도 아빠라고 불러 본 적이 없어 어색한 모양이었다.

"엄마, 나 피자 더 줘."

아이가 마지막 피자 조각을 입안에 쑤셔 넣고 접시를 내밀었다. 아이의 얼굴이 다시 밝아지자 두 사람도 웃을 수 있었다. 측은한 감정이 치밀어 오른 재혁이 빠르게 아이의 머리를 쓰다듬어 주었다.

❋

병원에 남은 부장이 지민을 가만히 바라보고 있었다. 지민은 세 사람이 가고 난 후 계속 창밖만 바라보고 있었다. 벌써 두 시간째 그 어떤 미동도 없었다. 결국 인내심이 바닥이 난 부장이 먼저 말을 붙였다.

"지민아."

"……."

"서영 씨 말 기억하고 있는 거냐?"

"……."

"남들한테 하루는 무척 짧은 시간이지만 너한테는 긴 시간이야. 정신 차리고 얼른 일어나."

"형."

지민이 얼굴을 돌려 부장을 바라봤다. 그는 마른침을 삼키고는 눈에 힘을 주었다.

"나 좀 일으켜 세워 줘. 그리고 밥 좀 시켜 줘."

"식사는 저녁부터 나오게 조치를 취해 놓을 테니까. 일단 죽부터 먹자. 기다려. 금방 사 올게."

부장이 그를 일으켜 앉혀 준 후 겉옷을 걸치고 빠르게 병실을 나섰다. 지민은 그가 가고 나자 가슴의 통증을 느끼는지 손으로 쥐어짜며 인상을 찌푸렸다. 약 중단은 그에게 무척이나 치명적인 결과를 초래했다. 두 달 정도의 시간이 한 달도 남지 않아 버렸다. 뒤늦은 후회가 밀려왔지만, 이미 물은 엎어진 지 오래전이다. 그는 아직 늦지 않았다고 생각했다. 그의 뇌리에 무서워서 서영 뒤로 숨은 은수의 모습이 떠올랐다. 아이가 자신을 무서워하는 모습, 절망적이었다. 때문에 더 기운을 차리고 싶었다. 이렇게 맥 놓고 있으면 서영이 다시는 이곳에 발도 들이지 않을 거라는 걸 알기에, 아이의 기억 속에 다시 건강한 모습을 각인시켜 주고 싶기에 일어나야만 했다. 아픈 아빠는 싫었다.

잠시 후 부장이 죽을 사 들고 왔다. 그는 죽을 꺼내 접시에 몇 스푼 안 되게 담아서 지민에게 내밀었다.

"갑자기 들어가면 위에 안 좋을 거야. 천천히 꼭꼭 씹어 먹어."

"고마워, 형."

지민이 숟가락을 들었지만 이내 놓치고 말았다. 힘이 하나도 들어가지 않아 그 작은 숟가락조차도 들을 수가 없었다.

"내가 먹여 줄게. 기운을 너무 뺐어."

부장이 숟가락에 죽을 조금 담아 지민의 입에 넣어 주었다. 조금씩 씹으면서 삼키던 지민의 표정이 일그러졌다.

"왜? 못 먹겠어? 무리지?"

"아니, 먹을 수 있어."

"무리하지 마. 천천히 하자. 한 시간 뒤에 다시 먹자."

부장이 죽 그릇을 치우려고 하자 지민이 제지했다.

"형, 딱 한 번만 더 먹여 줘."

"괜찮겠어?"

"응."

결국 부장은 다시 침대에 걸터앉아 그가 원하는 대로 해 줄 수밖에 없었다. 부장은 지민이 음식물을 천천히 씹어 먹는 동안 간병인이 올 거라는 얘기를 해 주었다.

"야간 근무야. 내일하고 모레는 쉬는 날이니까 이틀은 내가 올 거고."

"형 피곤하잖아."

"괜찮아. 혼자 사는데 뭐가 피곤해. 잔소리하는 마누라도 없지. 말썽 피우는 자식도 없지. 신간만 편하다."

그의 말에 지민이 '피식' 하고 웃었다.

"근데 나 궁금한 게 하나 있는데……."

"뭔데?"

"서영 씨……. 임신한 것도 알았다면서 왜 그렇게 한 거야?"

부장의 질문에 또다시 지민이 허탈하게 웃어 보였다.

"싫어. 말 안 할래."

"분명 이유가 있을 텐데……. 너 무책임하게 버릴 위인 아니잖아."

"그건 형 생각이고, 어찌 되었든 버렸잖아."

"작은어머니 영향도 있었지?"

그의 질문에 갑자기 지민의 얼굴이 굳어졌다. 그것을 보고 부장은 작은어머니가 그들의 관계에 많은 영향을 끼쳤음을 알 수 있었다.

저녁까지 그의 곁에 있던 부장은 간병인과 교대를 하고 바로 회사로 향했다. 그가 회사에 도착했을 때쯤 서영과 재혁은 준비를 마치고 각자의 일터로 나갈 채비를 하고 있었다.

"커피는 마셨어요?"

부장의 질문에 두 사람 다 그렇다고 대답을 했다. 부장은 오늘도 수고하라면서 두 사람의 어깨를 나란히 두드려 주었다. 뒤로 돌아 걸어가는 그의 어깨가 잔뜩 움츠려 있었다. 두 사람은 부장의 차림새를 보고 지금까지 병원에 있었던 모양이라고 생각했다.

"참!"

뒤돌아섰던 부장이 다시 서영과 재혁을 바라보며 입을 열었다.

"녀석이 식사를 시작했어요. 약도 먹었고요. 서영 씨 말 한마디가 많은 도움이 되었습니다. 고마워요."

"괜찮아지면 말씀해 주세요."

"그러겠습니다."

서영이 고개를 숙여 보이고 먼저 자리를 벗어났다. 그 뒤를 재혁이 따르며 그녀에게 말을 붙였다.

"이제 맘 좀 놓겠다."

"저 먼저 갈게요."

서영이 대답도 하지 않고 뛰어갔다. 그녀는 지민의 애기에 관심을 두고 싶지 않았다. 한 귀로 듣고 한 귀로 흘려버리면 그만이었다. 그가 어느 정도 몸을 추스르면 그때 찾아가면 될 일이었다. 하지만 검수고로 향하는 그녀의 발걸음은 어느 때보다도 가벼웠다. 그가 몸을 회복했다는 소리에 그녀의 몸이 은연중에 반응을 보인 것이었다.

다음 날 아침, 가벼운 마음으로 일을 마치고 퇴근 준비를 하는 서영의 곁으로 재혁이 다가왔다.

"퇴근 준비 다 끝났지?"

"네."

"그럼 가자."

그가 서두르자 서영이 의아한 듯 물었다.

"왜요? 배고파요?"

"아니, 밥도 먹고 갈 데가 있어."

"어딘데요?"

"비밀."

부장까지 그들의 사이를 모두 알아 버린 후 재혁은 다른 사람들을 더 이상 의식하지 않았다. 그는 동료들이 보든 말든 서영의 손을 잡고 사무실을 빠져나왔다. 그 모습을 보고 동료들이 뒤에서 뭐라고 구시렁거렸으나 재혁은 김문수가 넉살좋게 잘 해결하리라 믿었다.

가까운 식당에서 한 시간 정도 시간을 들여 식사를 마친 후, 두 사람은 식당에서 나와 곧장 차에 올라탔다. 그가 몹시 서두르고 있었다.

재혁은 미리 서영에게서 키를 받아 운전석에 앉았다. 조수석에 앉으며 서영이 어디 가냐고 물었지만 그는 끝내 비밀이라며 대답해 주지 않았다.

"그냥 따라와. 금방 도착해."

집 방향으로 가던 차가 사거리를 지나 우회전을 하더니, 어느 건물 주차장으로 들어섰다.

"여긴 왜요?"

서영은 창문을 열어 건물을 올려다봤지만 간판이 너무 많아 목적지가 어딘지 알 수 없었다.

"들어갑시다."

주차를 마치고 재혁이 앞장서자 서영은 그 뒤를 따를 수밖에 없었다. 아직 이른 시간이라 많은 상가가 문을 열지 않았다.

"문도 안 열었어요."

"한 군데는 열었어. 내가 특별히 부탁했거든. 거기도 11시에 오픈인데 내가 오늘만 빨리 열어 달라고 한 거야. 마음이 급해서……. 진즉에 할걸, 얼마나 후회가 되는지 몰라."

"도대체 뭔데요?"

"여기야."

그가 문을 연 곳은 쥬얼리샵이었다. 재혁이 그녀에게 먼저 들어가라고 손짓하자 서영이 샵 안으로 들어섰다. 그러자 여사장이 기다렸다면서 웃어 보였다.

"세팅 다 끝났죠?"

"네, 다 준비되었습니다."

"죄송합니다. 저 때문에 일찍 나오신 거죠?"

"오히려 제가 영광이죠. 잠시만 기다리세요."

여사장이 한쪽으로 가더니 반지케이스 하나를 들고 왔다.

"여기 있습니다.

그녀가 내밀자 재혁이 그것을 받아 뚜껑을 열었다. 그는 그것을 보고 만족한 표정을 지었다. 그리고 반지를 빼 서영의 약지에 끼워 주었다. 서영은 어리둥절한 표정을 지으며 그가 하는 대로 따랐다.

"이거 우리 어머니가 끼시던 반지야. 돌아가시면서 내 신부한 테 주라고 하셨던 거야. 5년 전에도 네가 끼면 참 예쁘겠다고 생각했는데 이제야 주인을 찾았구나. 예쁘다."

초록색 반지가 새로 세팅되어, 다시 태어났다. 전혀 나이 들어 보이지 않고 젊은 감각이 살아 있는 디자인이었다. 무엇보다 서영의 피부 톤과 잘 어울렸다. 서영은 손가락의 반지에서 시선을 떼지 못한 채 한동안 말을 하지 못했다.

"어때? 마음에 들어?"

"……"

"안 들어?"

그가 재차 묻자 서영이 빠르게 대답했다.

"너무 기뻐서 그러죠. 내가 이 반지를 받아도 되는 건가 싶어서……."

"무슨 소리야. 나랑 결혼하기로 했잖아. 그럼 당연히 네가 주인이지."

서영이 눈물을 글썽거리며 미소 짓자 여사장이 말을 건넸다.

"신랑분이 아주 성격이 좋으시네요. 제가 있는데도 근사하게 프러포즈도 하시고."

사실 그녀의 손가락에 반지를 끼우는 순간 주변이 하얗게 변해 재혁의 눈에는 그녀밖에 보이지 않았다. 주인 찾아 삼만 리를 떠났던 반지가 비로소 서영이라는 주인을 만나자 감격을 한 것이었다. 그래서 여사장도 눈에 보이지 않았다.

서영이 어쩔 줄 몰라 하자 여사장이 눈치를 채고 차 한 잔을 내온다면서 잠시 자리를 비켜 주었다. 그러자 재혁이 곁으로 다가와 서영을 가만히 자신의 품에 끌어안았다. 그러자 그녀도 그의 허리를 감싸 안았다.

"사랑해."

"나도요."

두 사람은 오랫동안 그곳에 머물면서 복받쳐 오르는 기분을 만끽했다.

❀

삼 일 후. 퇴근 준비를 하는 두 사람을 부장이 자신의 방으로 불렀다.

"어제까지 병원에 같이 있었는데 많이 호전되었어요. 괜찮다면 찾아봐 줄래요? 내일 서영 씨 출근하는 날이죠?"

"네."

"그건 다른 사람이랑 대체 근무로 바꾸면 되니까 상관없을 거 같고. 서영 씨만 그렇게 하겠다고 하면 내가 바꿔 줄게요. 내일이라도 다녀오세요."

"네."

"고마워요. 그 녀석 아직 식사를 못 해요. 죽도 소화를 잘 못 시켜서 미음을 먹고 있거든요. 그래도 기운 차리려고 많이 노력하고 있습니다."

"내일 가 볼게요. 그럼 퇴근하겠습니다."

"그래요."

방을 나서고 계단을 내려와 주차장까지 가는 동안 재혁이 서영의 손을 가만히 잡아 주었다. 두 사람은 대화를 나누지 않았지만 손끝으로 서로의 마음을 읽을 수 있었다. 서영은 약속한 대로 그를 만나러 가야 했고, 재혁은 그런 서영을 눈감아 줘야 했다.

"참, 제주도엔 나중에 가야겠어요."

"어, 그래. 그렇게 하자."

재혁은 굳이 아버지와의 통화 내용을 말하지 않았다. 지민을 마음 편하게, 모든 걸 홀가분하게 내려놓고 갈 수 있도록 보내는 것이 더 우선인 것 같았다.

"밥 먹자. 배고프다. 뭐 먹을까?"

"음……. 아무거나."

"아무거나, 그런 거는 취급 안 해. 제일 좋아하는 거로 생각해 봐."

자신의 차 앞에 멈춰 선 서영이 난처한 듯 뱉어 냈다.

"진짜 아무거나 먹어도 되는데……."

"아, 우리 집으로 가자. 내가 요리해 줄게. 우리 집에 들어가 본 적 한 번도 없잖아."

"그러네요?"

"가자. 가다가 마트에 들르자. 장 봐야지. 뭐 해 줄까?"

"선배 제일 잘하는 요리가 뭔데요?"

재혁이 조수석에 오르면서 연신 종알거렸다.

"음. 김치볶음밥, 부대찌개, 닭볶음탕, 파스타. 또 뭐가 있더라……."

"다 먹고 싶은데요?"

"알았어. 다 해 줄게."

안전벨트를 매고 난 후 그들은 차를 출발시켜 회사를 빠져나갔다. 서영은 아까보다 기분이 훨씬 나아진 것 같았다. 재혁이 어젯밤 혼자 본 영화 얘기를 들려주자 그 얘기에 흠뻑 빠져들어 갔다. 그래서 지민의 생각은, 부담스런 내일은 훨훨 떨쳐 버릴 수 있었다.

마트에서 장을 보고 집으로 들어선 재혁이 서둘러 박스를 바닥에 내려놓고 거실에 아무렇게나 어질러진 수건을 챙겨 들었다. 아침에 젖은 머리를 닦고 그냥 바닥에 팽개친 것이었다. 그가 멋쩍은 듯 웃어 보이자 서영이 입을 열었다.

"선배는 맛있는 밥 해 줘요. 난 청소할게요."

"아냐, 안 그래도 돼."

"별로 할 것도 없어 보이는데 닦기만 할게요."

"피곤하잖아. 청소는 이따가 해도 되니까 아니면 내일 하든가. 넌 소파에 앉아서 텔레비전 보고 있어."

그가 리모컨을 찾아 누르려고 하자 서영이 다시 입을 열었다.

"가만히 있기 싫어요. 그럼 나랑 같이 요리해요."

"그럴래? 가만 뭐부터 해야 하나. 아, 밥부터 앉혀야겠다."

"그럼 난 찌개 준비……."

서영이 박스 앞으로 다가가 장을 봐 온 음식물들을 하나씩 식탁에 꺼내 놓았다. 재혁은 쌀을 꺼내 씻으면서 그녀의 행동을 눈으로 좇았다. 어느새 다가온 그녀가 재혁의 곁에 나란히 섰다. 그녀는 그가 쌀을 씻는 모습을 보면서 미소를 지었다.

"선배는 나보다 더 야무진 것 같아요. 몇 번 씻는 거예요?"

"어, 보통 5번은 넘는 거 같은데? 누군 그러더라고. 3번 정도면 된다고. 근데 이렇게 씻다보니까 매번 이러네. 습관처럼."

"집에서 밥도 안 해 먹는다면서……."

"그래도 할 때는 정성을 다해서 해 먹어. 오늘은 더 많은 정성을 쏟아서 맛있게 해 줄게. 오랜만에 하는 거라 맛이 잘 나올지 모르겠지만……."

그렇게 두 사람은 한 시간 정도의 시간을 들여 저녁 준비를 마쳤다. 식탁에 마주 앉은 두 사람은 멋쩍은 표정을 지었다. 재혁의 집에서 두 사람만 오붓하게 식사를 하고 있으니 마치 신혼부부가 신혼집에서 첫 식사를 하는 기분이었다. 둘 다 그렇게 느꼈는지 서로 눈이 마주치자 동시에 소리 내서 웃었다.

"참 못 말린다. 하하. 빨리 결혼해야지. 참, 이 집에서 신혼살림 시작할 건데 괜찮겠어?"

"좋은데요. 상관없어요."

"늦어도 올해 안에는 하고 싶은데 그렇게 되었으면 좋겠다. 사실 나 데이트 마치고 너랑 헤어질 때 무지 힘들어. 집에 안 보내고 싶을 때가 한두 번이 아니야. 그래도 꾹 참고 내일을 기약하면서 억지로 들여보내는 거야. 어머니 눈 밖에 나는 행동도 안 하고 싶고."

재혁의 말에 서영이 희미하게 웃어 보였다. 그 순간 재혁은 퍼뜩 정신을 차렸다. 두 사람이 지금 당장 결혼식을 올릴 수 없는 가장 큰 이유는 지민 때문이었다. 그가 아프기 때문에, 그가 얼마 남지 않았기 때문에 아무리 그가 미운 존재라고 해도 그들이 할 수 있는 선에서 아직 해야 할 일이 남았다. 내일 그녀가 은수와 함께 지민에게 가는 날이다. 그녀가 그에게 마지막으로 허락한 일. 아직은 그가 먼저였다.

"씨개 식겠다. 믹자."

재혁이 찌개를 접시에 덜어 서영에게 건넸다. 그는 식사를 하는 동안 은수 얘기로 화제를 돌려 어색한 분위기를 바꾸려고 했다. 다행히 몇 번 그런 분위기에 부딪혀 본 두 사람은 빠르게 잊고 분위기를 전환했다.

식사를 마치고 집도 둘러볼 겨를도 없이 서영이 서둘러 자리에서 일어났다. 얼마 되지 않은 것 같은데 시계가 10시를 넘기고 있었다.

"다음엔 점심 식사로 해야겠다."

집을 나서며 재혁이 카디건을 걸쳤다.

"데려다 줘야 하는데……."

"도착하면 전화할게요. 나오지 말아요. 설거지도 못 해 주고 가서 미안해요."

"무슨 소리……. 차 타고 가는 것까지 봐야 안심할 거야."

그렇게 재혁은 서영이 차를 타고 시야에서 멀어질 때까지 그 자리에 서 있었다. 그러고도 한참이나 그곳에 서 있었다. 그는 밤

공기가 신선하게 느껴지자 깊게 들이마셨다가 토해 냈다. 그리고 저도 모르게 노랫말을 흥얼거리면서 천천히 발걸음을 옮겨 집으로 향했다.

❀

다음 날, 새벽에 눈이 떠진 서영이 자리에 앉아 눈을 껌벅였다. 그녀는 오늘 지민에게 갈 생각 때문에 잠을 잘 이루지 못했다. 마음이 몹시 불편했다. 그와 같이 병실에 있어야 한다는 것이 무척 부담스럽고, 아이에게도 거짓말을 해야 해서 마음이 편치 않았다. 하지만 이미 약속을 한 일이고, 그녀도 자신이 그곳에 가야 한다는 것을 알고 있었다. 어떤 핑계도 필요하지 않은 날……. 오늘이 그런 날이었다.

시계를 보니 5시가 조금 넘었다. 그녀는 그대로 자리에서 일어나 거실로 나왔다. 은수와 함께 병원에서 먹을 도시락을 준비해야 하기 때문이다. 그리고 처음이자 마지막으로 그에게 따뜻한 미음을 전해 줘야겠다는 생각에 갑자기 마음이 급해졌다. 대충 도시락을 챙겨도 상관없었으나 서영은 아이가 소풍 가는 기분으로 지민을 만났으면 하고 바랐다. 오늘 하루는 즐거운 마음으로 보낼 수 있게 분위기를 그렇게 만들고 싶었다.

도시락을 준비하고 미음을 준비하는 사이 시간이 훌쩍 7시를 가리켰다. 서영이 빠르게 마무리를 하고 잠들어 있는 아이를 깨웠다. 잠시 후 방에서 나온 영주가 눈을 비비며 식탁에 놓여 있는 도시락 가방과 보온 통을 발견하고는 서영의 방을 찾았다. 그때까지도 은수는 눈을 못 뜨고 있었다.

"어디 가? 소풍 가기로 했어? 쉬는 날 아닌데?"

영주는 그녀가 지민에게 간다는 것을 아직 모르고 있었다. 서영은 말을 해야 하는데 입이 떨어지지 않아 한참이나 대답을 하지 못했다. 그러자 영주가 다시 물었다.

"뭐야……. 무슨 일 있어?"

그녀가 겉으로 디기의 제차 묻자 비로소 서영이 지민의 일을 밝혔다.

"뭐? 지민이가 암이라고?"

영주도 많이 놀랐는지 그대로 주저앉았다. 하지만 그렇다고 해서 관대해질 그녀가 아니었다.

"그래서 너 지금 병원에 가려고? 왜?"

"하루는 허락한다고 했었어요. 오늘이 그날이고요."

"참 속도 좋다. 어차피 갈 사람이야. 뭐 하러 애를 데리고 가. 가지 마."

"엄마."

"그 녀석이 너한테 어떻게 했는데……."

"오늘이 끝이에요. 다시는 볼일 없어요."

"나 원 참……."

영주가 그대로 방을 나와 자신의 방으로 들어갔다. 그녀도 자신이 어떤 대답을 해 줘야 하는지 난감하기 때문이었다. 못 가게 잡을 수도 있었지만 보내 줘야 한다는 것도 알고 있었기 때문에 그 방법을 택한 것이었다.

서영은 아이를 흔들어 깨운 후 씻기고 깨끗한 옷으로 갈아입혔다. 세수를 했음에도 아직 정신을 차리지 못한 아이가 잠긴 목소리로 물었다.

"엄마, 우리 어디 가?"

"응."

"어딘데?"

"비밀이야. 가자, 다 됐다. 졸리면 차 안에서 자."

"응."

서영은 도시락을 챙겨 들고 닫힌 안방 문을 향해 다녀오겠다는 인사를 남겼다. 하지만 영주는 끝내 나오지 않았다.

그 길로 아이와 함께 병원을 찾은 서영을 보고 지민이 활짝 웃어 보였다.

"고마워. 약속 지켜 줘서."

"딴생각은 하지 마. 지금이 9시니까 내일 아침 9시면 여길 떠날 거야. 그리고 다시는 당신 찾지 않을 거야."

"그래, 그것도 난 감사해. 그래도 재혁이가 부러운 건 어쩔 수 없다. 나한테는 고작 하루면서 그 녀석하고는 이제 평생 함께할 거잖아."

"그 사람에 대한 예의가 아니잖아! 그 사람이 허락하지 않았으면 나 여기에도 안 왔어."

그녀를 보니 옛 생각이 났다. 그래서 그전처럼 농담으로 건넨 것인데 서영의 심기를 건드린 꼴이 되어 버렸다.

"알아, 미안해."

"난 순전히 동정심이야. 봉사 왔다고 생각할 거야."

차디찬 목소리와 말투, 거친 손놀림. 지민은 서영이 싸 온 도시락을 풀어놓는 행동을 가만히 눈으로 좇으며 그만하면 괜찮은 대우라고 생각했다. 웬만한 여자 같았으면 죽든 말든 신경도 쓰지 않고 꽁꽁 숨어 버렸을 일이었다.

"엄마, 화났어?"

"어?"

은수의 질문에 서영이 화들짝 놀라며 행동을 멈추었다. 그녀는 아이가 곁에 있다는 사실을 잠시 망각하고 아이를 배려하지 못한 처사에 난감해했다. 하지만 그녀가 반문할 틈도 주지 않고 지민이 먼저 입을 열었다.

"아저씨가 엄마 화나게 해서 그래. 너랑은 상관없어."

"아저씨가 왜 화나게 했는데요?"

"음……. 여기 무릎에 올라와 앉으면 얘기해 주지."

"네!"

서영이 미처 말릴 새도 없이 아이가 신발을 벗고 침대 위로 껑충 올라갔다. 그러고는 지민의 무릎에 앉았다. 며칠 전에는 무섭다고 뒤로 숨던 아이였는데 오늘은 전혀 달랐다. 살갑게 미소 지으면서 그의 얼굴을 빤히 바라보고 있었다.

지민은 아이의 미소에 숨이 넘어가는 것 같았다. 살인미소……. 얼마나 그립던 얼굴인지 모른다. 손을 뻗어 아이의 볼을 쓰다듬고 싶은 마음은 굴뚝같았으나 그는 대신 아이의 고사리 같은 손을 잡고 입을 열었다.

"아저씨가 말이야……."

"네."

부자가 서로 얼굴을 맞대고 살갑게 앉아 있는 모습을 보니 서영은 가슴 깊숙한 곳에서 뭔가가 치밀어 올랐다. 그녀는 빠르게 병실을 나와 화장실로 들어섰다. 문 밖으로 두 사람의 목소리가 들려왔다.

—아저씨가 밥을 잘 안 먹어서 그래.

—나도 잘 안 먹어요.

—그럼 안 되는데……. 많이 먹어야 키가 쑥쑥 크지.

—차 아저씨도……. 아니, 우리 아빠도 그랬어요.

—아빠?

—네, 이제부터 차 아저씨가 우리 아빠예요.

거기서 대화가 뚝 끊겼다. 지민은 이미 두 사람이 결혼할 거라는 사실을 받아들였다고 생각했으나 아이의 입을 통해 다시 전해 들으니 느낌이 이상했다. 재혁을 서영의 남편으론 허락할 순 있어도, 아직 미련이 남은 모양인지 그가 은수의 아빠가 된다는 사실은 부정하고 싶었다. 그때 화장실 문이 열리면서 서영이 모습을 보였다. 그녀가 빠르게 다가와 은수와 지민을 분리시켰다.

"아저씨 힘들어. 지민이 아침 안 먹었지. 도시락 먹자."

"응."

아이가 소파에 앉아 그녀가 펼쳐 놓은 도시락을 바라봤다. 아이는 서영이 건넨 숟가락을 받아 밥을 먹기 시작했다. 서영은 지

민의 싸늘한 시선이 느껴지자 곧 그의 곁에 서서 속삭이듯 뱉어
냈다.

"그런 눈으로 보지 마. 당연한 거잖아. 이제 와서 부정한다고
해도 당신은 자격이 없어."

"알아. 그래도 너무 빠르잖아. 나 죽은 다음에 해도……."

"애들이 놀린대. 그래서 선배가 아빠가 되어 주기로 한 거야.
시기를 좀 당겼을 뿐이야."

"그래……."

아이가 놀림을 받았다는 것을 듣고 그의 시선이 다시 은수에게
로 머물렀다. 밥을 먹는 모습을 이제야 처음으로 본다. 태어난 것
도, 우유를 먹는 것도, 이유식을 먹는 것도, 처음으로 걷는 것도,
아무것도 그의 뇌리 속엔 없었다. 아이가 자란 5년간의 시간이 송
두리째 사라지고 없었다. 그래서 아이가 하늘에서 뚝 떨어진 것만
같다.

"은수는 무슨 반찬 좋아해?"

"나는 빵을 좋아해요."

"빵? 아저씨도 빵 좋아하는데……."

"그럼 아저씨, 피자도 좋아해요?"

"그럼, 제일 좋아하지."

"나도요."

지민은 하마터면 '날 닮아서 빵을 좋아하는구나.' 라고 말할 뻔
했다. 그것을 눈치챘는지 서영이 빠르게 화제를 돌렸다.

"날씨가 좋아. 산책했으면 좋겠어."

"그래, 5층에 휴게실이 잘되어 있다고 하더라."

"부장님이?"

"응. 그러고 보면 세상 참 좁아. 아닌가. 이쪽 계통에 있으니까 만날 일은 있었던 건가. 사실 그 사람이 내 사촌 형이라는 것이 특별한 거지."

서영이 대답도 하지 않고 다시 은수에게로 돌아가 아이의 숟가락에 반찬을 놓아주었다. 하지만 아이가 고개를 절레절레 흔들며 인상을 써 보였다.

"야채도 먹어야 해. 감자야."

"싫어."

"그럼 다시는 피자 안 사 줄 거야. 빵도 일절 금지야."

"빵도? 싫어!"

지민이 아이와 서영이 실랑이하는 모습을 보면서 가만히 미소 지었다. 언제 저 모습을 또 볼 수 있을까. 엄마와 아이의 관계는 다들 저럴까. 내가 아빠라는 존재로 곁에 있었다면 저렇게 할 때는 누구 편을 들어줘야 할까. 아내 편? 아이 편? 혼자 생각에 젖어 있던 지민이 싱겁게 웃어 보였다. 그러고는 다시 두 사람의 행동을 예의주시했다. 다시는 볼 수 없는 모습, 마음속에 꼭꼭 각인시켰다.

"아저씨가 피자 사 줄게. 얼른 먹어."

"오늘요?"

"응. 이따가 점심때……."

"좋아요! 엄마, 대신 나 감자 하나만 먹으면 안 돼?"

"안 돼. 엄마가 주는 반찬 다 먹어야 해."

서영은 아이의 버릇만 나빠지게 왜 그러냐고 따지고 싶었지만 그것이 부질없는 짓이라는 걸 깨닫고는 입을 다물어 버렸다. 이젠 볼일도 없는 사람이었다. 아니, 영영 볼 수 없는 사람이었다.

햇살이 따뜻한 11시쯤 휴게실을 찾은 세 사람. 휠체어를 끌고 가는 서영의 표정이 담담하기만 하다. 아이는 답답했던 모양인지 휴게실에 들어서자마자 방방 뛰어다니며 난리가 났다.

"누가 사내아이 아니랄까 봐. 엄청 활동적이네."

지민은 더 하고 싶은 말이 있었으나 거기서 멈췄다. 아이에 대한 얘기를 할 때마다 매번 '나처럼, 나를 닮아서, 나 어렸을 적 모습하고 똑같다.' 라는 말이 튀어나오려고 했다. 여느 부부가 할 수 있는 대화를 그는 꺼낼 수가 없었다. 그리고 서영은 그가 아이에 대한 얘기를 하는 걸 별로 좋아하는 눈치가 아니었다. 그가 말하면 듣기만 하고 그에 맞는 대답은 생략했다. 또다시 서영이 아이에 대한 얘기를 덮고 화제를 돌렸다.

"재혁 선배는 해바라기를 참 좋아해. 바보처럼……. 세상사람 그 누구도 그 사람 이해 못 할 거야. 그래서 더 미안해."

그녀의 말에 지민이 재혁의 얼굴을 떠올리고는 곧 한숨을 쉬었다.

"내가 죗값 다 치를게. 다 내 잘못이니까. 넌 잘못 없어. 그 녀석에게 떳떳하게 돌아갈 수 있게 나 사심 같은 거 다 버릴 테니까 걱정하지 마. 네가 말한 것처럼 넌 봉사하러 온 거야. 동정심에 불쌍한 이웃 그냥 지나치지 못해 잠시 돌봐 주는 것뿐이야. 정 같은 거 생각하지 마. 나도 오늘 지나면 두 사람한테 정 뗄 거야."

정을 떼려고 한다는 말에 서영이 어이없는 웃음을 흘렸다. 정은 이미 벌써 오래전에 떨어지고 없었다. 굳이 또다시 이런 수모를 주지 않아도 그는 충분히 미운 존재였다.

"미움도 사랑이라고 하더라. 무관심이 가장 무서운 거래."

"내가 당신 미워하는 거 같아?"

"계속 날 신경 쓰잖아. 그냥 무시하면 되는 건데……."

"착각하지 마. 은수 때문이야. 다른 뜻은 없어."

서영이 신경질적으로 뱉어 내자 지민이 체념한 듯 속삭였다.

"그래, 나 죽으면 싹 잊어버려. 나도 이런 내가 싫다."

지민이 하늘에 떠 있는 뭉게구름을 바라보며 가끔씩 들리는 아이의 웃음소리에 미소 지었다. 그는 처음으로 은수와 추억을 쌓는 일 분 일 초를 감사히 여기며 오늘이 늦게 가기를 바랐다.

점심 식사 시간, 서영이 준비해 온 미음을 꺼내 놓았다. 그것을 가만히 눈으로 좇던 지민은 그녀의 손가락에 껴 있는 반지를 발견했다. 한눈에도 그것이 재혁이 준 반지라는 것을 눈치챘다. 정말 이젠 서영이 그의 여자인 모양이었다. 하지만 지민은 더 이상 속이 쓰리지 않았다. 그것은 당연한 결과였다. 그녀의 남자는 자신이 아닌 재혁이었다. 지민이 빠르게 생각을 접고 미안한 표정을 지으며 입을 열었다.

"미음까지 준비한 거야? 이러지 않아도 되는데……. 미안하다."

"은수 도시락 준비하면서 한 거야. 감동받을 필요 없어. 음식도 정성이 들어가야 한다는데 이건 그렇게 만든 음식이 아니야."

서영은 마음과 상관없이 퉁명스럽게 뱉어 냈다. 그럼에도 불구하고 지민은 환하게 미소 짓는다.

"이 마음은 꼭 다 먹을 거야. 병원 마음 질렸다."

그가 숟가락을 들자 옆에 있던 은수가 김밥을 들고 와 그에게 내밀었다.

"아저씨, 이거 먹어요. 그것보다 이게 더 맛있어요."

"어, 바쁜데 김밥까지 싼 거야?"

"아저씨, 빨리요."

"그래."

아이의 재촉에 그가 받으려고 하자 서영이 빠르게 제지했다.

"은수야, 아저씨는 지금 아파서 김밥 못 드셔."

"아냐, 먹을 수 있어."

"고집 피우지 마."

서영이 낮게 뱉어 냈다. 하지만 지민은 고집을 꺾지 않고 아이가 내민 김밥을 입안으로 쑤셔 넣고 오물거렸다.

"와, 정말 맛있다."

"그럼 하나 더 드릴게요."

아이가 또다시 하나를 집어 들자 이번에는 서영이 목소리를 높였다.

"은수야, 그러면 안 된다니까. 그거 엄마 줘. 엄마가 먹을게."

서영은 억지로 아이의 손에서 김밥을 뺏어 자신의 입안으로 집어넣었다. 그녀는 그가 죽도 못 먹을 정도로 상태가 안 좋으면서 아이가 내민 김밥을 넙죽 받아먹자 걱정이 앞섰다. 그녀의 행동에 아이가 시무룩한 표정을 지었다.

"왜 아저씨는 먹으면 안 돼?"

"아저씨가 아파."

"아파도 먹을 수 있잖아. 하나 먹었잖아."

"하나면 충분해. 그만해. 가서 앉아."

그녀가 아이를 자리에 앉히고 식사를 시작하자 지민도 다시 미음을 먹기 위해 숟가락을 들었다. 하지만 속에서 방금 전 먹은 김밥을 거부하는 반응이 나타나자 그가 빠르게 자리를 털고 일어나 화장실로 향했다. 잠시 후 물 트는 소리가 들려왔다. 그리고 작게 그가 구역질을 하는 소리도 들려왔다. 서영은 아이가 듣지 못하도록 일부러 말을 시켰다. 몇 분 후 화장실을 나온 그가 환하게 웃어 보였다. 하지만 얼굴은 사색이 되어 있었다. 서영이 씁쓸한 표정을 짓자 지민이 미소를 지었다. 그녀가 빠르게 고개를 돌려 그의 시선을 피했다.

점심 식사를 마치고 아이가 소파에 누워 잠들자 지민이 서영에게 부탁을 했다.

"은수 내 옆에서 재우면 안 될까?"

"……."

서영이 말없이 그의 뜻대로 아이를 번쩍 안아 지민의 옆에 눕혔다. 그러자 지민도 그 곁에 누워 미소를 지었다. 다시 봐도 신기한 것 같았다.

"아이가 이렇게 예쁠 수가 있을까. 내 자식이라서가 아니라 너무 천사 같은 아이야."

지민이 가만히 눈물을 흘리자 서영이 그것을 외면하고 창밖으로 시선을 돌렸다. 그녀가 아무 생각 없이 창밖에 시선을 둔 사이 그는 5년 전을 회상하며 그때의 일을 떠올렸다. 그러자 아직도 어머니의 목소리가 생생하게 귓가에서 울려 퍼지는 거 같았다.

'아기 지워. 낳아도 엄마 손으로 입양 보낼 거야. 절대 네가 키우게 두지 않을 거니까 여기서 정리해. 서영이 엄마 손에 죽이려면 네 맘대로 해!'

지민은 모친에게 서영의 임신 소식을 알리고 결혼 허락을 받으려고 했으나 모친은 예상보다 더 심하게 반대를 했다.

"헤어지라고 했을 때 헤어졌으면 네 다리 잡히는 일은 일어나지 않았을 거 아냐! 가정교육을 제대로 받은 여자들은 그렇게 함부로 몸 안 굴려."

"서영이 그런 여자 아니에요. 도대체 얼마나 더 말씀을 드려야겠습니까?"

"그래도 고집을 안 꺾는다는 거지?"

처음으로 어머니란 존재에게 머리채를 잡히고 뺨을 맞았다. 평소 고상하고 교양 있게 행동했던 그녀였기에, 한 번도 자신에게 소리를 친 적이 없는 그녀였기에, 세상 누구보다도 마음이 따뜻하고 그래서 너무나도 자랑스러운 그녀였기에 지민은 충격 아닌 충격을 받을 수밖에 없었다. 그리고 그녀의 손아귀에 서영의 머리채가 잡히는 상상을 하게 되었다.

안 그래도 상처를 많이 받은 그녀였다. 3년 동안 그녀가 어머니 때문에 흘린 눈물은, 자신 모르게 흘린 눈물은 상상도 할 수 없을 만큼 많았다. 그때는 단지 모친이 그녀의 집안이 많이 기울어져서 반대를 한다고만 생각했었다. 그리고 그 반대는 자신이 충분히 극복할 수 있다고 생각했는데, 지금 모친의 행동을 보니 아니었다. 모친의 아들 사랑은 집착을 넘어 병이었다. 더 이상 서영을 다치게 하고 싶지 않았다. 그 순간 눈물이 왈칵 쏟아지면서 그녀를 지켜야겠다는 생각뿐이었다. 그래서 모친에게 서영과 헤어지겠노라고, 아기를 지우겠노라고 약속했다.

"진즉에 그럴 것이지."

모친이 씩씩거리며 소파에 놓인 핸드백에서 지갑을 꺼내 카드를 내밀었다.

"수술하고 와. 그리고 돈 필요하면 액수 말하라고 해. 얼마든지 보상할 테니까. 걔 눈물 흘린다고 또 넘어가지 마. 너 엄마 버리고 가면 그날이 엄마 제삿날일 줄 알아."

37세에 부친과 사별하고 긴 시간 동안 지민만 바라보면서 살아온 그녀였다. 그녀에게 아들은 세상 전부였고, 희망이었다. 하지만 막상 서영과 헤어질 결심을 하니 지민은 견딜 수 없을 정도로 힘이 들었다. 서영이 홀몸이 아니었기 때문에 책임감도 두 배였다. 자신은 나쁜 남자가 아니었다. 우유부단한 성격도 아니고, 그녀를 버리고 살 자신이 없었다. 다시 선택의 갈림길에 선 지민은 오랜 고민 끝에 서영을 택하기로 했다.

그리고 그날 일이 터지고 말았다. 그가 독립을 하겠다며, 말이 독립이지 사실 모친을 버리는 것과 진배없는 선택을 했다. 그는 흔들리지 않았다. 서영과 아이를 지킬 수만 있다면, 잠시 모친과의 이별을 택해야 한다며 가방을 챙겼다. 그것을 보고 모친은 그가 보는 앞에서 수면제 한 통을 몽땅 털어 넣었다. 깜짝 놀란 그가 모친을 제지하면서 벌인 실랑이로 바닥으로 떨어진 수면제가 몇 십 알은 족히 되었지만, 그것보다 모친이 삼킨 수면제의 양이더 많았다. 지민은 다급하게 119에 신고를 하고 모친이 수면제를 토해 내도록 갖은 방법을 다 썼다. 하지만 그녀의 몸부림도 만만치 않았다.

실랑이를 벌이느냐고 온 집안은 쑥대밭이고, 그의 온몸은 땀으로 흠뻑 젖었다. 잠시 후 도착한 119에 의해 그날의 일이 수습이되었지만, 그때를 생각하면 지금도 심장이 다 벌렁거렸다.

어쩔 수 없이 지민은 서영을 포기해야만 했다. 그렇지 않으면 모친이 또 어떤 짓을 벌일지 알 수가 없었다. 그것이 서영이 아닌 모친을 선택해야만 하는 이유였지만, 지금 생각해 보면 그때 자신은 참으로 어리석고 철이 없었다. 자신이 서영을 선택했어도 모친이 죽는 일은 없었다. 먼 훗날 모친이 스스로 털어놓았다. 못 가게 붙잡으려고 쇼를 한 것이라고. 그런 쇼는 몇 번이고 할 수 있다고. 너만 잡을 수 있다면……. 결국 그렇게 떼어 내려고 쇼까지한 모친은 사망하기 얼마 전 자책하며 서영의 소식을 물었었다.

"서영이 어디에서 사는지 몰라?"

"몰라요. 꽁꽁 숨어 버렸어요."

찾을 방법이야 많았다. 하지만 그녀를 찾을 자격이 없었기에 지민은 그렇게 대답을 해 버렸다.

"아기는 낳았을까?"

"몰라요."

지민은 마치 남의 얘기를 하는 것처럼 무덤덤하게 뱉어 냈지만 모친의 눈가에는 눈물이 맺혀 있었다.

"너 이렇게 될 줄 알았으면 그렇게 모질 게 하지 말걸……. 내가 죄인이다."

지민이 위암 판정을 받고 난 후 모친이 처음으로 후회를 하면서 사죄를 했었다. 그리고 얼마 후 그녀는 죄책감과 아들을 먼저 보내야 한다는 괴로움에 음주 운전을 하다 사고로 사망했다.

지민은 이 사실을 모두 덮고 가기로 했다. 지금 와서 서영에게 다 털어놓는다고 해도 달라질 것은 없었다. 그리고 모친이 죄인이 아니라 자신이 죄인이었다. 그녀를 지키지 못한 죄, 아기를 지키지 못한 죄. 책임을 회피하고 도망친 것은 그 누구도 아닌 자신이었다.

지민의 시선이 서영에게 닿았다. 그녀는 꼿꼿하게 앉아 책을 읽고 있었다. 그리고 그는 다시 5년 전으로 돌아갔다. 그것은 그녀와의 추억이 5년 전에 멈춰 버렸기 때문이다.

그때도 서영은 책을 참 좋아했었다. 늘 책을 손에서 놓지 않았고 신간이 나오면 무작정 서점으로 달려가던 그녀였다. 덕분에 지민도 그 무렵 책을 많이 접했었다. 그녀가 읽고 나면 읽어 보라고 권한 그때의 책들이 지금도 책장에 꽂혀 있었다. 다 읽은 책도 있고 자신에게 맞지 않아 반만 읽었던 책들, 결국 그 책들을 돌려주지 못하고 헤어져 그가 갖고 있게 된 것이었다. 지민이 물었다.

"무슨 책이야? 신간이야?"

"응."

서영이 책에서 시선을 떼지 않고 대답했다. 무심하게 뱉고는 그녀는 반지를 낀 손으로 다음 페이지를 넘겼다.

"재미있어? 네가 어떤 작가를 좋아했었더라. 음……."

그가 생각을 떠올리는 사이 서영의 목소리가 들려왔다.

"신경 쓰여. 말시키지 마."

"그래, 피곤할 텐데 너도 눈 좀 붙여."

"됐어."

서영은 여전히 책에 시선을 고정시킨 채 퉁명스럽게 뱉어 냈다. 지민은 아이의 손을 꼭 잡고 눈을 감았다. 그러다가 통증이 밀려오자 서둘러 서영을 불렀다.

"서영아, 은수 좀 데리고 나가 있어……."

그가 갑자기 식은땀까지 흘리며 재촉하자 서영은 당황스러웠다.

"간호사…… 간…… 불러 줘."

지민이 배를 부여잡고 고통을 호소하자 서영이 아이를 번쩍 안았다. 그러고는 밖으로 나가 아이를 의자에 눕혀 놓고 간호사를 불렀다.

"901호 환자가 아파요. 어서요."

그녀의 다급함에 간호사가 의사에게 호출을 했다. 잠시 후 의사와 간호사가 우르르 그의 병실로 쏟아져 들어가자 서영은 두 손을 꼭 잡은 채 초조하게 안을 들여다봤다. 그 순간 병실 안에서는 지민의 신음 소리가 들려오며 순식간에 난리가 났다. 탁자에 놓인 물병이 떨어져 나뒹굴고, 베개며 이불은 이미 바닥에 떨어진 지 오래전이다. 그가 더 비명을 지르자 서영은 아이가 깰까 봐 곁으로 다가가 두 손으로 아이의 귀를 막았다. 보여 주고 싶지 않았다. 그의 아픈 모습을 아이의 기억 속에 남기고 싶지 않았다. 비참하게 죽어 간 그를 너의 아빠라고 알리고 싶지 않았다.

서영이 눈물을 뚝뚝 흘렸다. 그의 비명 소리가 비수가 되어 그녀의 가슴속에 꽂혔다. 그의 잘못만이 아니라는 사실을 깨닫게 해 주려는 듯 비수는 멈추지 않고 계속 날아와 그녀의 가슴속에 꽂히고 또 꽂혔다. 정작 사과를 하려고 갔을 때 너는 떠나고 없었다고, 모든 책임은 너한테 있는 거라고, 너만 떠나지 않았으면 일이 이 지경까지는 되지 않았을 거라고 지민이 소리치는 것 같았다.

'제발, 당신이 다 끌어안고 가. 나까지 죄인이 되면 우리 은수는 어떡해.'

서영이 속으로 울부짖었다. 손으로 귀를 틀어막아 그의 아픔을 외면하고 싶은데 그럴 수가 없었다. 고스란히 그가 던진 비수를 오랫동안 맞을 수밖에 없었다.

한참 후 주사를 맞고 잠에 빠진 지민이 잠잠해지자 의사가 그녀의 곁으로 다가왔다.

"마음의 준비를 해 두십시오."

"……."

"환자가 너무 괴로워해서 잠시 재웠습니다. 앞으로는 더 이런 날이 많아질 겁니다. 그게 그나마 환자의 고통을 덜어 주는 일입니다."

"……."

의사가 가고 나자 서영이 천천히 걸음을 옮겨 병실 안으로 들어갔다. 다리에 힘이 풀려 걷는 것조차 힘이 들었다. 자신이 잘 걷고 있는지 감각까지 상실한 것 같았다. 그녀가 천천히 걸어가며 병실을 훑었다. 정리가 잘되어 있던 아까의 병실 모습이 전혀 떠오르지 않을 정도로, 몇 분 사이에 해일이 몰려와 모두 쓸어가 버렸다. 그곳에 가쁜 숨을 몰아쉬며 잠에 빠져 있는 지민이 누워 있다. 지민의 팔 곳곳에 혈흔이 남아 있었다. 서영은 더 이상 곁으로 다가가지 못했다. 그가 물거품처럼 사라질 것 같아, 건들면 먼지처럼 사라질 것 같아 꼼짝도 할 수가 없었다.

저녁이 다 되어서야 지민이 깨어났다. 그의 곁에 누워 있던 아이도 그때 깨어났다. 언제 소란이 있었냐는 듯 병실은 말끔하게 치워져 있었다. 아이가 눈을 비비며 자리에서 일어나 곁에 누워 있는 지민을 바라보고 웃어 보였다.

"아저씨 침대에서 잤네."

"좁았지?"

아이가 도리질을 했다. 아이는 천천히 바닥으로 내려와 소파에 앉으면서 하품을 했다. 그러고는 보이지 않는 서영을 찾았다. 지민도 눈으로 그녀를 찾고 있었다.

"우리 엄마 어디 갔어요?"

"글쎄……. 금방 오시지 않을까?"

아이가 또다시 하품을 하자 지민이 가만히 미소 지었다. 하나부터 열까지 아이의 행동 하나하나가 모두 새로웠다. 그 순간 병실 문이 열리면서 서영이 물주전자를 들고 왔다.

"엄마?"

"어, 은수 깼구나. 잘 잤어?"

"응. 엄마, 나 물 줘."

"그래."

아이에게 물을 먹이는 서영의 등 뒤로 지민의 목소리가 들려왔다.

"이만 가."

그의 말에 서영이 그를 바라봤다. 지민이 미소 지으며 다시 말을 이었다.

"아까 같은 모습, 또 보이고 싶지 않아. 좋은 모습만 남기고 가고 싶다."

"정말 그걸 원해?"

"응."

"후회 안 할 거지?"

"그래."

"알았어. 저녁 식사하고 난 뒤에 갈게."

"아냐. 그냥 지금 가. 나 못 먹을 거 같다. 힘들게 마음까지 해 왔는데……. 그건 두고 가. 나중에 천천히 먹을게."

지민이 숨을 몰아쉬었다. 금방이라도 그가 눈을 감을 것만 같아 두려워졌다. 서영이 곁으로 다가가 괜찮으냐고 물었다.

"응, 괜찮아. 근데 새벽녘에 한 번 더 난동 피울 거 같아. 은수가 보면 어떡해. 죽기보다 싫다."

지민은 진심이었다. 내일까지 같이 있고 싶었지만, 아이의 자는 모습을 한 번 더 보고 싶었지만 그건 욕심이었다. 그는 알고 있었다. 너무 늦었다는걸……. 너무 늦게 자존심을 굽혔다는 사실을 인정할 수밖에 없었다.

"지금에서야 하는 말이지만, 나 다른 놈이었으면 너 못 보냈을 거야. 어떤 놈인 줄 알고 우리 은수를 맡기겠어? 어차피 누가 되었든 난 자격이 없지만, 그래도 죽을 때까지, 아니 죽어서도 마음이 몹시 불안했을 거야. 근데 재혁이라서 얼마나 다행인지 몰라. 그 녀석이 널 사랑한다고 했을 때 마음이 놓였다. 고마워서 눈물이 다 나더라."

지민이 피식하고 웃었다. 그러고는 다시 말을 이었다.

"행복하게 잘 살 거라 믿어."

"……."

"얼른 가."

"알았어. 갈게. 잘……."

서영은 말을 잇지 못했다. 그에게 마지막 인사를 한다는 자체가 부질없는 짓 같았다.

"엄마, 우리 갈 거야?"

"응, 아저씨 피곤하신가 봐."

"아저씨 그래요?"

"응, 조금."

"에이, 난 더 있고 싶은데."

아이가 입을 삐죽 내밀자 지민이 자신의 품에 끌어안았다. 처음이자 마지막이 될 아들과의 포옹. 지민이 나오려는 눈물을 가까스로 참고 입을 열었다.

"우리 다음에 또 만나자. 언제가 될지 모르겠지만 다음엔 이 아저씨가……."

그가 울먹이자 서영이 아이를 그의 품에서 자신의 품으로 끌어당겨 안았다. 그리고 무작정 그곳을 빠져나왔다. 아이가 떼를 쓰기 시작했다. 가지 않겠다고, 아저씨한테 인사도 하지 못했다면서 울먹였다.

"우리 나중에 다시 오자. 아저씨 많이 아파."

"아파?"

아프다는 말에 아이가 진정을 했다. 아이는 얼마나 아프냐고 다시 물었다.

"많이, 아주 많이."

"많이?"

"응."

서영은 흘러내린 눈물을 닦으며 먼 곳을 바라봤다.

서영은 아이를 집에 내려놓고 그 길로 바로 재혁을 찾았다. 그가 필요했다. 그의 얼굴을 봐야 숨통이 트일 것 같았다.

퇴근해서 집에 들어섰던 재혁은 옷도 갈아입지 못한 채 서영의 연락을 받고 곧바로 놀이터로 향했다.

"시영이!"

그네에 앉아 있던 서영이 재혁의 부름에 자리에서 벌떡 일어났다. 그녀는 뛰어오는 재혁의 품에 달려가 와락 안겼다. 그러고는 참았던 눈물을 쏟아 냈다.

"왜 그래? 무슨 일 있었어?"

"아무 말도…… 하지 말아요."

"그래, 알았어."

재혁이 미간을 찌푸리며 걱정스런 표정을 지었다. 그는 오랫동안 그녀의 등을 어루만져 주면서 그녀와 슬픔을 나눠 가지려고 했다. 이윽고 한참을 울던 서영이 고개를 들었다.

"왜 여기에 온 거야? 병원에 있어야 하잖아."

서영은 낮에 있었던 일을 얘기하고는 그가 가는 걸 원했다고 말해 주었다. 재혁은 그런 모습을 보고 서영의 심경이 많이 어지러웠을 거라는 걸 눈치챘지만 내색하지 않았다. 긁어 부스럼 만들고 싶지 않아 빠르게 화제를 돌렸다.

"집으로 들어가자. 저녁은 먹었어?"

"생각 없어요."

"그래도 조금만 먹자. 나도 아직 안 먹었어. 가자."

집으로 들어선 재혁이 서영을 소파에 앉히고 곧장 주방으로 향했다. 그는 냉장고에서 이것저것 꺼내 저녁 준비를 서둘렀다. 그러는 사이 언제 잠이 들었는지 서영이 소파에 웅크리고 누워 있었다.

"많이 피곤했지."

재혁이 쓸쓸한 표정을 짓고는 방에 들어가 이불을 꺼내 와 덮어 주었다. 그러고는 거실의 불을 끄고 그녀가 편하게 잘 수 있도록 했다. 그는 가스레인지에 올려놓았던 찌개의 불을 끄고 앞치마를 풀었다. 아무래도 저녁은 생략해야 할 것 같다. 서영을 깨우지 않는 것이 나을 것 같다는 판단에서였다.

재혁은 그녀의 곁으로 다가가는 대신 멀찌감치 떨어져 주방 식탁에 앉았다. 커피 한 잔으로 속을 달래면서 새근새근 잠들어 있는 서영의 모습을 눈에 담았다.

❈

그로부터 일주일 후. 재혁과 서영은 박 부장으로부터 지민이 사망했다는 소식을 전해 들었다. 재혁은 착잡한 심정으로 한숨을 내쉬었지만, 서영은 오히려 담담한 표정을 지어 보였다. 그렇게 병원을 나오고 나서는 얼마간 몹시 심란했는데, 며칠 지나니 마음의 정리가 되었다. 그가 언제 죽든, 이미 그는 이 세상 사람이 아니라고 단정 지었다. 그래서 부장에게 소식을 전해 들었어도 그리 놀라거나 당황스럽지 않았다.

"나는 곧바로 가 봐야 하니까 두 사람은 저녁때……. 아니, 마음이 내키면 와요. 강요는 않겠습니다."

부장이 사무실을 나서자 재혁이 서영을 바라봤다. 눈으로 갈 거냐고, 아니, 가자고 하고 있었지만 끝내 서영은 도리질을 했다.

"그럼 나만 다녀올게."

"……."

서영이 대답 대신 눈물 한 방울을 흘렸다. 그러고는 그가 가고 없다니까 오히려 홀가분하다면서 중얼거렸다. 지난 5년간의 긴 인연이 비로소 끊어졌다면서 웃어 보였다.

"어제 지민이한테 전화가 왔었어. 고맙다고 하더라. 마음이 편하대. 그러면서 너하고 은수 잘 부탁한다고 했어. 그게 마지막 인사였나 봐. 서영아, 고생 많았다. 이젠 훌훌 털어 버리자. 녀석 편한 마음으로 갔을 거야."

재혁이 그녀를 품에 안고 등을 쓰다듬어 주었다. 서영은 그의 품 안에서 눈물을 삼키며 복잡한 심경을 털어 내고 있었다.

"괜찮을 줄 알았는데, 괜찮다고 생각했는데, 그는 나와 상관없는 사람이라고 생각했는데 아닌가 봐요. 내 맘이 왜 이렇게 답답한지 모르겠어요."

"장례식에 함께 가자. 마지막 가는 길까지 함께해 줘. 네 자존심 한 번만 더 굽혀 줘. 네 자신을 위해서."

서영이 천천히 고개를 끄덕거렸다.

퇴근을 하고 집에 들어선 서영을 향해 은수가 달려왔다.

"엄마, 차 아저씨, 아니, 아빠는 왜 안 와?"

"엄마랑 아저씨랑 어디 다녀와야 해."

"어디?"

"일하러 갔다 올게."

"어디 가는데?"

가만히 곁에 서 있던 영주가 궁금한 얼굴로 물었다. 딸의 근무시간을 잘 알고 있기 때문에 그녀가 거짓말을 하고 있다는 걸 눈치챌 수 있었다. 데이트를 가면 간다고 말하고 가기 때문에 이상하지 않을 수 없었다. 뭔가 있는 것 같아 계속 추궁을 했다.

"그 사람 빈소예요."

"그 사람? 지민이?"

"네."

"기어코 떠난 거냐?"

영주가 착잡한 심경으로 물었다.

"네."

"언제?"

"오늘 점심때요."

"쯧쯧쯧. 그 젊은 나이에⋯⋯. 어휴⋯⋯. 이런 말하면 안 되는데, 벌받은 거야. 어휴⋯⋯. 말해서 뭐하나. 그래서 거기에 가려고?"

"갔다 와야 마음이 편할 거 같아요. 엄마도 아셨으니까 은수도 데리고 갈게요."

서영의 말에 영주가 펄쩍 뛰었다. 그러다 서영의 핏기 없는 얼굴을 보고는 마지못해 허락할 수밖에 없었다.

"늦지 않게 와."

"네."

서영은 옷을 갈아입고 아이에게도 검은색 옷을 입혔다. 아이는 얼떨결에 저녁 나들이를 갈 생각에 들떠 있었다.

그녀는 늦지 않게 재혁의 아파트 앞에 주차를 했다. 곧 재혁도 모습을 보였다. 그가 손짓으로 주차하지 말고 다시 차를 빼라고 했다. 재혁은 서영이 다시 차를 빼자 조수석에 올라탔다. 그러고는 뒷좌석에 앉아 있는 은수에게 인사를 건넸다.

"아빠 얼굴 자주 보니까 좋지?"

"네, 근데 우리 어디 가요?"

"음……. 그때 병원에서 만난 아저씨 기억나?"

"네."

"그 아저씨 만나러 가는 거야."

"진짜요? 나 그 아저씨 또 만나고 싶었는데……."

아이의 신난 표정에 서영의 얼굴은 더 굳어져 갔다. 아이는 병원을 다녀온 이후 몇 번 지민을 다시 만나고 싶다고 했다. 그럴 때마다 서영은 바쁘다는 핑계를 대며 안 된다고 했었는데, 결국 아이는 두 번 다시 그를 만나지 못하게 되었다. 서영은 그제야 왜 자신의 가슴이 이토록 답답한지 이유를 알 것 같았다. 아이에게 기회조차 주지 못한 것, 어리다는 이유로 일방적으로 그녀의 선택을 따르라고 했던 것, 아이가 그를 보고 싶어 함에도 불구하고 다시 만나지 못하게 한 것. 그래서 이토록 가슴이 아픈 모양이었다. 미안했다. 서영은 눈물이 앞을 가리자 더 운전을 할 수가 없을 것 같았다. 그래서 갑자기 핸들을 꺾어 갓길에 차를 세웠다.

"서영아!"

서영이 핸들에 머리를 묻고 눈물을 터트렸다. 그녀의 울음소리에 아이도 덩달아 흐느꼈다.

"엄마, 엄마, 왜 울어?"

"은수야, 엄마 괜찮아. 머리가 아파서 우는 거야. 아무래도 아빠가 운전해야겠다. 서영아, 자리 바꾸자."

재혁이 자신의 팔을 붙잡고 이끌자 서영은 말없이 조수석으로 자리를 옮겼다.

그녀는 빈소에 도착할 때까지도 눈물을 멈추지 못했다. 안으로 들어가서도 마찬가지였다. 환하게 웃고 있는 모습이 찍힌 지민의 영정 사진도 차마 똑바로 보지 못하고 고개를 떨어뜨렸다. 그녀가 쉽게 울음을 그치지 못하자 옆에 있는 은수도 참았던 눈물을 흘렸다.

"엄마, 왜 그래. 울지 마아……. 엉엉."

"은수 착하지. 은수는 이리 와."

재혁이 아이를 품에 안았다. 그는 서영 대신 아이를 영정 사진 앞으로 데리고 가, 그가 누군지 물었다.

"그 아저씨."

"그래, 병원에 있던 아저씨지."

"응. 근데 저건 뭐예요?"

"아저씨가 많이 아파서 하늘나라로 갔대."

"하늘나라?"

"응."

"그럼 죽은 거예요?"

"그래."

"아저씨 불쌍해. 우리 다시 만나기로 했는데. 아저씨 인사 못
하고 와서 미안해요."

아이는 손을 뻗어 사진 속 지민의 얼굴을 쓰다듬어 주었다. 아
이는 한참이나 그에게서 눈을 떼지 못했다.

상주로 있는 부장에게 재혁이 절을 했다. 서영도 해야 하는지
하지 말아야 하는지 잠시 망설였다. 상주는 부장이 아닌 은수였
다. 그리고 그 옆에 그녀도 서 있어야 했다. 하지만 부장 외에 다
른 사람들은 그들의 관계를 알지 못했다. 결국 서영도 부장과 맞
절을 했다. 그 순간 누군가 은수가 지민의 어린 시절을 쏙 빼닮은
거 같다며 말을 흘렸다. 재혁과 서영, 그리고 부장이 동시에 그곳
을 바라봤다. 그 누군가는 부장의 여동생, 닭갈비집을 하는 그녀
였다.

"너무 신기하지 않아? 완전 지민이랑 판박이네. 고모, 안 그래
요?"

그녀가 재차 물었다. 지민과 서영이 깊은 사이였다는 걸 알고

있던 여동생이 눈치를 챈 모양이었다. 생각 없이 말을 뱉는 그녀가 아니었지만, 오늘은 그녀도 많이 충격을 받은 모양이었다. 그녀는 지민이 아프다는 걸 모르고 있었다. 때문에 지민과 서영이 어떻게 헤어졌는지 그 내막이 어떻든 먼저 떠난 지민만 불쌍한 모양이었다. 그래서 그녀도 모르게 말이 튀어나온 것이었다. 부장이 빠르게 그녀를 제지했다.

"말 좀 가려서 해. 할 말이 있고 못 할 말이 있는 거다. 가서 음식 체크 좀 해. 모자란 것은 더 주문하고."

부장이 그녀를 내쫓다시피 한 후 재혁과 서영에게 이만 가보라며 등을 떠밀었다. 은수가 지민을 닮아도 너무 닮은 탓이었다. 마지막 가는 길, 부장은 안 좋은 소문이 돌게 하고 싶지 않았다.

"서영 씨는 여기서 작별 인사해요. 그러는 게 좋겠습니다. 장지까지 갔다간 별 소문이 다 돌겠어요."

"네, 그럴게요."

서영도 은수가 걱정되었다. 아직 어린아이였지만 어른들의 얘기에 의문이 들 수도 있었다.

그날 이후 재혁과 서영은 꽤 오랫동안 힘이 들었다. 마지막 가는 길을 보지 못해서 그가 사망했다는 게 실감나지 않았다. 비로소 그들이 그의 죽음을 인정하게 된 것은 납골당에 안치된 그의 위패를 보고서였다.

"장지까지 못 가서 미안하다. 좋은 곳으로 갔지?"

재혁의 말에 사진 속에 있는 지민이 더 미소 짓는 거 같았다.

서영은 아무 말도 하지 않고 가방에서 은수의 사진이 든 액자를 꺼내 그의 영정 사진 옆에 가만히 올려놓았다. 그리고 말없이 그곳을 빠져나왔다. 두 사람은 집으로 오는 동안 내내 말이 없었다. 마음 한구석이 몹시 아려 왔다. 그것은 평생 이어질 아픔이었다.

에필로그

　공항에서 탑승하기 전 구경에 나선 지민이 손가락으로 활주로
를 달리는 비행기를 가리켰다.

　"와, 되게 크다. 내 비행기는 작은데……."

　아이는 재혁이 면세점에서 사 준 모형 비행기를 들고 있었다.
그것과 실제 비행기를 비교하면서 못마땅한 표정을 지어 보였
다.

　"나도 저 비행기 갖고 싶다."

　"그럼 우리 은수는 파일럿 돼야겠다."

　"파일럿이요?"

　"응, 비행기 조종사."

　"네, 비행기 조종사 될 거예요."

　아이가 비행기를 날리는 시늉을 하며 자리를 빙빙 돌았다. 그

순간 탑승을 하라는 방송이 들려오자, 재혁이 달려가는 아이를 쫓아가 번쩍 안아 들었다.

"비행기 타러 출발하자."

"GO!"

"어, 영어로 한다 이거지. 그래, 아빠도 GO! 엄마는 GO! 안 할 거야?"

"난 두 사람만 잘 쫓아가면 되겠는데요?"

"그러세요. 사모님은 잘 쫓이오세요. 우리는 뛰어갑니다."

재혁과 은수가 나란히 뛰어가는 모습을 보면서 서영도 걸음을 재촉했다.

세 사람은 제주도로 결혼 승낙을 받으러 가는 길이다. 재혁이 전화로 부친에게 그동안의 상황을 설명하니 인사를 와도 좋다고 허락을 한 것이다. 아직 결혼까지는 승낙을 받은 것은 아니지만, 그래도 한고비는 넘긴 셈이었다.

공항에서 신나게 뛰어놀던 아이는 비행기 안에서 곯아떨어지고 말았다. 아이는 비행기가 제주도에 도착할 때까지도 깨어나지 못했다. 그래서 정작 내려야 할 때는 울음을 터트리며 안 내리겠다고 버텼다.

"난 하늘 나는 거 못 봤어. 또 탈 거야. 엉엉."

"우리 다시 서울 갈 때도 비행기 탈 거야. 그때 안 자면 되잖아."

서영의 말에 아이가 마지못해 고개를 끄덕거렸다. 아이는 여전히 울상을 지으며 비행기에서 내렸다.

세 사람이 공항에 도착했을 땐 재혁의 매형이 기다리고 있던 참이었다. 게이트를 빠져나오는 재혁을 보고 그가 손을 흔들면서 소리쳤다.

"처남! 여기야 여기!"

"어? 매형!"

재혁이 두 사람을 이끌고 그의 앞에 섰다.

"매형, 여긴 제 아내 될 사람 문서영, 그리고 제 아들 은수입니다."

"와, 아들이 처남 닮아서 잘생겼네. 안녕, 난 미래의 고모부야. 반갑다."

그가 손을 뻗어 악수를 건네자 아이가 그의 투박한 손을 잡았다.

"근데 우리 조카 얼굴이 왜 이렇게 굳었어?"

그의 물음에 재혁이 비행기 안에서 있었던 일을 얘기해 주었다. 그러자 그가 잠깐만 기다리라면서 면세점으로 뛰어갔다. 곧 다시 돌아온 그의 손에는 지금 아이가 갖고 있는 비행기의 열 배는 족히 되어 보이는 대형 비행기가 들려 있었다.

"자, 선물……. 이거 받고 기분 풀기다."

"와! 엄청 커요. 이거 아까는 없었는데?"

"이건 여기에서만 파는 거야. 이제 됐지?"

"네, 고맙습니다."

아이가 비행기에서 눈을 떼지 못했다. 아이는 지금까지 들고 있었던 재혁이 사 준 비행기를 주머니에 넣고 대형 비행기를 품에 안았다.

"와, 내가 밀린 거네?"

"애들은 무조건 큰 거 좋아해. 잘 배워 둬."

"예, 매형."

"갑시다."

그렇게 해서 공항을 빠져나온 그들은 매형의 차에 올라 집으로 향했다.

서영은 그때부터 심장이 뛰기 시작했다. 매형이란 사람은 서글 서글하고 자신을 진심으로 환영하는 것 같아 마음이 놓이는데, 아 직 그의 누나와 아버지를 만나지 못해 자신과 은수를 어떻게 받 아들일지 알 수가 없어 걱정이 되었다. 5년 전에 한두 번 만난 적 이 있었지만 그때는 인사 정도만 나누었었다.

이윽고 집으로 들어선 서영이 현관 앞에 서 있는 재혁의 부친 과 누나에게 고개를 숙여 인사를 해 보였다. 서영은 마음을 굳게 먹고 그들을 바라봤다. 하지만 그녀의 예상과는 달리 부친의 인상 이 너무나도 온화하고 따뜻했다.

"어서들 오시게나. 어이구, 네가 은수구나. 들어오너라."

은수의 손을 잡고 안으로 이끈 부친은 서영의 손도 함께 잡아 주었다.

"먼 길 오느냐고 힘들었을 텐데…… 밥부터 먹자. 밥 다 되었 지?"

"네."

누나가 주방으로 달려가자 서영도 그 뒤를 따르려고 했다. 그러자 부친이 그녀를 제지하고는 소파에 앉혔다.

"오늘은 손님이잖아. 결혼하면 싫어도 해야 할 텐데 뭘 그렇게 서둘러. 쟤가 뭐라고 하면 내가 혼내 줄게. 앉아 있어."

"아버지! 저 아무 소리 안 해요. 걱정 붙들어 매세요."

누나의 화통한 웃음소리가 들려왔다. 누나는 재혁과 달리 통통한 몸매에 서글서글한 목소리를 갖고 있었다.

상차림이 모두 끝나자 재혁과 매형이 상을 거실 중앙으로 옮겼다. 한 상 가득한 음식을 보고 서영이 입을 다물지 못했다.

"혼자 준비하시느라 힘드셨죠?"

"아냐. 이 사람이 도와주고 아버지도 도와주셨어. 예비 며느리 온다고 아버지가 전 부치신 거야."

"네에……."

부친의 얼굴에는 내내 미소가 지어져 있었다. 서영은 그의 얼굴을 보고 마음을 놓을 수 있을 것 같았다. 생각보다 식구들이 편하게 대해 줘서 은수도 잘 적응하는 것 같았다. 밥을 다 먹은 은수는 재혁의 조카들과 방으로 들어갔다.

식사를 거의 끝마쳤을 무렵, 그제야 술잔이 오고 갔다. 그리고 부친이 결혼 얘기를 꺼냈다.

"내가 다른 여자 같으면 허락을 안 하지. 근데 내가 지민이도 알고 서영이도 아니까 허락을 하는 거야. 그 녀석이 어떤 녀석인지 다 알고 있으니까. 너희들이……."

거기서 부친이 말을 끊었다. 그는 술 한 잔을 단번에 비우더니

다시 말을 이었다.

"두 사람이 사귈 때 우리 재혁이가 가슴앓이한 것도 다 알아. 녀석이 술 먹고 가끔 주정을 부렸거든."

"제가요? 저 그런 적 없습니다."

재혁이 손을 저으며 잡아뗐다.

"안 그럼 내가 어떻게 아냐? 너 나한테 말한 적 없잖아. 어쨌든 그 인연이 돌고 돌아서 온 거니까, 그뿐이니까 내가 반대를 안 한다는 거야. 입양두 하는 세상에 애 있는 게 뭐⋯⋯, 사위, 안 그래?"

"아, 그럼요. 맞습니다."

"난 저 녀석 얼른 장가보낼 거야. 올라가자마자 어머님한테 좋은 날 잡으시라고 전해 드리고 상견례 날짜도 잡으시라고 해. 알았지?"

"아버지, 감사합니다."

서영은 대답도 하지 못하고 눈물만 뚝뚝 흘리고 있었다.

"그리고 너희들이 선택을 한 거니까 나중에 일어날 수 있는 일에 책임을 져야 해. 은수도 아빠의 존재를 알게 되면 어찌 나올지 모르잖아. 친아빠를 계속 숨기고 살 건 아니잖아? 아닌가?"

서영이 눈물을 닦으며 고개를 저었다.

"말해 줘. 그게 아이한테도 좋을 거야. 술 한잔 들어가니까 말이 많아지네. 예비 며느리 앞에서 술주정 부리면 안 되는데⋯⋯. 사실은 저 녀석이 날 닮아서 주정이 심해."

"아버지도 참……."

"나는 잠 좀 자야겠다. 너희도 한숨 자고 데이트 나가. 신혼여행이 별거냐. 제주도에 왔으니까 실컷 구경하고 가."

부친이 자리에서 일어나자 서영과 재혁도 따라 일어났다. 부친이 다시 미소 지으며 서영의 손을 잡아 주었다.

"잘 살아라."

"감사합니다."

그가 방으로 들어가자 남은 네 사람은 오랫동안 술자리를 갖으면서 즐거운 한때를 보냈다.

✳

다음 날, 본격적으로 제주도 나들이를 나선 세 사람은 매형이 빌려 준 차에 올라 성산일출봉으로 향했다. 일출을 보기 위해서였다.

신혼부부가 많아서인지 주차장엔 많은 차가 주차되어 있었다. 재혁은 비교적 한산한 곳에 주차를 하고는 차에서 내렸다. 그리고 뒷좌석 문을 열고 은수를 안았다.

"은수는 피곤하겠다."

"안 피곤해요."

"역시 우리 아들은 씩씩해. 가만, 우도도 갔다 와야겠다."

재혁은 신이 났다. 결혼 승낙도 받은 뒤라 꼭 신혼여행에 온 기분이었다. 그것은 서영도 마찬가지였다.

이른 새벽이었지만 6월의 제주도는 따뜻하기만 했다. 나들이하기엔 딱 좋은 날씨였다. 성산일출봉을 오르면서 은수는 더운지 겉옷을 벗으려고 했다. 그러자 재혁이 아이를 설득시켰다.

"은수야, 더워도 입고 있어. 올라가면 바람 불어서 안 더울 거야. 나중에 내려올 때 벗자."

"네."

서영도 천천히 계단을 오르며 이마에 맺힌 땀방울을 닦았다.

"은수 안 힘들어?"

서영이 묻자 앞서 가던 은수가 뒤돌아서며 아니라고 소리쳤다. 그러고는 아이는 다시 계단을 오르기 시작했다.

"우리 은수 잘 오르네……. 엄마보다 더 씩씩한데?"

힘이 든 건 재혁도 마찬가지였지만 오랜만에 운동을 하니 기분까지 상쾌했다. 정상까지 올라가는 데 40분 정도 걸린 것 같았다. 처음엔 잘 오르던 아이도 점점 지쳐 가는지 걸음이 느려졌다. 아이의 템포에 맞추느냐고 다른 사람들보다 조금 더 걸렸다.

정상에 오르자 제주도의 아름다운 마을이 한눈에 들어왔다. 파릇파릇한 분화구가 풍기는 멋도 무척이나 매력적이었다. 주위를 둘러보던 서영의 시선이 저 멀리 수평선 끝자락에 걸려 있는 몇 척의 배에 닿았다.

서영은 그곳을 한참이나 바라보면서 수평선 끝에는 뭐가 있을까 어린아이처럼 생각에 빠졌다. 그 끝이 끝도 없이 펼쳐진 바다인 줄 알면서도 뭔가 미지의 세계가 있는 것만 같은 착각이 들었다.

"운치 있다."

옆에서 재혁의 목소리가 들려오자 서영이 그를 가만히 바라봤다. 그도 자신처럼 바다 끝을 바라보고 있었다. 그의 옆모습을 자세히 바라보는 건 처음인 것 같았다. 그러고 보니 안경 속에 묻혀 있던 그의 눈썹이 새삼스럽게 시선을 끌었다. 1cm는 족히 될 것 같아 서영이 저도 모르게 탄성을 질렀다.

"선배, 눈썹이……."

"길지? 몰랐나? 애들이 내 눈썹 보고 소 눈이라고 했는데……."

서영은 들은 적이 없었다. 지민과의 사랑으로 재혁의 소소한 부분까지는 기억하지 못하는 것이었다.

"그랬어요?"

"응. 자꾸 보지 마. 부끄럽잖아."

"신기해서 그래요. 나보다 더 길어서."

"우리도 사진 찍자. 가만, 카메라가……. 아, 여기 있다."

많은 사람들이 저마다 사진촬영을 하고 있었다. 사진촬영을 끝낸 사람들은 일출을 보기 위해 자리를 찾아 앉았다. 신혼여행을 온 사람이 많은 모양인지 대부분 새 신부, 새신랑 같았다.

"우리도 사진 찍자. 이쪽으로 서 봐. 배경 좋다."

재혁이 서영과 은수를 세우고 다른 사람에게 사진을 찍어 달라고 부탁했다. 그는 젊은 남자에게 카메라를 맡기고 서둘러 뛰어가 서영의 곁에 섰다.

"찍겠습니다. 하나, 둘, 셋!"

플래시가 터졌다. 그 순간 재혁의 입술이 서영의 볼에 닿았다.

"잘 나왔네요."

그가 카메라를 건네자 재혁이 고맙다는 인사를 건네고 사진을 확인했다. 같이 확인하는 서영의 얼굴이 붉게 물들었다.

"왜? 창피해?"

"아냐."

"좋아서 그러지?"

서영이 그렇다고 고개를 끄덕이자 재혁이 다시 그녀의 입술에 입맞춤을 했다. 그러자 옆에 있던 은수가 두 사람을 뾰로통하게 바라봤다.

"나는 안 해 줘?"

"해 줘야지!"

재혁이 아이를 번쩍 안아 들었다. 그러고는 아이의 볼에 입맞춤을 해 주었고 서영도 질세라 아이의 남은 볼에 자신의 입술 자국을 남겼다.

"좋아?"

"응, 좋아."

그 순간 어디선가 해가 뜬다며 누군가가 소리쳤다. 세 사람은 방향을 틀어 해가 떠오르는 쪽을 향했다. 붉은 해가 떠오르면서 주위가 붉게 물들었다. 아이도 처음 보는 광경에 신기한지 눈을 떼지 못했다.

서영은 가슴이 벅차올랐다. 일출을 여러 번 봤지만 지금은 그
때보다 느낌이 더 새롭고 경이로웠다. 그와의 새로운 시작을 하늘
도 반기는 것 같았다. 늘 자신을 해바라기해 오던 그가 이제는 진
심으로 웃을 수 있어 마음이 놓인다. 그의 가슴앓이가 길게 가지
않아 참 다행이었다.

"선배."

"으응?"

일출 광경에서 눈을 떼지 못하며 묻는 재혁을 서영이 다시 불
렀다. 그러자 그가 곁눈질로 그녀를 바라봤다.

"왜?"

"행복해요?"

"어? 그럼, 아주 행복하지. 너는?"

"나도요."

"행동으로 보여 봐."

그 순간 서영이 그의 입술을 찾아 입맞춤을 했다. 재혁은 농담
으로 건넨 거라 당황스러웠다. 하지만 곧 그녀의 입술을 받아들이
고 아이를 사이에 둔 채 달콤한 키스를 나누었다. 아이는 두 눈을
손으로 가리고 배시시 미소 지었다.

❋

제주도에 다녀온 후 두 사람은 결혼 준비로 눈코 뜰 새 없이
바쁜 나날을 보냈다. 영주가 받아 온 좋은 날이 불과 한 달도 남

지 않았기 때문이다. 그날이 아니면 좋은 날이 몇 달 뒤에나 있다는 얘기에 하는 수 없이 이날로 잡은 것이었다.

두 사람도 그렇지만 영주와 재혁의 부친이 결혼을 빨리하기를 바랐다. 그래서 재혁과 서영은 쉬는 날마다 예식장을 둘러보고 청첩장을 찍고 혼수를 사러 돌아다니느라고 정신이 없을 정도였다. 오늘은 예물을 보고 오는 길이었다. 재혁이 갓길에 차를 세우고 한숨을 돌렸다.

"너무 급하게 해서 빠트린 거 있으면 어쩌지……. 우리 여행사에도 다녀온 거지?"

"네."

"음……. 사진촬영도 잡았고, 드레스도 맞췄고, 신부화장도 예약했고……. 참, 한복!"

"한복은 대여하기로 했잖아요."

"아……. 그랬지."

"엄마가 예단 이불 하는 곳에서 한복도 대여한다고 하셨어요. 모레 가면 돼요."

"그래……. 그럼 뭐가 빠졌지?"

재혁이 메모해 둔 수첩을 체크하며 골똘히 들여다봤다.

"빠진 거 없어요. 다 되었어요."

"그래, 와, 장가 두 번 갔다간 혼이 쏙 빠지겠다. 마음이 급해도 느긋하게 잡아야 하는 건데. 아버지 때문에……. 내년 봄에 손녀 안기라고 으름장만 안 놓으셨어도……. 하하."

그의 말에 서영이 수줍게 미소 지었다. 재혁의 부친은 아들은 은수로 족하다면서 딸 하나만 더 낳으라고 했다. 하나는 너무 외롭다는 말을 덧붙이면서 말이다.

"어, 늦겠다. 이만 가자."

다시 차를 출발시킨 두 사람은 아이의 유치원으로 향했다. 오늘은 재혁이 일일교사로 오후 수업을 한 시간 정도 하기로 했다. 평일이라 시간을 뺄 수 있는 아빠들이 없어서 재혁이 손을 번쩍 든 것이었다.

"이럴 때는 3교대가 좋다니까. 우리 결혼해서는 시간 조정을 해야 하겠지?"

"은수는 엄마가 봐주시니까 굳이 그렇게 안 해도 될 거 같아요. 그렇게 되면 우리 만날 날이 며칠이나 되겠어요?"

"아, 그렇지……. 내가 한쪽 머리만 되고 다른 쪽 머리는 안 된다니까. 하하."

두 사람은 아직 식을 올리지 않았지만 혼인신고는 마친 상태였다. 아이를 좀 더 일찍 호적에 올리기 위해서였다. 그래서 문은수라는 이름 대신 차은수라는 새로운 이름을 받았다. 그래서 재혁은 진짜 아빠 자격으로 유치원에 방문할 수 있었다.

그가 은수의 반으로 들어서자 아이들이 신기한 듯 재혁을 바라봤다. 그가 손을 흔들어 보이며 부드럽게 인사를 건네자 아이들도 저마다 인사를 건넸다.

"누구세요?"

"누구 아빠예요?"

"은수 아빠야."

"아냐!"

이곳저곳에서 아이들이 수군거렸다. 그러자 재혁이 앞에 서서 자신의 소개부터 했다.

"아저씨는 은수 아빠란다. 오늘은 아저씨가 너희들 일일 선생님이야. 아저씨와 오늘 함께할 즐거운 공부는 바로 레고수업이란다."

그의 설명이 끝나자 은수의 담임교사가 레고를 꺼내 와 아이들이 앉아 있는 책상에 각각 나눠 주었다.

레고의 분배가 끝나자 본격적으로 재혁이 돌아다니면서 아이들을 도와주었다.

그렇게 재혁이 한 시간 가까이 수업에 임하는 동안 서영은 집에 있었다. 그곳에서 영주와 김치를 담갔다. 20일 정도 혼자 지낼 재혁을 위해 담그는 중이었다.

"마음 같아서는 들어가서 살게 하고 싶지만 아직 식 올리지 않았으니까. 혼인신고보다 식을 올려야 인정을 해 주잖아. 안 그러나?"

영주는 서영이 서운해할 것 같아 동조를 원했다.

"괜찮아요. 재혁 선배하고 은수가 못 떨어지는 게 문제죠."

"은수가 재혁이를 친아빠 이상으로 생각하고 있잖아. 잘된 거지. 요즘 같아서는 아주 살맛 난다. 얼마나 좋은지 몰라."

흥이 절로 나오는지 영주는 김치를 담그면서도 노랫말을 흥얼거렸다. 그 모습을 보면서 서영도 웃을 수 있었다.

바쁘게 살다 보니 시간도 유수와 같이 흘러가는 모양이다. 벌써 내일이면 결혼식 날이었다. 그동안 사진촬영이다 뭐다 하면서 정신없이 보냈더니, 내일이 결혼식인 것도 실감 나지 않는다.

함을 생략하기로 했다가 다시 하기로 결정한 후 서영의 집은 고소한 기름 냄새로 진동을 한다.

재혁의 회사 동료들과 대학 동기들이 그녀의 집 앞에 섰다. 함진아비를 맡은 김문수가 목청이 터져라 고함을 지르자 서영의 친구들이 우르르 몰려나온다. 요즘은 보기 힘든 광경에 사람들이 창문을 열고 구경을 한다. 서영의 친구들이 힘이 부족한지 함진아비에게 지고 있자 영주의 친구들이 팔을 걷어붙이고 나와 함진아비의 팔과 다리를 붙잡고 놓지 않는다.

"이러는 게 어디 있습니까? 어, 어⋯⋯. 나 넘어집니다!"

억지로 문 앞까지 끌고 와서 계단을 오르려는데 함진아비가 다리에 힘을 주고 있자 영주의 친구들도 못 당하겠는지 그제야 주머니에서 봉투 하나를 꺼내 내밀었다. 그다음부터는 봉투를 꺼내 함진아비를 유혹했다. 그렇게 해서 봉투 다섯 개를 챙긴 함진아비가 드디어 서영의 집 안으로 들어선 순간, 영주가 두둑하게 챙긴 봉투를 그에게 내밀었다.

"고생 많았네. 어서 들어오게나."

"와, 장모님, 통도 크십니다. 열 번도 더 들어옵니다. 암, 들어오고말고요."

신이 난 김문수가 신발을 벗고 안으로 들어와 함을 바닥에 내려놓았다. 그리고 영주가 정성스럽게 차린 상을 받았다. 그렇게 해서 시작된 술자리는 오랜 시간 이어졌다. 친구들이 주거니 받거니 하는 동안 재혁은 서영의 방에서 조용하게 시간을 보냈다.

　내일을 위해 술을 자제하고 있는 중이었다. 벌써 많이 취한 동료들은 그들이 있든 없든 상관하지 않고 맞은편에 앉은 사람들에게 관심을 보이는 중이었다. 잘하면 오늘 또 다른 커플이 나올 것 같은 느낌이었다.

　11시쯤 자리에서 일어난 그들은 2차를 가기 위해 집을 나섰고, 재혁도 졸린 눈을 비비면서 자리에서 일어났다.

　"어서 가서 자게. 내일도 일찍 일어나야 하잖아."

　"괜찮습니다. 졸리기는 한데 과연 잘 수나 있을까 모르겠습니다. 떨려서……."

　"그 마음 내가 다 알지. 왜 모르겠나. 참 오래도 기다렸지."

　재혁의 친구들이 권한 술을 몇 잔 마신 영주가 술기운에 기분이 들떴는지 눈시울을 붉혔다.

　"어머니, 내일 우시면 안 됩니다."

　"암, 울지 않을 걸세. 걱정하지 마. 얼른 가."

　"선배, 내일 봐요."

　"응, 너도 푹 자."

　서영의 집을 나선 재혁은 곧 바로 집으로 향했다.

재혁이 집 안으로 들어서자 부친이 거실 소파에 앉아 텔레비전을 보고 있었다. 누나와 매형은 이미 꿈나라에 빠져 있었다.

"안 주무셨어요?"

"잠이 안 와. 피곤할 텐데 어서 자거라."

"네."

그가 자신의 방으로 들어가려고 하자 부친이 불러세웠다.

"예, 아버지."

"나는 다시 네 누나한테로 가련다."

"왜요?"

결혼식을 올린 후 부친을 모시기로 서영과 말을 끝마친 상태였다. 부친도 그렇게 하겠다고 했는데 며칠 사이 마음이 바뀐 모양이었다.

"나는 일하는 게 더 좋아. 여기서는 일자리 구하기 힘들지. 너희들 출근하고 나면 나 하루 종일 혼자 있잖아. 심심해서 안돼."

"그래도 아버지…… 제가 장남인데."

"조금만 더 일하자. 너도 새아기하고 신혼 보내야지. 내가 있으면 아무래도 불편할 거야. 불편하면 아기도 잘 안 들어선다더라. 난 내일 결혼식 끝나면 네 누나랑 같이 제주도 내려갈 거니까 그런 줄 알아라."

"아버지."

"나 고집 센 거 알지? 아이고, 이제야 졸리네."

자리에서 일어난 부친이 그대로 작은 방으로 들어갔다. 재혁은 죄송한 마음뿐이었다. 잠시 후 자는 줄 알았던 누나가 방문을 열고 나왔다.

"들어왔어?"

"응. 근데 누나, 아버지 내일 누나 쫓아서 가신다네."

"그래, 알고 있어."

"누나라도 아버지 설득 좀 해 줘."

"나도 아버지 뜻에 찬성이야. 아버지 일 없으면 안 되는 노인네야. 나한테 미안해할 필요도 없고, 매형한테 그런 마음 가질 필요도 없어. 우리가 좋아서 하는 일이니까. 무엇보다 아버지가 원하시잖아."

그녀는 재혁의 대답도 듣지 않고 그대로 화장실로 들어갔다. 재혁은 마음이 무거웠지만 부친의 뜻에 따르기로 했다. 원한다고 내 뜻대로 다 가질 수는 없는 것이었다. 그는 아버지의 의견을 존중해서 서영과 은수와 더 행복하게 잘 살아야겠다고 다짐했다.

결혼식 날, 순백의 여신이 따로 없다. 신부대기실에 앉아 있는 서영은 하얀 백합보다도 깨끗하고 순수해 보였다. 그녀는 내내 미소를 잃지 않았지만 어딘가 모르게 그늘이 드리워져 있었다.

턱시도로 쫙 빼입은 은수가 그녀의 앞에서 자동차를 갖고 놀고 있다. 친구들이 우르르 몰려와 사진을 찍을 때도 은수는 관심이 없었다. 아이는 오늘이 무슨 날인지 알고 있었지만 재혁과 서영처럼 들뜨거나 하지 않았다. 주인공이 누구인지 아는 것처럼 말이다.

"은수야, 이모랑 사진 찍자."

"싫어요."

"왜?"

"나는 사진 찍는 거 싫어요."

은수가 담담하게 뱉어 내자 서영의 미간이 살짝 찌푸려졌다. 그녀는 어젯밤 아이가 물었던 질문을 다시 떠올렸다.

'엄마, 친구들이 그러는데, 왜 너희 엄마, 아빠는 지금 결혼식을 올리느냐고 물어. 그게 무슨 말이야? 친구들이 나 태어나기 전에 결혼식을 올려야 한다고 했어. 근데 엄마는 왜 지금 하는 거야?'

서영은 아이의 질문에 끝내 대답하지 못했다. 뭐라고 대답해야 하는지 떠오르지 않아 그냥 얼버무리다가 말았다. 아이는 그것 때문에 내내 겉도는 것 같았다.

"은수야?"

친구들이 모두 가고 둘만 남게 되자 그녀가 아이를 불렀다. 아이가 그녀를 한 번 보더니 곁으로 다가왔다.

"은수 왜 그래? 기분이 안 좋아?"

"아니."

"근데 왜 이러고 있어. 아빠한테 가 있어."

"싫어."

"왜?"

"나는 그냥 뒤에 있을 거야. 친구가 자기 엄마, 아빠 결혼사진을 갖고 와서 보여 줬는데 거기에 그 친구는 없었어. 원래 없는 거래. 그래서 나도 사진 안 찍으려고."

"아니야. 엄마는 은수랑 함께 찍고 싶어."

"싫어. 나 찍기 싫어."

끝내 아이가 울먹이자 서영도 더는 말하지 않았다. 아이가 지금 어떤 심정인지, 어떤 마음으로 이러는 건지 알 수가 없었지만 딱히 방법이 떠오르지 않았다. 때마침 재혁이 신부대기실을 찾았다.

"사진 찍어야 한대. 어, 은수 왜 울어?"

서영이 잠깐 동안 있었던 일을 얘기하자 재혁이 가만히 아이를 안고 밖으로 나갔다. 그러고는 아이에게 사진 속에 은수가 빠지면 엄마, 아빠가 무척 슬플 거라면서 함께 찍어 주길 바랐다.

"왜요? 원래 없는 거래요."

"아냐. 원래 그런 건 없어. 이런 상황도 있고, 저런 상황도 있는 거야. 은수가 아직 어려서 이해가 안 되겠지만 엄마, 아빠 결혼이 늦은 건 다 사정이 있어서 그런 거야. 그러니까 은수야, 친구는 친구고, 우린 셋이 예쁘게 사진 찍어서 액자에 걸어 놓자. 아빠 그거 보면 힘 많이 날 것 같아."

"진짜요?"

"응."

"그래요. 그럼 같이 찍을게요."

"그래, 은수는 누구 아들?"

"아빠 아들!"

"좋았어. 하이 파이프!"

그가 손을 내밀자 아이가 힘차게 그의 손바닥을 쳤다.

결혼식이 진행되는 동안 서영은 눈물을 참았다. 오늘은 울고 싶지 않았다. 아이의 기분도 좋아졌고, 영주도 내내 미소를 짓고 있었기 때문에 그 분위기에 동조하고 싶었다. 그래서 결혼식이 끝날 때까지도 그녀는 웃을 수 있었다.

웨딩카에 오르려는 서영에게 재혁의 부친이 봉투 하나를 내밀었다.

"이거 내가 잘 못 쓰는 글로 편지 쓴 거야. 경비도 얼마 넣었어."

"아버님……."

서영이 놀란 표정을 지었다.

"잘 다녀오거라. 갔다 와서 우리 또 보자."

"다녀올게요."

서영과 재혁은 양가 집안 어른들과 친구들에게 인사를 하고 비로소 차에 올랐다. 웨딩카가 공항으로 가는 동안 그녀는 시아버지에게 받은 편지를 꺼냈다. 붓글씨로 써진 편지였다.

"아버님이 붓글씨도 쓰세요?"

"응, 뭐라고 쓰셨어?"

"음······. 선배하고 결혼해 줘서 고맙다고 하셨어요. 그리고 내년엔 손녀 한 명만 꼭 안겨 달라는 말도 덧붙이셨네요."

"하하······. 아마 아버지 우리 서영이 임신할 때까지 그 말씀하실 거 같다. 벌써 열 번도 더 들은 거 같아. 누나 딸들도 있는데 외손자라 다르신가. 그래도 부담 갖지 마."

"아버님이 저 생각해서 배려하신 거 같은데요. 은수 때문에 더 그러신 거 같아요. 부담스러워하지 말라고요. 그리고 보면 난 참 복이 많은 거 같아요."

"네가 착하게 살아서 그래. 착하게 살면 복받는다잖아. 나도 그렇고······. 우리 평생 착하게 살자."

"네."

"어, 저기 공항 보인다. 다 왔다."

"와, 저기 비행기 날아간다."

아이가 창가 쪽에 얼굴을 대고 소리쳤다.

"아빠가 저 비행기보다 더 빨리 달려갈게."

재혁이 속력을 더 내자 차가 앞으로 붕 하고 달려갔다.

비행기에 몸을 싣고 신혼여행에 오른 세 사람. 은수는 세 번째 비행이지만 여전히 신기한 듯 기내를 훑는다. 아이는 오늘도 자지 않고 하늘을 나는 비행기를 볼 거라면서 창가에 딱 붙어 떨어질 생각을 하지 않았다. 이윽고 비행기가 이륙을 하자 아이의 입에서 탄성이 쏟아져 나왔다.

"움직인다, 움직여!"

신이 난 아이의 입에서는 연신 환호성이 터져 나왔다. 아이의 웃음에 재혁이 가만히 미소 지으며 서영의 손을 마주 잡았다. 따뜻한 두 손이 꼭 포개어진 채 오래도록 떨어질 줄 몰랐다. 잠시 후 서영의 눈에서 눈물 한 방울이 쪼르륵 하고 떨어졌다. 그녀는 가슴속에서 뜨거운 것이 솟구쳐 오르자 그동안 참았던 눈물을 쏟아 내는 것이었다.

"서영아……."

재혁이 가만히 이름을 부르자 서영이 눈물을 닦으며 미소 지었다.

"좋아서요. 선배 가슴앓이가 비로소 끝난 거 같아서 내가 다 마음이 후련하네요."

"가슴앓이 끝난 지가 언젠데……. 너 다시 만나서 좋아한다고 고백했을 때, 그때 이미 끝났어. 고백하고 나니까 아주 후련하더라."

재혁이 가슴을 쓸어내리는 시늉을 해 보이자 옆에 있던 은수가 말을 붙였다.

"우리 엄마는 울보예요. 아빠가 엄마 울지 않게 해 주세요."

"알았어, 아들……. 아빠는 엄마 절대 안 울릴 거야. 약속해."

"네……. 와, 구름이다."

다시 아이가 창가로 눈을 돌리자 그 틈을 타 재혁이 그녀의 입술을 찾아 입맞춤을 했다.

"나 약속 어기는 나쁜 아빠로 만들지 마. 이제부터 울기 없기야, 알았지?"

"알았어요."

그녀의 대답이 끝나자 재혁이 다시 한 번 그녀의 입술을 찾았다. 아주 짧은 입맞춤이었지만 가슴은 그 어느 때보다도 설레고 들떠 있었다. 앞으로 시작될 세 사람의 삶은 그렇게 평온하게 시작되었다.

—the end

1판 1쇄 찍음 2012년 4월 30일
1판 1쇄 펴냄 2012년 5월 3일

지은이 | 서 우
펴낸이 | 정 필
펴낸곳 | 도서출판 뿔미디어

편집장 | 이재권
기획 · 편집 | 손수화, 주종숙
편집디자인 | 이진선
관리, 영업 | 김기환, 임순옥

출판등록 | 2002년 9월 11일 (제1081-1-132호)
주소 | 부천시 원미구 상3동 533-3 아트프라자 503호 (우)420-861
전화 | 032)651-6513 / 팩스 032)651-6094
E-mail | BBULMEDIA@daum.net
카페 | http://cafe.daum.net/scarletR

값 9,000원

ISBN 978-89-6639-654-2 03810

Scarlet

스칼렛

Scarlet

스칼렛